心为
谁动

XINWEI
SHUIDONG

熊鹏程

著

敦煌文艺出版社

图书在版编目（ＣＩＰ）数据

心为谁动 / 熊鹏程著. -- 兰州 ： 敦煌文艺出版社，
2023.12
ISBN 978-7-5468-2454-3

Ⅰ．①心… Ⅱ．①熊… Ⅲ．①长篇小说－中国－当代
Ⅳ．①I247.5

中国国家版本馆CIP数据核字（2023）第 216099 号

心为谁动

熊鹏程　著

责任编辑：马吉庆

装帧设计：小吉先森

敦煌文艺出版社出版、发行

地址：（730030）兰州市城关区曹家巷 1 号新闻出版大厦

邮箱：dunhuangwenyi1958@126.com

0931-2131906（编辑部）

0931-2131387（发行部）

河北浩润印刷有限公司印刷

开本 880 毫米×1230 毫米　1/32　印张 10.5　插页 1　字数 300 千

2024 年 12 月第 1 版　　2024 年 12 月第 1 次印刷

ISBN 978-7-5468-2454-3

定价：58.00 元

序言

晓苏

　　《心为谁动》是作家熊鹏程先生创作的第三部长篇小说。从《女猎手》到《那一天》，再到《心为谁动》，五年之内，终于形成了"鹏程三部曲"。鹏程先生坚持现实主义题材的创作手法，向我们展示了他讲故事的超强能力。

　　《心为谁动》讲述了小镇姑娘杨柳柳励志创业的故事。书中说杨柳柳肤白貌美。但这种美，给杨柳柳带来了很多便利，也带来了很多麻烦。这种美，很容易让年轻的女孩迷失自我，但杨柳柳没有，她是个美貌与智慧并存的女人。

　　这部小说，可以说是一部美貌与智慧并存的女人奋斗史。所以我私下里想，这部小说应该让每一个初涉世事的女孩子都看看，也许从中能学到一两点为人处世之道，能挖掘出一两点人生成功的秘诀。当然，这成功的秘诀，肯定不是利用自己的美貌。如果只有美貌，没有智慧，那一定是红颜薄命，或者是下场凄惨。

　　小说从杨柳柳与韩小勇离婚讲起，两人约好第二天上午去民政局办手续，但是韩小勇失约了。同杨柳柳的美貌截然相反，韩小勇相貌丑陋，身材也很矮。那韩小勇是怎么把杨柳柳娶到手的呢？

故事就这样逐步深入。

杨柳柳大学毕业半年了，也没有找到合适的工作，她从小镇去市文联找高中同学华杰，华杰的表哥韩建国租用市文联的房子，创办了汉江风广告公司，韩建国本人还是市广告行业协会副会长。韩建国的儿子韩小勇第一眼见到杨柳柳就心跳加速，等杨柳柳入职汉江风以后，便全力以赴展开追求。

杨柳柳丝毫不掩饰自己的野心，她对韩建国坦言，在汉江风是学习经验，将来，她要创办自己的广告公司。韩建国不仅不恼，相反，他更坚定了要让儿子娶这个女人做媳妇的想法。为此，他鼓励儿子，并有意创造机会，让韩小勇大胆追求杨柳柳。

杨柳柳的父亲杨洋河与京东镇的张军是好"兄弟"，两人的交往要追溯到十几年前。那时候张军大学刚毕业，在镇上干的是电话员的差事，给人端茶递水，下个通知跑跑腿的。一个偶然的机会，杨洋河去镇政府办事遇上了张军，那时候杨洋河已经在建筑行业开始起步，张军热情引路，杨洋河就交了张军这个朋友。那时的杨洋河条件好，经常请张军吃饭，张军需要请人吃饭时，也是杨洋河买单，两人就成了没有办结拜仪式的结拜兄弟。后来，张军凭借自己的运气，开始在仕途上有所建树。做了镇长的张军投桃报李，把镇上新建家属楼的工程给了杨洋河。

所以杨洋河对他的女儿传授人生经验："闺女，在外面做事，不要瞧不起任何人，你知人家什么时候飞黄腾达。如果那个时候我瞧不起他，认为他只是个电话员，又何来今天的局面？"

作品中，类似这样的经验之谈有很多。所以，在读这部作品时，我常常想，这是文学作品，这也是一面为人处世的镜子。

鹏程先生的作品，画面感、场面感都很强，人物心理活动描写也很到位。书中有一场"捉奸"戏的描写：张军的强作镇定，强词夺理，杨柳柳的慌乱，无措，死不承认，韩建国的城府，韩小勇的愤怒，华杰的开溜……这场冲突感十足的戏码中，每个人的表现都很真实。

这段戏码，也是杨柳柳本人命运的转折。婚内出轨，虽然未被抓住真凭实据，但杨柳柳的好运似乎也因为这次出轨而被抽净了。后来遇上经济下行，又遇上张军出事，杨柳柳的公司开始亏损，婚姻也亮起了红灯。

这似乎是作家有意设置。看得出来，作家继承了中国传统小说"惩恶扬善"的警示意义。他是要在自己的作品中，向读者传递正确的价值取向。他给人物的命运安排，有着明显的"醒世喻人"的意味。

小说的另一个亮点，是韩建国、张军这些所谓成功人士的"成功学"。在各种场合，韩建国、张军、华杰，他们每个人都有自己的一套人生哲学。

这也是本部作品的特点之一。作者在描写职场生态时，对那些弄权者的心理描写、动作描写，都十分细腻，可谓活灵活现，入木三分。

杨柳柳为了报恩韩建国，也为了自己的广告公司，又不得不去讨好韩俊。韩俊爱好写诗，为了能在市文联的刊物上发表作品，又不得不讨好华杰。

可以说《心为谁动》不仅仅是一部爱情小说，它更是一部鼓励年轻人创业的励志小说。也可以说，它是一部写给职场新人的教科书，里面有教科书级别的为人处世之道。

小说的结尾，是韩建国实名向纪委举报，举报京东镇张军在新建家属楼项目建设中，存在着以权谋私、受贿等行为。举报信特别反映了张军和工程总负责人杨洋河是"结拜兄弟"关系。纪委对韩建国信里反映的问题高度重视，进行了调查。调查过程中，杨洋河和张军两个老油条自然是铁板一块，可是，他们再老奸巨猾，也扛不住纪委办案经验丰富。工地临时负责人将张军和杨洋河在工程招标中采取不正当手段的事情全交代了。纪委以此为突破口，又挖出了张军其他的违纪行为。张军被停了职……

看到这里，也许你会拍一下大腿，叫一声："好！"或是喝一声："痛快！"

确实，张军必须要有个让人拍案叫绝的下场，不能让弄权者太得意了，否则，对不起"公平正义"这四个字。

同时，小说也埋了伏笔。杨柳柳后来的命运如何？会不会与韩小勇离婚？接下来，她和韩小勇的情感纠葛会是什么结果。

也许，这是作家为他的下一部小说埋下的"坑"，布下的局。

让我们翘首以待。

2023年7月17日

一

其实，导致杨柳柳提出与韩小勇离婚的真正原因，杨柳柳一直藏在心底。杨柳柳只是在心里无数次暗暗的骂着。

那是个燥热的夏日之夜，也就是韩小勇失踪前的那一夜，热浪正掺杂着夜风侵袭着大地。突然，天空中闪现了几道电光，又炸了几声闷雷，顷刻之间，暴雨便瓢泼般落下，雨水砸得屋顶劈里啪啦作响。

躺在床上的韩小勇被雷雨声惊醒，他把眼睁开，斜眼瞧了瞧正撅着屁股脊背对着自己睡觉的老婆杨柳柳，她睡得依然深沉，剧烈的雷雨声竟然没有能够把她吵醒。

韩小勇一屁股坐起来，下床踩了拖鞋去把家里所有的窗户关闭，因为雨太大了，风也很紧，雨会借着风势窜进屋来。等把这些动作完成后，韩小勇来到了卫生间，捏着小弟弟撒尿。恍惚之间，韩小勇想到了明天要和杨柳柳去民政局办离婚的事儿。这是他和杨柳柳上床睡觉之前就商量好了的。当然，两个人能够商量拢这件事儿并非简简单单，是经历了半年的冷战，唇枪舌剑斗争了多次才达成了口头儿协议。

韩小勇尿完了尿，揉了揉眼，也没有洗手，就睡眼惺忪地来到了床前，正准备上床接着睡觉，却见杨柳柳翻了个身，用手撩了撩被子，把屁股露在了外面。杨柳柳原本皮肤就白，又天生了一个大屁股，这无意间的动作令韩小勇两只眼睛放了光，不由得咽了几口唾沫。尽管是几年的夫妻了，韩小勇也没少了在这大屁股上发力，但此时，韩小勇猛地来了兴致。韩小勇想："过了今夜，她就不是我的人了……"

天亮后，韩小勇和杨柳柳各自起了床，各自屙尿、刷牙、洗脸……待早上那套程序结束后，又各自出了门。不过，两人约定，上午九点整，民政局见。

二

杨柳柳穿着那套她最喜欢的白裙子，不是连衣裙，是分上下两截的，她细细的腰露在外面，肚皮也露着，连肚脐眼儿都能看得清清楚楚。就这个模样出现在了民政局门前。她右肩膀上挂着小包，低头看手机屏幕上的时间，离上午九点还差两分钟。

"一分半"怎么还没有出现？杨柳柳想，等呗，反正时间未到，再说，就算是"一分半"这家伙晚到一会儿，这种事情发生在他身上也是不稀奇的。

杨柳柳就继续等。

太阳像个毒刺猬，洒下来的光也太强了，杨柳柳白白的胳膊被刺得生痛。

"不行，不能这么晒，早上出门慌慌张张也没有带把伞。"

杨柳柳想，要找个荫凉地儿，避开阳光，就四下张望，也没发现有个能躲的荫凉地儿。人行道的梧桐树下倒是能躲，又一想，不行，如果躲太远，"一分半"来了又找不到自己。

"唉，只有在阳光下暴晒了。"

想到这儿，杨柳柳抬起手腕看时间，已是九点十分。

"这个不守信用的家伙！"

杨柳柳的额上已渗出了汗珠，白白的胳膊痛得更厉害了。"不行，得给他打个电话过去，催他快点。"

杨柳柳拨打韩小勇的电话，手机里面却说："您拨打的电话已关机，请稍后再拨。"

杨柳柳愤怒了，咬牙切齿地一边骂一边猜测，难道老娘被韩小勇耍了？

愤怒之余，杨柳柳根据韩小勇关机这一情况判断，兴许是韩小勇临时变了卦，又或许是韩小勇遭遇了什么不测。总之，杨柳柳决定不再傻等下去了，先回公司。

杨柳柳的广告公司开在市里的人民广场附近，是在一幢高层写字楼的十七楼上，共有一百一十平米。人民广场这儿的写字楼租金特别贵，前些年，经济形势可以，公司有业务有钱赚，倒也没觉得房租贵，可自打今年以来，公司业务一落千丈，别谈收入了，简直就只有倒贴的份，贴员工工资、贴广告位的租金，最要命的就是公司办公用的这一百一十平米的租金了。现在杨柳柳都咬牙坚持了两年多了，只有出的，没有入的。夜里睡不着觉，仔细盘算了一下，两年多以来，都把一辆百十万的大奔亏没了。

这时候，杨柳柳移步到了民政局门前右边人行道的梧桐树下开始招手拦的士，两辆的士在自己眼前呼啸而过，车上都载客了。毒刺猬在天上晒呀，杨柳柳的额头上全是汗珠子，滴滴答答浸湿了双眼。有些时候就是怪怪的，你越是渴望来一辆的士，它偏偏就是没有。如果是在你不需要的时候，它就一辆一辆在你眼前驶过。

坐不上车的杨柳柳有些绝望，心里恨恨地想："要不是公司持续亏空，自己何至于把888卖掉呢！"

以前，杨柳柳的广告公司可是不缺钱赚，那时候杨柳柳的座驾是一辆宝马五系小轿车，银白色的，车牌号也牛，尾号是连号，888俗称豹子号，这么牛的号可不是轻松得到的。

一想到888，杨柳柳的脑海里便闪现出一个人来，一个男人，中年男人，也是个官人，他叫韩俊，今年近五十岁了，在市里的审批局当副局长。

杨柳柳结交韩俊是在一个偶然的机会，那是在五年前的一个晚宴上。那天下午，杨柳柳接到一个电话，是自己的一个高中男同学打来的。

"喂，柳柳吧！我是华杰。"

"哦，华杰呀！大诗人好。"

杨柳柳的这个男同学叫华杰，是个文艺青年，自小爱写诗，出过诗集，因此，柳柳称其为诗人。

"是我是我，我是华杰。"

男同学华杰谦逊地说。

"老同学有何指示？"

柳柳和华杰平常逗习惯了，爱这么调侃。

"哪敢有什么指示。"

华杰回应道："不是你杨大美女上个月交办我的任务吗？我时刻牢记着，这不，约了数次，人家韩大局长都腾不出时间，今天，韩大局长算是有了空闲，今天晚上答应出来了。"

杨柳柳这才反应过来，原来，人家华杰是在为自己的事操心呀！终于约到了韩俊局长。韩俊可是分管广告业务的，自己的一个广告位正在申请报批，正压在韩俊手里呢！

杨柳柳说："谢谢华杰，还是你神通广大，这样吧！你了解韩俊的喜好，他爱吃啥，爱玩啥，你一定比我清楚，你就订好位置吧！你把位置发给我，我晚上早点去恭候韩局。"

"好，一会儿见。"

华杰说完挂了电话。

杨柳柳也收起电话，心想，自己这个高中男同学华杰也真是了不起，因为是个文艺青年，爱写诗，这些年也不知道是咋混的，混到了市文联工作。文联也是市直属部门，因此够得着与市直单位一些领导结交，他能和韩俊这么熟，就能说明问题。也许，自己眼下面临的难题就得靠华杰来解决了。想到这儿，杨柳柳不敢大意，狠狠心，在超市买了一箱好酒、一条高档香烟，驾上自己刚购买还未上牌的银色五系宝马小轿车，直奔酒店而去。

三

杨柳柳驾驶着自己刚购买还未上牌的银色五系宝马小轿车，按华杰发的微信定位来到了酒店，酒店名字叫"布谷鸟"，坐落在本市的小清河旁，这里环境优美，风光秀丽，是个僻静的场所。五系宝马小轿车刚在"布谷鸟"酒店门前停稳，就见一个看上去其貌不扬、挺忠厚的一个男青年憨憨地笑着向自己走了过来。

"柳柳，速度够快。"

杨柳柳定睛一看，正是老同学华杰，便笑着说："为了我自己的事，能不积极吗？"

华杰说："这里不是讲话的场所，进去吧！在二楼布谷厅。"

杨柳柳说："华杰，你力气大，你来搬酒，我拿烟。"

杨柳柳说着打开了车的后备箱，指着一个纸箱。

华杰一看，是一件"天之蓝"，就笑起来，说："柳柳，咋搞这么多酒，多了，多了，顶多两瓶就够了。"

杨柳柳说："我这也是心情，待客要真诚。要是不够的话喝杂了就不美。"

华杰憨憨地笑，说："吃饭的人不多，韩局要是不带司机的话，就是一个人来。"

说着，华杰帮柳柳把纸箱打开，拿出了两瓶酒。又一看柳柳手里的一条烟，接着说："烟也多了，两盒就够了。"

就这样，华杰拿着两瓶酒在前，柳柳拿着两盒烟在后，上了二楼的布谷厅。

杨柳柳环顾了一下包厢的环境，说不上高档，但也不低档，这包房给人的印象就是干净清爽，一尘不染。

华杰说："柳柳，环境还行吧！"

杨柳柳说："一切拜托你啦！你做主。"

华杰说："韩局这个人没有官架子，很平易近人。也低调，对吃什么不讲究。但是有一点，他却对烟酒很讲究，劣质烟低档酒从来不碰。还有一点，他喜欢僻静，这不，这个布谷鸟他经常来，酒店门前有条小清河，这更对他味儿，他喜欢幽雅的环境。"

杨柳柳一听说韩俊喝酒抽烟讲究，吓了一跳，急得要哭了，问华杰："老同学，那我这烟酒能招待韩大局长吗？"

华杰一笑，说："行，能行。"

杨柳柳听华杰这样说，才算松了口气。

杨柳柳和华杰正聊着，包房的门被敲响。

华杰抢先去开门，门开了，一个中年男人闪现在华杰和杨柳柳眼前。

中年男人中等身材，留短发，国字脸，短袖长裤，一双运动鞋看上去挺精神，给人的印象是谈不上帅，但也不丑。

华杰立即热情地招呼道："韩局好，欢迎韩局大驾光临。"

说着，华杰伸手握了握中年男人的手，请中年男人进了包房坐在沙发上。

这时候杨柳柳也没闲着，早已倒了一杯茶水端上来。

华杰便给中年男人介绍说："韩局，这就是我向您提过的杨柳柳女士，我的老同学。"

中年男人礼貌地点了一下头，接过杨柳柳递过来的茶杯："说，哦，杨总，广告公司的杨总，幸会，幸会。"

这样杨柳柳和韩俊之间算是彼此打过招呼，认识了。

接下来，华杰开始和韩俊客套，给韩俊发了烟，开始聊闲话。杨柳柳坐在旁边心里犯嘀咕，她刚才观察韩俊进房时，虽然只走了几步路，却发现韩俊右踝有些跛，迈步时身子一颠一颠的，原来这个大名鼎鼎的人物竟然是个跛子。杨柳柳当时想笑又不敢笑，忍住了。

这时候华杰已经把服务生叫进来在点菜了。杨柳柳看着，心想："都由华杰安排吧！"自己根本懒得管。

坐在沙发上的跛子局长却在看着杨柳柳，看得生怪，眼里火辣辣的。

跛子局长暗自惊叹："天呀！我们市还有这样的美女？你看她皮肤白得像雪，不高也不矮，瓜子脸，那个鼻子那个眼长得恰到好处，人把白裙子都衬托得很美了。"

跛子局长尽量压抑自己的表情，却在不知不觉中眼里冒火了。

杨柳柳无意中与跛子局长四目相对，身子不由得激灵了一下。

这时候开始上菜，华杰继续与韩俊聊着闲篇，什么咋一个人来也没带个司机之类的，全是废话。

华杰也许是为了活跃气氛，就说："没带司机不要紧，今天我的老同学杨大美女驾驶着新宝马来的，还未挂牌呢！"

跛子局长觉得应该是自己表现逞能的机会来了，竟然忘了今天的宴席是杨柳柳有求于他，把身份搞颠倒了，说："杨总，果真是没挂牌吗？需要的话，弄个尾数888或999的，我可是有办法。"

杨柳柳本不想接话，又觉得不礼貌，毕竟是自己广牌审批的事情有求于人家，就随口答道："需要，当然需要，正愁挂不到好牌呢！"

韩俊听后仰天大笑，说："你们做生意得讲究发发发，那就888吧！"

那天饭后，韩俊很开心，说是尽了兴，饱嗝一个接一个打个没完。后来，韩俊并没有坐杨柳柳的车走，而是他的司机来把他接走了。

杨柳柳和老同学华杰把韩俊送走后，杨柳柳问华杰："要不要送你回去？"

华杰说："好呀！柳柳你就把我送到文联门口吧！"

杨柳柳问道："这么晚你还去单位？"

华杰说："办公室安静，我去看会儿书再回家。"

四

一辆小汽车"吱"的一声怪叫，停在了民政局门前靠右边的位置，把正在人行道梧桐树下等车的杨柳柳从往事的回忆之中惊醒过来。

杨柳柳仔细一看，这辆车好眼熟，黑色的日产天籁，仔细一辨认车牌，确认了："这不是韩俊的座驾吗？真是雪中送炭。"杨柳柳暗自庆幸，自己在高温暴晒下痛苦不堪，终于等来了一辆熟人的车。

这时候，黑色天籁车司机打开了车门，下了车，冲着杨柳柳微笑着说："杨总，真是巧呀！我打这儿路过，瞧见一个穿白裙子的美女站在树下，太显眼了，仔细看了看，才认出是你，我就转回来了。怎么样，需要送一程吗？"

"太好了，张师傅，你来得正是时候。"

杨柳柳见是韩俊司机小张，名字叫学杰，也是老熟人了，就没客气，走过去拉开了车门坐在副驾驶的位置上，"砰"的一下，把车门关上，顿觉空调的凉气将自己围住，凉遍全身。

韩俊司机张学杰也坐上车，关了车门，问道："杨总，去哪？"

"我去人民广场，回公司，张师傅，麻烦您了。"

"杨总你甭客气，这会儿我回局里，正好从广场路过。"

杨柳柳刚上车忽然吹冷风怕感冒，见韩俊车上挡风玻璃处放着一盒抽纸，就抽了几张抽纸在自己额头及两鬓处擦汗，边擦边和韩俊司机搭讪。

"这鬼天气，都不知道今年夏天为啥这么热，又持续这么久。"

"是呀！昨天晚上新闻联播也报道了，说今年是好多年不遇的罕见热天。"

"张师傅，您这是从哪来？你不知道我在民政局门前那个鬼地方等出租车，越等越没有，越没有越焦，打眼前过的出租车都载了客，急死人啦！您真是及时雨。"

"嘿，我是送韩局去开会，送到了他说天热，没必要等。再者，他开完会还要找几个领导汇报一下工作，就坚持让我先回了。杨总你说我们韩局多好呀！对部下多体贴呀！"

"嗯，韩局是个好领导、大好人。"

杨柳柳嘴巴上说韩俊是个好领导，大好人，只是为了迎合韩俊的司机，或者说是敷衍他而已。

"韩俊是个好人吗？韩跛子是个好人吗？"

杨柳柳在心里问自己。

"杨总，到广场了，车在这里靠边停如何？"

"行、行，就停这儿。张师傅，真是太谢谢您了！"

"不客气，不客气。"

杨柳柳说着下了车，和韩俊司机告别。

回到了公司办公室的杨柳柳先是打开了空调，把随身携带的小包扔在了沙发上，换了双凉拖鞋一头扎进洗手间冲起了凉。

杨柳柳是个极会享受的女人，也是个爱干净整洁的女人，她的办公室靠里屋是洗手间，她在洗手间安装了热水器，是那种只需调冷热便可喷水使用的，很方便。杨柳柳足足冲了有半个小时，都快把热水用完了，才罢休。

冲完凉，杨柳柳从她的办公室衣柜里取出一套黑色的短裙换上，顿时把自己的皮肤衬得更加雪白。

"这下浑身轻松了，该歇下来享受一下了。"

想到这儿，杨柳柳把手机调到百度上，搜到"陶笛纯音乐版"，一段优雅嘹亮的"神话"便播放起来。接着，杨柳柳又把一小包香草咖啡打开倒入一只玻璃杯中，冲上开水用勺搅匀。

"还烫，待会儿喝。"

杨柳柳把玻璃杯放在茶几上，顺势仰面躺在了沙发上，黑色短裙跟着身子抖动，把一双大腿露了出来。

紧接着，杨柳柳长出了一口气，躺在沙发上的杨柳柳感慨万千，现如今她几乎混成了光杆司令，原本手下有几名员工的，这两年发不了工资都陆续辞退了，还剩下一个叫刘倩的小妹妹守摊儿，自己在外面跑业务，索要欠账，公司现在就混成了俩美女。现在经济的持续不景气，广告业与其他众多的行业一样一直萎靡不振。

"管他啥原因呢！他奶奶的，自己两年多来裁人卖车，混得抬不起头却是事实。"

杨柳柳也想到过转行，或者是停下来歇一歇，最起码是要先止损吧！可是仔细想了想又谈何容易？首先，目前的情势下，各行各业都难生存，倒是有一行可以，当公务员，收入稳定，可能吗？杨柳柳在心里笑笑，把转行否定了；那么，停下来就能止损吗？答案是No，停下来反而亏损更严重，因为，各个广告位及公司房屋的租赁协议未到期，不能提前终止，都交了押金的，还有就是自己辛辛苦苦这些年建立的业务关系不能断，断了就彻底打水漂了，白努力了。若硬撑下去，损失会小一些，因为无论如何，广告位只要不闲着，多少还是有些收入，只不过收入的不是现金，而是企业以物抵债，但说到底还是钱，只不过是严重缩水了的钱。

这会儿，香草咖啡不烫了，可以喝了。杨柳柳从沙发上坐起来，伸手把那只装满了咖啡的玻璃杯端起来，轻轻地递到嘴巴前，杯子一歪轻轻地喝了两口，这是她爱喝的，然后，她的上嘴唇和下嘴唇碰了一下，品了品，又把玻璃杯放在茶几上，接着在沙发上躺下。

唉！杨柳柳不知道为什么，反正是叹了口气。杨柳柳也习惯了，有些时候不知道为什么就会不由自主地哀叹一声。"他奶奶的，婚姻不幸，现在事业又不顺！"

杨柳柳想到了自己与韩小勇之间的所谓恋爱，简直是稀里糊涂地嫁给了他。那也算是恋爱吗？

说起杨柳柳的整个恋爱史，其实并不复杂，这要从杨柳柳的学生时代谈起。可是，要说杨柳柳的学生时代，又不得不提及她的家庭情况。

像许多八十年代末出生的少女一样，杨柳柳的少年时光是健康快乐的。她爹是个生意人，镇上的小包工头儿，手下有三五十个泥瓦匠，也叫砌匠，爹就带着这支队伍在本镇，或者是邻镇，有时甚至是在外县的某个镇给人建房。

"女儿要富养。"

爹经常这么说。因此，杨柳柳是不缺零花钱的。从初中至高中，杨柳柳都不缺钱用。杨柳柳在学业上也很争气，没有辜负爹，高考考出了好成绩，考上了省城的大学，虽然不是"985""211"，但也是个一本。这也算为爹长了脸，爹一开心，在省城读大学的杨柳柳就更不缺钱了。

在省城读大学的杨柳柳学的是广告设计专业，这便是杨柳柳大学毕业之后开广告公司的主要原因。大二的时候，杨柳柳感觉一个叫高安的男生对自己有意思，高安大个儿，身高一米八一，黑脸大眼睛，鼻直口方，爱留长发，头发经常梳理得往右边倒，跑起来头发会潇洒地抖，算得上是个帅哥。高安第一次向杨柳柳表白爱慕之情是在一个周日的下午，那会儿，杨柳柳正盘腿坐在学校田径场边上的草坪上看书，看的是日本作家东野圭吾的《白夜行》，挺厚的一本书，正聚精会神地看着，一只足球不快不慢不偏不斜滚向杨柳柳，正撞上她的小腿。杨柳柳顺着球滚来的方向一看，见一个高大的男生正向她跑过来，像是在追球，头上的长发抖动着边跑边说："柳柳对不起呀！球打着你啦？没事吧？"

杨柳柳一笑，说："高安，你不是爱打篮球吗？怎么今儿改踢足球啦？"

高安这会儿已经来到了杨柳柳跟前，见杨柳柳人没事儿，才放下心来，便语气坚定地说："柳柳你说如何罚我？是请你吃火锅，还是请你看电影？"

高安说这话是向杨柳柳赔个不是，谁让自己不小心把球踢到了人家腿上呢！反正半真半假似玩笑非玩笑的。不料，杨柳柳却一本正经地说："今天周日，难得有同学请，我又有什么理由拒绝呢！火锅电影照收，一锅烩。"

高安一听，把刚捡起来的足球抱在胸前，瞪大了双眼，张大了嘴巴，像被孙悟空的法术定住了一般，至少有几秒钟没动。

五

在省城的万达广场，一对情侣模样的青年人正在悠闲地逛着，女孩儿很是尽兴，穿梭在琳琅满目，各色各类的店商之间。男孩儿是个阳光帅气的大个儿，与天生丽质，貌美如花的女孩儿走在一起很是协调，养眼。先，男孩儿与女孩儿并排走，男孩儿试探着伸手想拉着女孩儿的手，却被女孩儿拒绝了，女孩儿粗暴地将男孩儿的手推开，小声笑着说：

"老实点儿！"

男孩无奈，也很无趣，只有放慢了脚步，不再与女孩儿平行，而是无精打采地跟在女孩儿屁股后面，心里说："女人咋都这德行，又不买，却没头没脑地逛！"

男孩儿和女孩儿之所以选择万达广场，是因为逛、吃、看电影都方便。男孩儿起初的本意是吃火锅或者是看电影只请其中之一，女孩儿却要"一锅烩"，为了方便，他们便来到了这里。

男孩儿女孩儿正是高安和杨柳柳，他俩从学校出来，乘出租车到了万达广场，已晃悠多时了。

高安跟在杨柳柳屁股后面，跟得实在不耐烦了，忍不住说："饿呀！去三楼吃火锅吧？"

杨柳柳觉得也逛够了，便说："好呀！吃了火锅到四楼看电影。"

高安不由自主地吐了一下舌头，只是这个细节杨柳柳并未察觉。

他俩在万达广场三楼一家火锅店找了个僻静位置坐下，开始点餐。

"服务生。"

高安潇洒地抬一下右胳膊，挥了一下手，示意服务生过来。

　　一名年轻的女服务生来到了高安和杨柳柳跟前。

　　"我们家火锅是四川风味儿，请问先生需要特辣、中辣、微辣还是一半微辣一半清淡的鸳鸯锅？"

　　高安没敢表态，看了看杨柳柳。

　　杨柳柳明白高安是让自己决定，便顺口道："一半微辣一半清淡吧！除了羊肉牛肉，再点几样配菜。"

　　杨柳柳说着也不谦虚，拿过点菜单用笔勾起来，边勾边开玩笑："要悠着点儿啊！别让高同学心疼！"

　　高安经得起杨柳柳的玩笑，正经道："爱吃啥点啥，吃不了兜着走呗！"

　　杨柳柳勾完了菜，也没征求高安意见，直接把点菜单交给了服务生。

　　女服务生看了一下点菜单，微笑着问道："两位喝点什么？"

　　这下提醒了高安，高安说："是呀！杨同学，喝点什么呢？

　　杨柳柳笑笑，说："饮料吧！随便，我什么都行！"

　　高安说："柳柳小姐，我可是听同学们说了，你喝啤酒厉害得很，还谦虚个屁呀！就啤酒吧！"

　　杨柳柳又笑笑，没有反对。

　　女服务生这才转身离去。

　　时间不久，火锅底料上来了，羊肉牛肉各种配菜上来了，锅里的汤水先是平静，再是轻微翻泡儿，后来逐渐沸腾起来。

　　高安把啤酒打开，给杨柳柳满了一杯，也给自己满了一杯，杨柳柳已经开始在夹肉往锅里送了。

　　高安举起酒杯，望着杨柳柳说："谢谢杨同学给面子，干杯！"

　　杨柳柳也举起酒杯，望着高安，说："干！"

　　高安边吃火锅边喝啤酒，仔细观察杨柳柳，觉得同学们的话并非虚言，杨柳柳果真能喝。因为就两人喝，高安总不能自斟自饮吧！

因此每次举杯只能冲着杨柳柳说："干。"接下来再邀杨柳柳说："干。"

杨柳柳来者不拒，偶尔也主动举杯邀高安喝。一会儿，桌上空瓶都五六个了，羊肉牛肉也没了，高安说："再来点肉？"

杨柳柳说："不了，先把配菜消灭了吧！肉要少吃，我怕长肉。"

高安说："那再来几瓶啤酒吧！"

杨柳柳没有反对。

高安便潇洒地抬起右胳膊，示意那个女服务生再来两瓶啤酒。

女服务生拿啤酒的时间，高安已掏出手机操作订电影票了，他没有征求杨柳柳的意见，把他和杨柳柳看电影的座位订在了最后一排靠右，而不是靠中间的位置。关于为什么靠边而不靠中间，高安有自己的盘算。高安想，选择最后一排是因为背后不会有人，选择靠右边的位置是因为不再担心右边有人，如此一来我只担心左边了，如果左边也没人，那是天意。当然，高安内心的这些小九九杨柳柳就不得而知了。

当高安和杨柳柳最后一次举杯同饮，又把酒杯放下后，终于干完了所有的啤酒，也干完了所有的配菜，简直是酒足饭饱，痛快极了。这时候两个人虽谈不上醉，但也是头脑嗡嗡作响，脸红红的，觉得浑身发胀，胳膊腿格外带劲儿。

高安直接用手机扫了桌上的二维码结了账，冲着杨柳柳说："去方便一下吧！都喝了不少啤酒，去方便下好看电影，票都买了，我卡着时间点买的，马上可以上四楼进入放映厅了。"

高安和杨柳柳各自去了一趟洗手间，汇合后，一同乘坐电梯上了四楼，直接到了影城。果然是高安把时间拿捏准了，没怎么等，就允许进入了。

他俩进了放映厅，高安带着杨柳柳径直往最后一排走，杨柳柳只管跟着高安，刚才，她只顾吃火锅喝啤酒，并没在意高安已买票，至于电影名字她也不知道，只是在来万达广场的路上，他俩讨论了关于想看电影的类型。

高安当时拿着手机搜索了一下，说："今晚万达广场有三场电影，一是香港喜剧片；二是外国科幻片；三是国产战争片，剿匪的。"

杨柳柳想也没想，脱口而出，说："就战争片吧！国内拍这个拿手，带劲儿。"

这会儿，杨柳柳跟在高安屁股后面，心想："高安买的票一定是剿匪片。"

终于落了座，杨柳柳顺口说了句："位置好偏。"

高安并不接杨柳柳的话，只是把一瓶饮料塞在了杨柳柳手中。

放映厅忽然暗了下来，屏幕上播放的广告和关于消防安全的宣传口号也停下来了，电影正式开始，果然是战争片，杨柳柳很兴奋。

高安坐在杨柳柳的右侧，在屏幕光线有时明有时暗的反射下贼眉鼠眼地观察着周围环境。前面的观众不用防范，他们正聚精会神地看着情节，不可能回头看，除非那个人是个神经病；自己身后无忧，因为自己坐的是最后一排；右边也不用担心，因为自己座位就是靠右一个。唯一的薄弱环节就在左边了。高安左侧坐着杨柳柳，他把自己头偏向左，像贼一样，顺着杨柳柳的鼻尖仔细观察，不由得在心里叫了声"好！"他发现，杨柳柳左侧虽然有人，但隔得较远，黑暗中觉得像一对小情侣，恍惚中那女的已趴在男的大腿上了。

"好！"高安在心里又叫了一声。

心里开始激烈斗争了，怎么办？是装模作样再看会儿电影？还是立即有所行动？毕竟这是第一次约她吃饭看电影。刚才，在逛的时候他试探过牵她的手，被她粗暴拒绝了。唉！真是左右为难，又一想，谁谁谁说过，男人不坏，女人不爱，想吃豆腐又胆小如鼠怎么行，小子，别怕她发脾气。高安为自己鼓劲儿！

高安的手暂时没敢动，却把头一歪，靠在了杨柳柳的右肩上装醉。

杨柳柳竟没有反感，甚至没有扭头看他一眼。杨柳柳继续看电影，边看边说："你咋了，喝多了吗？"

高安的头继续靠在杨柳柳的右肩上，还是装醉，呢喃着说："是多了，喝大了，头昏昏沉沉的。"

杨柳柳不理高安了，继续看着情节。

黑暗中的高安翻了一下眼，觉得有机会继续下去。他的手爪子开始不老实了，他趁着杨柳柳喝完饮料放饮料瓶的时机，一下子用右手抓住了杨柳柳的右手，出乎意料，真是出乎意料，杨柳柳竟然没有埋怨他，杨柳柳只是轻轻地想让高安的手爪子拿开，但高安的右爪子却像钳子一样把杨柳柳的右手钳住了。杨柳柳也许是酒精发作了吧！也许是觉得高安又是请火锅又是请电影，还有可能觉得此时此刻的场所需要安静，至少不能影响别人吧！就没发作，也不再尝试摆脱高安的右手，就那么老实地让他钳着。

高安开始得寸进尺了，他竟然舍弃了杨柳柳的娇嫩小手，猛地按住了杨柳柳的胸。

这回杨柳柳不干了，抓住高安的手腕使劲儿移动，可高安力气大，杨柳柳移不动。

杨柳柳有些生气，但还是没发作。杨柳柳只是轻轻地说："别这样，拿开。"

高安原形毕露了，喘着粗气，小声说："柳柳，我暗恋你多时，我没别的意思，就抱抱，抱抱。"

到底是高安的力气大，他这时已完全放开，不再装醉，左胳膊紧紧搂住杨柳柳。

杨柳柳怕弄出响动惊动周围的人，又一想，在这种场合，这个可怜的家伙又能如何呢？就彻底放弃了抵抗，高安乘胜追击，右手一下子钻进了杨柳柳的衣襟。

六

高安和杨柳柳经历了在省城万达广场的火锅电影之旅后，他俩的恋情正式开始，二人拢共在一起恋爱了一年多的时间，其间感情还算稳定，直到大学毕业后才分手。分手的原因很简单，杨柳柳的父母坚持要她回家乡发展，而高安原本就是省城人，高安的父母反对高安和杨柳柳在一起，称杨柳柳为"小地方的女子"，两家的父母尿不到一个壶里。

"分就分呗！"

杨柳柳当时想，她和高安充其量也就算情侣，他俩之间并没有爱得死去活来、海誓山盟、惊天动地。在大学里，大家伙儿之间都有互相攀比之心，你家有洋房呀！有大奔呀！谁有男朋友女朋友呀！仿佛谁一直单着谁就没有面子。杨柳柳接纳高安的时候就是这个情形，追杨柳柳的男同学不少，都败下阵去，唯独高安，杨柳柳看中了高安的大块头儿，看中了高安在球场奔跑的潇洒劲儿。

分是分了，高安和杨柳柳却没有失去联系，就像陈奕迅的"十年"唱的那样："情人最后难免沦为朋友！"只是高安和杨柳柳没有十年，就一年多。

杨柳柳告别母校，告别省城，告别高安的那天，天下起了蒙蒙细雨，高安左手撑着一把伞把杨柳柳罩着，右手托着一只沉重的旅行箱，这是杨柳柳的箱子。杨柳柳身上挎着包，手里提着两只塑料袋，袋子里装的都是她在大学里的生活用品。他俩是刚下了公交车向火车站走去。

这一刻的高安和杨柳柳虽没有说破，但各自心里都很清楚，他俩的大学之恋会随着毕业证书的到来，"分手"也会随后到来。

杨柳柳忽然想起半年前的那次郊游。那是几位同学之间发起的一次活动，那天是在河边的沙滩上搞野炊，高安和杨柳柳的任务是拾柴禾，他俩很卖力，当转到一片齐人高的草丛之后，两人完全消失在其他同学的视线之外。这时候头上是蔚蓝的天空和棉花朵一样的白云，身边是波光粼粼的河面，脚下是软软的细沙，眼前是随风摇曳的荒草……

"到了，柳柳。"

"哦。"

杨柳柳一激灵，才反应过来，高安已经把她送到火车站了。

"路上保重，到家了信息我。"

"谢谢你送我到车站。"

高安凝视着面前的女人，好像还有话讲，却欲言又止。

"有话就说，我要进站了。"

高安苦笑着说："柳柳，其实那次你在篮球场边看书，我不是不小心，而是有意把球踢向了你。"

"你以为我傻吗？"

杨柳柳也苦涩地笑了一下。

高安把拖着的旅行箱扶手交到了杨柳柳手中。

"再见。"

"再见。"

高安目送杨柳柳拖着大箱子直到消失。

回到家乡的杨柳柳无所事事，整日在家赋闲，主要靠看书看电视刷手机打发日子，眨眼间，就过去了几个月的时间。

爹依然领着他的砌匠队伍在外干活儿，偶尔回到家见女儿闲着，心里焦虑，想："柳柳年轻，不能这么闲下去没上进心，也该考虑就业的问题了。

于是，爹就唠叨："毕业几个月了，也不出去找工作呀！二十出头的大姑娘了，我总有一天会闭眼的，我能养你一辈子？"

杨柳柳听得心烦了，顶撞一句："一辈子让你管呀？"

爹气得抱着酒瓶直往肚里灌。

顶撞归顶撞，杨柳柳知道那是当爹的为她好，替她着急。只不过当爹的总是唠叨，听得烦心，才忍不住顶几句嘴。

杨柳柳开始行动了，她没有其他什么关系，大学的同学们都在外地，远水不解近渴。思来想去，自己亲戚里好像也没有谁混得人模人样的，就只有在高中同学里寻觅有点能量的人，她一下子想到了华杰。

一天上午，华杰正在上班。华杰的办公室在市文联办公楼四楼靠右最边上的一间房，房门上挂着"创联部"字样的牌子，创联部属文联内部科室之一，主要职能是负责创作采风之类的工作事宜。华杰来文联工作不久，凭着其聪明能干会写诗，混得不错，深得领导信任。在创联部这间办公室靠里面的一张办公桌的主人是创联部的部长，科室的实际负责人。

这会儿，部长有事出去忙了，办公室的门大开着，创联部就华杰一个人在办公室，正低头忙着草拟一份活动方案。

"咚咚"，有人温柔地敲门，敲得很文明。

华杰抬头一看，脸上立即呈现出惊呆了的表情。他不敢相信自己的眼睛，心里叫道："娘呀，这不是自己日里夜里思念的梦中情人吗？"

有多少次，华杰睡不着觉，辗转反侧，嘴里喃喃自语，叫的都是这个人的名字。

"怎么了？老同学是不认识我了，还是不欢迎我呀？"

"哪里，怎么会呢？你大美女柳柳女士驾到，我只是事先没接到通知，感到很意外而已。欢迎欢迎！"

华杰终于不再发愣，开口说了话。

杨柳柳是一大早从其他高中同学那儿打听到了华杰的工作地址，但是那个同学也就只有华杰的工作地址，没有华杰的手机号码。杨柳柳想："有了工作单位地址就够了，市文联的座机号通过114可以查到，但杨柳柳觉得没必要，我去了，如果运气好，就直接撞上他。退一步讲，即便华杰不在单位，他的其他同事一定有他手机号码，就这么决定，我直接从镇上坐车去市区找他。"

打定了主意，杨柳柳想，出门不能没钱，她记得自己手机支付宝上还存有二千多元，但为了备足费用，她又把爹上次回家塞给自己的两千元现金也带着，出门在外，以备不时之需。

杨柳柳刻意打扮了一番，她知道在外要收拾得紧身利索为好。就轻妆淡抹，上身穿一件休闲运动装，下身穿牛仔裤、运动鞋，加上她皮肤白皙，整个人看上去就清爽而又充满了活力。

这会儿华杰热情接待，说："请进呀！进来坐。"

华杰边说边倒水泡茶。

杨柳柳自然谦让一下，说："谢谢华杰，一杯开水就行。"

华杰说："我这是大把抓的茶，你别嫌弃。"

几句客套话后，华杰和杨柳柳又各自聊到了高中毕业后这几年各自的情况。

华杰说："唉，柳柳，我真羡慕你们学习成绩好的同学呀！你们都考上了好大学，和你相比，我就自叹不如了。柳柳你知道，高中的时候我的学习成绩综合分总是第一，但那是倒数。我除了爱好写诗，出过诗集，其他真是一无是处。"

杨柳柳说："华杰你也太谦虚了，用事实说话，你现在就比我强许多，你是文联干部，我还是个在家待业的女大学生。"

　　华杰说："我这也是机遇，在高中的时候，文联的汪主席就很欣赏我的诗，高考我不是考了个三流大学吗？还是个工业大学，太没意思了，可没办法呀！我估计我的分数太低就只能报那个学校了。后来我也没心思去上，就放弃了。"

　　"那后来呢？"

　　杨柳柳问。

　　"后来呀！我准备去我表哥的广告公司打工，这时候文联主席找到了我，他知道了我的情况，他说我应该去文联工作，继续写诗，发挥我的特长。唉！可我也有难言之隐，实话告诉你吧柳柳，我的身份至今还是个合同制。因此呢！我还在学函授，在文联，光有特长没有文凭不行。好了，不说我了，柳柳谈谈你的情况，大学的情况。"

　　杨柳柳说："华杰，先不说我大学的情况，其实上大学不还是读书，也没啥讲的。不过，我对你刚才讲的一句话很感兴趣！"

　　华杰一笑："哪句？"

　　杨柳柳说："你刚才不是说了你表哥是开广告公司的吗？"

　　"对呀！我是有个表哥在开广告公司，而且他干这行已经有些年了，是个资深广告人！怎么，柳柳你对广告有兴趣？"

　　"华杰你算说中了，我在大学就学的是广告专业。"

　　"哦！难怪。"

　　杨柳柳说："华杰，不瞒你，你知道我今天来拜访你为什么吗？为的就是请你帮我打听有没有熟悉的广告公司。"

　　"噢！我有些明白了。"

　　杨柳柳笑着问："华杰，你明白啥？你说。"

　　华杰心里明白，杨柳柳八成是来找工作的，这样的话，就是她有求于我，我可不能主动说破。想到这儿，便说："柳柳我这人愚钝，猜不到。"

　　杨柳柳像是看透了华杰的心思，一想，我来是求人办事，何必强迫人家说破呢?

于是,就直截了当地把话说明了。

"华杰,我是想请你帮我找个对口的工作,我毕业回家这几个月,我爹天天唠叨让我找工作,唉,烦透了。"

华杰见杨柳柳主动说了,就显得很豪爽,说:"柳柳你客气啥,同学之间谁还没有困难需要帮助的时候,你放心,就这点事儿,包在我身上。"

华杰说话这么有底气,主要是他的确有个表哥开了家广告公司。

不过,华杰及时换了话题,说:"柳柳,你方便说说你大学的情况吧!我对那个感兴趣。"

杨柳柳说:"真的没啥,无非就是大学的学习环境宽松多了,不像高中时那样拼命。"

华杰对杨柳柳的几句敷衍很不满意,就开玩笑说:"老同学要不要我提示下?"

杨柳柳一笑,说:"尽管说来。"

华杰盯着面前的杨柳柳,表面很正常也很平静,但浑身的血液已翻腾许久了,他见杨柳柳比几年前成熟丰腴多了,脑海里突然闪现出几个字:"追她。"嘴上却说:"柳柳那我可冒昧地问了,说错了你千万别怪。"

杨柳柳觉得眼前这个华杰突然间像变了个人,又一想,自己毕竟来找人家帮忙的,便说:"华杰你真啰嗦,我怎么会怪。"

华杰说:"我可是听说大学里恋爱成风,柳柳你这大美女,追求者应该是排成队吧?"

华杰的这个话题倒是杨柳柳未曾料到的。杨柳柳笑笑,说:"对不起,无可奉告。"

七

　　临近中午，市文联创联部办公室。

　　华杰一直在和杨柳柳聊，杨柳柳试图进一步谈谈关于广告公司的相关话题，都被华杰成功岔开了，华杰有他自己的盘算。

　　接下来还要面临一个现实的问题，中午饭。毕竟杨柳柳是大老远地来拜访自己，别管什么原因，人家来便是客。自己作为一个大男人，不能不尽地主之谊吧！想到这儿，华杰看了看手机屏幕上的时间，说："哟！都十二点了，柳柳恐怕肚子早饿了吧！"

　　杨柳柳是个心直口快的人，讲了实话："不瞒你华杰，早上从镇上来你这儿，慌着赶车，连早饭都没吃呢！"

　　华杰埋怨杨柳柳道："这就是你不对了呀老同学，你早该告诉我呀！"

　　杨柳柳说："这不是和你几年不见，越聊越投机嘛！再说，一直喝茶水，你不提时间的话还真没感觉到饿。"

　　华杰说："走呀！柳柳你是贵客，稀客，中午我好好招待你。"

　　杨柳柳却说："华杰你的心意我领了，可是我有我的想法，今天中午应该我来请你。"

　　杨柳柳说这个话着实让华杰没有想到。在高中的时候，华杰就了解杨柳柳，她爹是个包工头，家里富裕是远近出了名的。杨柳柳虽然是女孩儿，却天生的男孩儿性格，豪爽，在班上花钱大方也是出了名。虽说如此，但今天情况特殊。华杰坚持说："柳柳那怎么行？你是客！"

　　杨柳柳身上带足了钞票，心里有底气，同时她也了解华杰，读高中时，华杰就出了名的小气。再说今天是自己来有求于他。想到这儿，杨柳柳说："不争了，走，文联附近华杰你熟悉，哪儿有特色，赶紧带我去。"

华杰带着杨柳柳出了文联机关大门，往右一拐，又步行了大约十分钟，来到了一家小酒店的门口。杨柳柳抬头一看招牌"顺义酒家"四个大字。大字的旁边有几行小字，写着"农家小炒，特色蒸菜"等等。

华杰介绍说："就这家吧！挺有特色，我们几个同事就爱在这儿吃。"

说着话，华杰领着杨柳柳走进去进了一间包房。

杨柳柳一看，包房虽然简陋，但确实干净，一尘不染。

华杰把桌上的菜单递给杨柳柳看，说："柳柳你看，爱吃什么就点什么。"

杨柳柳却把菜单又推给了华杰，说："我最不喜欢点菜，这活儿交给你了，你熟悉。"

华杰从衣兜里掏出烟，点上一支，吸了一口，一仰脖儿吐出一口烟雾，开始点菜。

菜点好后，华杰又征求杨柳柳的意见，杨柳柳说："有火锅，有荤有素有凉菜，行。"

华杰便叫来了一名服务员把菜单拿走了。

华杰说："柳柳，读高中的时候我就知道你喝啤酒行，今天我想见识一下如何？"

杨柳柳说："这你都知道，今天没外人，尽个兴，行。"

时间不久，火锅、菜、啤酒都上来了，华杰和杨柳柳也确实是饿了，大口吃菜，大杯喝啤酒。

酒至半酣，华杰想："我要加她微信，再留个联系方式才好。"

于是，华杰端起酒杯，却不直说，而是拐了个弯，说道："柳柳，你让我打听广告公司的事情你放心，除了我表哥这家，我再多问几家，问好了我把资料发给你。"

这句话提醒了杨柳柳。

"是呀！聊了半天，微信也没加，电话也没留，多不方便！"

想到这儿，杨柳柳说："还是华杰想得仔细，多打听几家，我也好有个对比。"

说着，端起酒杯陪华杰把酒喝下，又拿手机加了华杰的微信，也存了华杰的电话。

吃着喝着，华杰偷偷观察杨柳柳，她也喝了几瓶啤酒了，竟然没有一点醉意。不仅感叹道："杨柳柳能喝啤酒并非虚言。"

"柳柳，饭后去哪？下午还有半天时间，要不我陪你在市里逛逛？"

"不了，华杰你要上班，我不占用你上班的时间。再说，我还要赶车回镇上去。"

华杰有些失望，说："那你也休息下再走呀，喝点酒头晕乎乎的。"

杨柳柳说："我没事，头脑清醒得很。"

华杰还想做最后的努力，说："广告公司的事如果我下午就帮你问好了呢？你不去和人家见个面？"

杨柳柳是个聪明人，她心里是有数的，面前这个老同学，他八成是在打自己的主意。嘿嘿！既然有求于他，当然不能得罪他，只好找个正当理由走人了。

杨柳柳笑了笑，说："华杰，广告公司的事情真的拜托你了，我下午必须回去，我家里情况你不清楚，我爹经常不在家，我妈身体不好，没人照顾。早上出门时我妈说了，让我下午早点回家。"

华杰听杨柳柳这么说，只好不再坚持让杨柳柳留下了，不过却像个泄了气的皮球一样，很是遗憾。

杨柳柳一看，自己和华杰都酒足饭饱了，便说："我出去方便下。"随后，出了包房，直奔吧台把饭钱结了。

从酒店走的时候，华杰像是忘了结账的事儿，提也没提。

杨柳柳说："华杰，你回文联吧！我陪你走到文联门口。"

华杰心里明白，刚才的饭钱准是杨柳柳出了，不然的话，酒店怎么会让走人？因此，心里很不好意思，说："柳柳，路过文联门口，再进去坐坐吧！"

杨柳柳笑笑，说："不了，上午已打扰你半天，我陪你走到文联门口，你回去忙你的，我是刚好路过那儿，回我家的车站正好在文联左边的方向。"

华杰说："那我送你到车站之后，我再回文联。"

杨柳柳又笑笑，说："那真没必要，大白天的，我又走不丢，我到家后给你信息。"

说着话，两人已经走到文联门口了。眼看就要分开，华杰语气坚定地说："柳柳你放心，今天下午开始，我帮你打听你交办的事儿，明天，最迟后天，我给你回话。"

杨柳柳还是微笑，说："那让你费心了！"

告别了华杰，杨柳柳漫不经心地向回家的车站走。边走边想："这一趟也算是没有白来，首先，找到了要找的人。其次，自己来的目的华杰已很清楚，尽管华杰可能有私心，他有可能是在打我的主意。还有呢！华杰如果真心帮我，应该希望很大，他的表哥不就是广告公司老板吗？嗯，在针对华杰的态度上，我一定不能让他完全失去信心，该煽情的时候还是要说几句煽情的话，只不过我把这个度把握好就行，该利用的一定要好好利用。"

八

杨柳柳来到了车站，站台上已稀稀拉拉站着几个等车的人，这几个人的穿着打扮和城里人有着明显的区别，带着土气，一看就知道准是在城里办完了事要回镇上或者是乡下。还有个穿风衣的女人坐在长条椅子上低着头耍手机，皮鞋亮亮的，胳膊上挂着手提包，看样子一定也是个等车的。虽然她低着头看不到她的脸，但从着装上看这女的却显得与众不同，而且很年轻，应该和杨柳柳是同龄人。

杨柳柳东张西望，无意中乜斜了一下坐在长条椅子上低着头耍手机的女人，感觉是个陌生人。

"嘎，吱吱……"

一辆公交车拖着沉重的刹车声停在了站台前。

"哐当，哐当"两下，前后门几乎同时打开，车上乘客有下车的从后门下，站台上等车的人从前门上。杨柳柳站的位置离前门近，她第一个踩踏步上了车，将早已准备好的零钱投入钱箱，刚好司机背后有一个空位，杨柳柳顺势坐下，脸正好对着前门上车的人。

刚才等车的几个人随后陆续上车，那个坐在长条椅子上低着头耍手机的年轻女人也早已收起手机和手提包，抬头跃身上车，她是最后一个上车的人。

当这个年轻女人踩上车前门踏步的瞬间，她的脸正对着杨柳柳。几乎在同时，杨柳柳和这个上车的年轻女人四目相对，两个人都吃了一惊，都瞪大了眼睛，都"啊"了一声。

杨柳柳说："银银！"

上车的年轻女人说："柳柳！"

两个人互相喊了对方的名字，这是在站台邂逅了。

杨柳柳反应快，她来不及和这个叫银银的女人寒暄，迅速地转身瞟了身后一眼，发现隔两排有一个座位空着，就急忙和自己身边的一个陌生男人商量，意思是我偶遇同学了，让陌生男人去坐身后隔两排的空位，陌生男人挺好说话，乖乖起身坐后排去了。杨柳柳这才一把扯住叫银银的女人的手，激动地说："来，银银坐我身边。"

这个穿风衣叫银银的年轻女人也激动地抓住杨柳柳的手说："真是太巧了，柳柳，没想到在这遇上你。"

原来，这个穿风衣叫银银的年轻女人姓王，和杨柳柳是一个镇上的人，不仅如此，她俩还是上高中时一个班的同学。这会儿，公交车早已启动，并且平稳地跑起来。

俗话说，三个女人一台戏，其实，两个女人遇上了话也不少。尽管公交车的发动机嗡嗡作响，还有车上其他人的闲言碎语，这些杂音丝毫也不会影响杨柳柳与王银银的谈兴。

杨柳柳先开了口，问道："银银，你现在在哪儿做事儿？"

王银银一笑，不知道是谦虚还是怎么的，显得有些不好意思，没有直接告诉杨柳柳自己的工作单位，却说："柳柳，高中时你学习成绩好，你上了省城的好学校，一本。你知道的，我就在本市上了个一般的大学，我毕业后有个工作就不错了，我现在在最基层，社区工作者。"

杨柳柳对社区工作还真不了解，凭印象只知道社区就是管杂七杂八老百姓的生活琐事。

"可以呀银银，我大学毕业在家待了快半年了，现在连个工作都没有，你比我强。"

王银银说："你说哪儿了，你是高才生，我这工作你瞧不上的。"

杨柳柳说："你可别这么说，你介绍一下，引荐引荐，我也进社区。"

王银银说："这话我不信，不过，你要真想来，可以报名参加考试，考网格员。"

杨柳柳问："银银你是网格员了，你们工资待遇咋样？"

王银银见杨柳柳这么问，有些不开心，抬头仰脸，捋了一下头发，说："工资嘛！也就一般，我们市的工资水平都这个样。"

杨柳柳看出来了，觉得自己失言了，却又追问道："银银，你怎么进去的？你没考试吗？"

王银银的额头抵近杨柳柳的腮帮子说："跟你讲实话，要保密哦！大学毕业后考公务员太难了，我叔叔不是在区里工作吗？我也不知道叔叔找的谁，反正我是接到通知就去报到了。"

杨柳柳反应快，说："王主任，王大主任呀！我真不知道你当领导了，恕罪！"

王银银谦虚道："柳柳你莫逗我，还不是在基层。行了，说说你，你今天进市里干吗？"

"唉！"杨柳柳叹了口气，说："还不是进城找工作，我爹天天催，搞得人心烦，没办法才进城的。"

"噢！"王银银说："你是怎么打算的？想做啥？"

"我在大学是学广告设计专业的，自然要打听广告公司了。"

"你今天有收获吗？"

"没收获，但是找到了想找的人。"

"谁呀？"

"华杰呀！不是咱们高中一个班的同学吗？"

"噢！他呀！我当然知道，太知道了，不就是那个出了名小气又其貌不扬的会写诗的人吗？"

杨柳柳说："嗯，我今天找的就是他，中午还在一起吃饭了。"

王银银问道："聊得如何？"

杨柳柳说："他说让我放心，明天，最迟后天给我信儿。"

王银银说："柳柳你知道市文联的所在地属哪儿管吗？"

杨柳柳说："这我咋晓得？"

王银银咯咯地笑了两声，说："市文联就在我们社区的辖区内，不瞒你，我刚好包的那一片儿，因此经常去检查他们的卫生呀垃圾处理呀等等。大家知道华杰和我是同学关系，有些时候他们被检查不达标，就让华杰出面和我协调，所以，经常打交道。"

杨柳柳惊叹了一下，说："哎呀！原来你在社区还挺有能力，我咋没想到你这个老乡老同学呢！"

王银银的额头又抵近杨柳柳的腮帮子，说："柳柳，咱们是老乡好姐妹，我问你，华杰咋不直接引荐你去广告公司应聘？而是说明天、后天回你？"

杨柳柳不解王银银的意思，问："咋了？不对吗？"

王银银说："柳柳你真是不了解情况，你不知道，市文联院内就有三家广告公司，都是租的文联的房子。其中，'汉江风广告公司'比较大，实力雄厚，业务面广。老板叫韩建国，韩建国就是华杰的亲表哥呀！你去了华杰的办公室，与广告公司近在咫尺，华杰咋不直接引荐你去呢？还什么明天、后天的回你？他这个人就是不畅快！"

"噢！"杨柳柳在心里吃了一惊，觉得王银银说得有道理。

王银银接着说："还有两家广告公司规模小多了，没什么发展前途，不能和韩老板的公司比。"

杨柳柳说："银银，那你的意思就是认准去汉江风韩老板的公司了？"

王银银说："这是一定的。我虽然没从事广告行业，但在平时和华杰的交往中得知，他表哥韩建国的汉江风，目前在市里的广告行业算得上是领头羊。"

"原来是这样！"

想到这儿，杨柳柳暗下决心，就业就要选优质的公司，这样才有奔头儿，也能学到真本事。

这时候，已是下午四点左右的时间了，太阳已经靠西，但阳光依然强烈。公交车早已出了城区行驶在乡镇的国道上。

杨柳柳估计了一下，应该还有一小半的路程。

"银银，谢谢你给我说了这么多心里话，多亏遇上了你，我的目标更明确了。这事儿我就盯着华杰，估计他表哥韩老板那儿也只有他能搞定了，文联院内的另外两家小公司我是不会考虑的。"

王银银听杨柳柳这么一说，嘴唇动了动，好像是话到嘴边又咽下了。

杨柳柳说："银银，有话就说嘛！"

王银银好像是思想斗争了一下，才下决心，说："柳柳，我和你的关系，肯定是超过了我和华杰的关系，因此，你千万别以为我是在说华杰的坏话，我都是为你好。"

杨柳柳点点头，说："这我当然明白。"

王银银就直说了："和华杰打交道你要小心谨慎点，你长得这么水灵诱人，难免招致非分之想。"

杨柳柳没做任何评价，只是问道："银银你这么了解他？"

王银银说："他的情况我简单告诉你，他高中毕业不是没上大学吗？就结婚了，听说娶的是一个私人企业老板的女儿。最让人有些恼火的是他有时借酒发作，也不知道是真醉还是假醉，还想吃我豆腐，柳柳你说……你现在有求于他，你可千万小心。"

杨柳柳知道王银银说这些，是真的关心自己，内心十分感动。因为王银银和华杰没冤没仇，没必要讲这些。

想到这儿，杨柳柳说："银银，下了车你随我去超市买菜，晚上在我家吃饭，我是一片真心，你可千万别推辞呀！"

九

市文联创联部办公室。

华杰正忙碌着整理资料。

"华杰，今天你在家守摊儿，我下乡采风去了。"

生得肥头大耳的创联部部长，华杰的顶头上司向华杰丢下一句话后，拎着包一摇一晃地下楼去了。

"呸！"

华杰估计部长走远了，在心里恨恨地骂道："老东西。"

华杰知道，办公楼下一定是有车等着部长，还不知道今天是哪几个女作家，或者是女文学爱好者跟随着部长去采风呢！

生气归生气，华杰转念一想，谁还没有一点隐私？人家下乡不带自己，一定是有人家的打算，也许，人家嫌自己跟着不方便，也许……

唉！还是先操自己的心，眼下就有一件事要办。前天，在文联门口送杨柳柳走时，自己可是夸下了海口，说什么："明天，最迟是后天，一定给杨柳柳回信。"今天就是第三天，到日子了。

到底怎么办？帮还是不帮？真心帮还是假意帮？华杰陷入了沉思。

读高中的时候，那可是青春期，班上一帮子男生可都是十六七岁的危险年龄，冲动，克制欲望，对异性的向往，朦朦胧胧中想象着性的美妙，差不多一半以上的男生有过在深夜里被折磨无法入睡的经历。

那时候班上就三五个长相俏丽的女孩儿，其中杨柳柳和王银银更为突出。暗恋她俩的男生多着呢！华杰知道，这些人当然也包括他自己。

　　华杰的这些想法和冲动，外人是看不出来的。终于在多次因为胆怯或羞于表达自己的爱慕之情后，彻底错过了机会，高中三年时间如划过夜空的流星稍纵即逝，随着高考结束，大家各奔东西。

　　"时间过得真快！"

　　不知不觉又是几年，光阴似箭，日月如梭呀！杨柳柳都大学毕业了。这个女人，在大学里一定是处过男朋友了。想到这儿，华杰心里突然有一种酸溜溜的感觉。于是，猛喝了几口茶水，将办公室的门关上反锁住，走到长沙发旁边，觉得好疲惫，就一下子躺在了长沙发上闭目养神。刚躺下，却听见敲门声响，很文明有节奏地敲。

　　"咚咚、咚"

　　华杰很烦，懒得起身，想，刚躺着准备眯一会儿，谁这么烦？就装着没听见。

　　"咚咚、咚。"

　　又敲了两下。

　　华杰扭了一下身子，侧着躺，仍不理睬。

　　就听门外一个年轻女人的声音说："他是不是出去办事了？像是没人。"

　　听见门外又一个年轻女人的声音咯咯地笑，说："你有他微信，来之前咋不提前联系好呢！这下扑了个空。"

　　"我觉得有把握，前天就是直接来的。"

　　华杰隐约听到门口两个女人的交谈声，咋这么熟悉？像是杨柳柳，对，就是她。三天时间到了，她找来了。另一个女人声音也熟，就是一下子想不起来。

　　华杰怕杨柳柳走掉，猛地起身奔门去，开了门，伸长脖子察看，走廊上果然是两个女人的背影，已经准备下楼了。

　　"柳柳，我在。"

　　杨柳柳听到华杰声音后转身，另一个女人几乎同时也回转身，是王银银。

"两位仙女大驾光临，欢迎！"

王银银咯吱地笑，说："华大诗人在呀！门都不开，欢迎个屁！"

"哈哈，眯着了，部长不在，我躺沙发上睡觉呢！"

说着笑着，两个女人在华杰的热情招呼下进了办公室。

华杰认为杨柳柳的到来，一定是为广告公司的事，正欲开口，杨柳柳却说："华大诗人，你今天有空吗？不是部长不在吗？天气晴朗，出去耍耍，放松一下。"

华杰揉揉眼，盯着眼前两个多年的梦中情人，心花怒放，说："行，部长不在我便自由，走吧！"

杨柳柳和王银银屁股都没落座，又走出了办公室。华杰呼地一下关了门，三个人一起下了楼来到院子里。

院子里停着一辆白色的轿车，王银银按了一下手里的遥控器，听见咯噔一声响。王银银说："上车吧！"

王银银一拉左前门，坐上了司机的位置，杨柳柳坐在了前排副驾驶的位置，华杰坐在了后排。

白色的小轿车启动了，王银银专心驾驶。杨柳柳扭头给华杰挤了一下眼，轻佻地说："这是银银的新车，带你兜兜风，去个好玩的地方。"

华杰用手抹了一下脸，坐在后排中间的位置，身子前倾，像是要贴上前面两个座椅背，说："去哪儿？哪好玩？"

驾车的王银银目视前方，接了句："去了便知。"

华杰内心涌动着，身上的血流速度加快，不再多言。只是感觉到王银银的驾驶技术了得，如驾雾腾云般疾速行驶。

也怪，街上那么多的行人和车辆仿佛都在躲避王银银的车，看似惊险，却始终没事儿。倏忽之间，车出了城区，王银银又狠踩了油门，白色小轿车风驰电掣起来。

城外的风景看着养眼，华杰隔着车窗玻璃欣赏乡下的美景，成排的树木呼啸着向车后跑去，庄稼地儿一望无际，看得见远处有连绵不断的山脉。

白色小轿车经过了几个路口都是直行，当在最后一个十字路口右转后，终于来到了一座桥头儿前。小轿车呼地上了桥，桥上的行人和车辆并不多，稀稀拉拉的，还有几个骑车的人。

下了桥，呈现在眼前的便是一片沙滩。好多人在沙滩上玩，有年龄大的、年轻的，也有年幼的。有放风筝的，有坐着晒太阳的，远处的水边还有一些垂钓者。

王银银把车停稳，先下了车。杨柳柳左手里拎着两个塑料袋，鼓鼓囊囊的，和华杰也跟着下了车。杨柳柳用右手遮在眼镜上面，向远处眺望，叫道："好美呀！"

华杰也心旷神怡，激动起来，问："这是哪儿？这岛叫什么名？"

王银银说："你真不知道吗？你装？这不是黄粱岛吗？"

华杰愣了半天，说："不知道，没来过。"

杨柳柳用手指着一大片茅草，说："我们去那边走走吧！看看茅草丛中有没有兔子。"

王银银说："好呀！去看看。"

两人说着往茅草的方向走，华杰跟在她俩屁股后面懒洋洋地走，看齐人高的大片茅草被风吹得不停地摇曳着。

三个人来到了茅草处。

杨柳柳和王银银盘腿坐下。

杨柳柳向华杰招手，说："华杰你也过来坐。"

王银银咯咯地笑，跟着说："过来。"

华杰走过去，坐在了两个女人的中间，也盘着腿。华杰说："这里风景秀丽，如人间仙境，我以前只是在画上见过。可惜来得匆忙，要是有酒有肉在这儿痛饮，那真是人生一大快事儿。"

华杰话音刚落，杨柳柳说："你怎知我没有酒肉？"

说着，把手里拎着的两个塑料袋儿先后打开，果然袋子里放着两瓶白酒和一只烧鸡还有几样卤菜。

华杰一看，大呼："这才是神仙过的日子！来，喝酒吃肉。"

没有酒杯，一男两女三个人拿酒瓶吹，烧鸡和卤菜用手抓着吃，弄得三个人满嘴和手上都是油。好在杨柳柳心细，塑料袋里装着抽纸，三个人边吃边喝边用抽纸擦手。

三个人尽情嬉闹，华杰和杨柳柳酒量大，只管轮着拿瓶灌，王银银酒量小，喝酒还过敏，就小口小口地喝，尽管如此，她也是头晕乎乎的了，觉得头晕目眩，看着杨柳柳和华杰在自己眼前晃悠。

杨柳柳抬头望着天，说："这毒太阳晒死人，又喝白酒，热呀！

王银银也说："不仅热，我喝酒过敏，浑身痒得难受呀！"

"华杰你呢？"

杨柳柳醉眼朦胧地盯着华杰问道。

华杰喝得酒劲儿也上来了，说："这都秋季了，还这么高的温度，我也热。"

华杰说着，把外套脱掉，又有意把衬衣脱掉，光着膀子，露着胸肌，说："这下痛快。"

杨柳柳和王银银像是受了感染，也许是热得受不了，也开始脱外套，脱完外套也模仿华杰那样脱下衬衣，都露出白白的胳膊及肚皮，上身只剩下内衣了，华杰不敢相信自己看见的场景，用手把眼揉了又揉，朦朦胧胧中，俩美女竟然脱掉了上衣，像变了个人，都站起来伸出胳膊笑着向华杰走来，华杰惊得一声大叫："啊！"从办公室的长沙发上滚落在地板上，浑身都是虚汗，愣了半晌，才清醒过来，原来是一场梦。

十

华杰起身拍打着身上的灰尘，回味着梦中的情形，满足地笑了。尽管那只是臆想，但足以以假乱真，爽！

华杰口干舌燥，像是刚才真就灌了酒。于是，他端起茶杯咕咚咕咚地灌了几口茶水，把茶杯重重地放在桌上。

"唉！"

真是日有所思，夜有所梦，我真是没出息！我怕个啥呀！两个梦中情人向我走来，我竟然惊醒了。醒得真不是时候。试想，如果不醒，又将会是个什么结果呢？我会不会有更美妙的体验呢？华杰这会儿双目紧闭，可惜再也回不到梦中去了。

"咚咚、咚"

有人敲门，很文明有节奏地敲。

华杰这回没睡，听得真真切切。

"谁呀？"

华杰边问边向门走去。

"我，杨柳柳。"

华杰又听得真真切切，赶紧伸手解了锁，一拧门把儿，拉开了门。

门口赫然站立两大美女，正是杨柳柳和王银银，都冲着华杰微笑着。

杨柳柳说："真巧，每次来你都在。"

王银银说："华大诗人，没想到我也来了呢！"

要不是门口的确站着两个大活人，打死华杰也不会相信有这么巧的事情，刚梦见曹操，曹操就到了。

华杰愣了三秒钟没说话，见两大美女装扮得黑白分明，各有千秋。杨柳柳一身白裙子，王银银一身黑裙子，都是长丝袜，脚上的皮鞋亮晶晶的，站在一起像一对天仙。

"你愣个啥？不欢迎吗？"

王银银有些不满地问。

华杰这才反应过来，说："请进，欢迎、欢迎。"

王银银和杨柳柳进了办公室，也不等华杰开口说话，两人都一屁股坐在华杰刚才睡觉做梦的长沙发上。

华杰赶紧倒水，倒了两杯，双手端了一杯递给王银银，又端了一杯递给了杨柳柳，之后，自己才坐下。

短暂的沉默后，杨柳柳先开了口，玩笑似的说："老同学，我这是无事不登三宝殿，又来给你添麻烦了。"

华杰一听就明白，是为前天分开时自己承诺的事情而来。

"啊！这……"

华杰其实根本就没有帮杨柳柳打听广告公司的事，这两天，杨柳柳的事情他一直惦记着。文联院内的三家广告公司近在咫尺，他不但没去，而且连个电话也没打。他是有自己的打算，他想，如果就这样轻而易举地把柳柳的事情办好，那再想占柳柳的便宜恐怕就没有机会了。但如果不帮，从情理上也是说不过去的，他正在琢磨这个事，思想正矛盾着，因此到目前都没有行动。这会儿，杨柳柳和王银银突然造访，搞得他措手不及，语无伦次。

"柳柳，是这样的，前天你走后，我就挨个帮你问呀！问了几家，人家都说等几天回话，或者说让我等消息，因为没有明显的进展，我才没有联系你。"

杨柳柳说："原来这样呀！真是让老同学费心了。"

王银银有些看不下去了，心里很不高兴，站起身说："华杰，还等个啥，等到回消息黄花菜都凉了。"

华杰瞟了一眼王银银，说："不等消息你说咋办？"

王银银说："柳柳这次来，把简历都带着，你文联院内不就几家广告公司吗？你肯定都熟呀！那个汉江风不就是个有实力的广告公司吗？就去那家，我们直接上门去应聘。"

王银银一顿连珠炮似的话，把华杰震住了。他这才想到王银银是社区干部，包文联这片区。我怎么把这事儿给忘掉了？

华杰被王银银这么一将，再不好说什么，说白了他就是被王银银揭穿了把戏一样，只好说："对，去看看吧！不知道老板在不在？"

王银银和杨柳柳对视了一下，各自心中好笑。其实，她俩这两天就没有分开，前天晚上，王银银就在杨柳柳家吃饭，两个人无话不谈，天南海北，最后，落脚点还是在杨柳柳找工作上。

王银银把什么情况都分析到了，特别是华杰这个人，不畅快，心里总是有小九九。如果到了第三天华杰还没消息，咱就直接去找他，将他一军，俩女人就为这个来的。

华杰关了办公室的门，硬着头皮在前带路，心里嘀咕："这要是去了汉江风我表哥韩建国的公司，事先我并没有打招呼，可我刚才给这俩女人说打过招呼，只是等消息，这一去不就穿帮了吗？这可怎么办？"

华杰心里有事，就不自在，走得慢吞吞，忽然灵机一动，用手往右边一指说："我们去那边看看，那家是烽火台广告公司，老板姓黄，应该在家。"

华杰的意思是打个岔，找机会给表哥韩建国或者是自己的表侄儿韩小勇打个电话，嘱咐他们父子别说错话，就说自己事先给他们打过招呼。

没料到王银银却说，烽火台黄老板那儿我们不去，小公司。我们去左边，汉江风，韩老板那儿。

王银银和杨柳柳都给华杰留了面子，并没有说破韩老板是华杰的表哥。

华杰见王银银语气坚定，不容商量，只得向左，往表哥韩建国的汉江风广告公司方向走，王银银和杨柳柳跟在后面，三人奔汉江风广告公司步行而去。

在文联家属楼拐角处，看见了一栋三层小楼，其中一楼一间房的门楣处赫然悬挂着"汉江风广告装饰公司"的牌子。

这招牌点缀在这栋小楼上挺气派，仿佛把小楼也帮衬得上了档次。

华杰心里有事，率先踏入一楼挂着招牌的这个房间。奇怪的是，这房间靠里竟然有个吧台，极像酒店收银用的。吧台里面坐着一个青年男人，二十几岁，与华杰、王银银和杨柳柳年龄都相仿，长得不咋顺眼，头发很短，秃眉毛，小眼睛小鼻子，两颗门牙齿在外面。青年男人见是华杰携两个年轻女人到来，满脸堆笑，他一笑两颗门牙更往外呲了，从椅子上下来，他一下地儿，又显得个子矮小，顶多一米六零的样子。青年男人冲着华杰热情地叫道："表叔，你咋来了？"

华杰冲着青年男人挤了一下眼，是在传递着什么信息，青年男人也读不懂。不过，华杰是背对着身后俩女人，因此，华杰冲青年男人挤眼，身后的俩女人并未发现。

华杰冲着青年男人说："小勇呀！来客人了，你爸呢？我前天晚上给你爸打过电话，有事找他。"

这个叫小勇的青年男人笑着说："我爸在三楼总经理室，表叔你直接上去。"

华杰从鼻子里嗯了一下，率先上楼梯，扭回身跟王银银和杨柳柳说："走，直接上去，韩总，我表哥就在楼上。"

华杰索性直接挑明了汉江风的韩建国是他表哥，刚才青年男人也当着俩女人的面叫他表叔了，再说，杨柳柳前天来时，他也说过有个表哥在开广告公司，并且自己也曾经有过去表哥公司的打算。只是他说前天晚上给表哥打过电话，这是假的，是说给身后俩女人听的。因此，再没有隐瞒的必要。要谈隐瞒，华杰没有向杨柳柳透露表哥的公司就在文联院内倒是事实。

这会儿，华杰说直接上楼，当王银银和杨柳柳打青年男人面前经过时，青年男人出于热情，冲着王银银和杨柳柳剌啦一笑，两颗门牙又一呲，吓了俩女人一跳，俩女人同时用手捂嘴，觉得好恶心。

华杰边上楼梯边向王银银和杨柳柳介绍说："刚才一楼那个帅哥叫韩小勇，我表哥的儿子；这栋小楼最开始是我们机关的食堂，后来食堂不办了租给人开饭店，再后来因为离家属楼近，吃客们喝酒噪音很大，遭到了大部分住户的反对。最后才租给我表哥开广告公司，所以，一楼有个吧台，我表哥觉得吧台不碍事，就保留着。

说着话，经过二楼，华杰用手往里一指，说："二楼是个大厅，之前开饭店时，二楼经常搞包席。"

王银银和杨柳柳往里一瞧，真不小，全是办公桌，文件柜、电脑，有七八个工作人员忙忙碌碌，大都是年轻人。

上到三楼走廊上，离老远就看见往左最后一间办公室门上挂着"总经理室"牌子。

华杰继续介绍说："总经理室在最边上，僻静。"一边说一边在前带路，王银银和杨柳柳跟在华杰身后。

到了总经理室门前，华杰定了定神，还轻微地咳嗽了一下，敲门。

"咚、咚"

一个男人的声音传出来，声音洪亮："请进。"

华杰轻轻推开门。

一个五十岁模样的男人出现在华杰、王银银和杨柳柳眼前，长相猛一看，不俊也不丑，就是个中年男人的形象。不过，倒是有些老板派头。

中年男人坐在老板椅子上，右手夹着烟，烟头儿还在冒烟，室内烟雾缭绕，也许是门才打开，烟味儿很刺鼻，王银银和杨柳柳走进办公室后，都轻微地咳嗽了一下。

华杰说："表哥，烟味儿好大。"

说着话，走到窗户前将窗户打开，顿时，空气流通，烟味儿减轻了许多。

这时候，中年男人将烟头儿摁在烟灰缸里，使劲儿又摁了下，礼貌地站起身说："表弟，你咋来了？这两位是？"

华杰的年龄和表哥相差二十几岁，因此，在表哥面前有些拘谨，笑着说："表哥，我给你引荐人才来了。"

中年男人冲王银银和杨柳柳微笑着，抬了一下手，说："请坐。"然后，自己又坐回老板椅子上，接着说："表弟，你给我引荐人才，你介绍一下吧！"

华杰这才坐下，坐在一张单沙发上。王银银和杨柳柳坐在华杰对面的长沙发上。华杰指了一下王银银，说："表哥，这位美女你不熟悉吗？你应该见过，她叫王银银，社区的王主任，就是管我们文联这片的。"

中年男人"啊"了一下，说："是眼熟。"

王银银礼貌地冲着中年男人笑着点了一下头。

华杰接着用手一指杨柳柳，说："这位姓杨，叫杨柳柳，

省城某某大学毕业，一本，学广告设计，对口吧表哥，她就是我今天来向您引荐的人才。"

没等中年男人说话，华杰又说："表哥，这两位美女都是我高中时的同班同学。"

然后，还是没等中年男人说话，华杰又给王银银和杨柳柳介绍，说："这就是我表哥，韩总，大名韩建国。"

杨柳柳和王银银同时起身，表示礼貌，冲韩建国点点头又坐下。

韩建国显得很高兴，又点着了一支烟叼在嘴上，说："欢迎呀！既然是我表弟华杰引荐来的，我求之不得，只是，怕我这儿庙小，工资待遇也不高，委屈了杨柳柳小姐呀！"

华杰一听，立即直起了身子，挺着胸，觉得太有面子了，他没有想到韩建国这么爽快。不过，华杰想："他租文联的这栋楼当初是我介绍给几位主席的，主席们也是看我华杰的面子，所以，他韩建国今天给我面子是理所当然。"

华杰冲着杨柳柳挤了一下眼，意思是韩建国都表态了，杨柳柳也该说话了。

王银银也用手捅了一下杨柳柳的大腿，也是提示杨柳柳。

杨柳柳把早已准备好的自己的简历拿在手上，起身双手递向韩建国。

杨柳柳说："韩总，这是我的简历，请您过目。"

韩建国单手接过，大致看了一下，看得并不仔细，然后问道："小杨女士，你的专业我不怀疑，因为是华杰介绍的，错不了。除此之外，你还有什么特长吗？"

杨柳柳站着说："特长谈不上，我爱好唱歌和演讲这些，但是，唱得不好，口才也很一般。"

华杰立即接了话题，说："柳柳歌唱得好，简直接近专业的水平，上高中时，柳柳参加全校歌唱比赛，经常拿第一。演讲也厉害，口才顶呱呱。她是谦虚！"

杨柳柳有些不好意思，说："华杰，你就甭给我戴高帽子了。"

华杰有些急，望着王银银说："银银你说，我有夸大吗？"

王银银咯咯地笑，说："不夸大。"

韩建国说："年轻人，多才多艺好，艺多不压人。"

韩建国说着把手里杨柳柳的简历递给了华杰，并说："表弟，一会儿你把这个交给小勇吧！让小勇带小杨女士去人事经理那儿报到，从明天起，随时可以来上班。"韩建国说完，摆摆手示意杨柳柳坐下。

华杰接过韩建国手里的杨柳柳简历，和韩建国玩笑道："表哥，喝酒算不算特长？"韩建国一听，兴奋起来，说："当然算，如果能喝，对我们公司开展业务太有好处了。"

华杰准备说，杨柳柳酒量大，但发现杨柳柳有些恼怒地盯着他，就把话咽了回去。华杰一看时间差不多了，目的也达到了，可以说是大功告成。来之前自己担心的尴尬场面并没有发生，太顺利，也太有面子，该撤了，就说："表哥，你先忙吧！我们下去找小勇办手续去。"

"好。"

韩建国说着站起身来，是送客的意思。

华杰、王银银和杨柳柳都站起身和韩建国挥手告别。

十一

华杰手里拿着杨柳柳的简历，带着俩女人下到一楼，瞧见表侄儿韩小勇正坐在吧台后面的椅子上低着头耍手机，耍得正开心，手机里发出嘟嘟嘟的声音，像是在打游戏。

"小勇。"

华杰冷不丁叫了一声，把韩小勇吓得手一哆嗦，抬头见是华杰和俩美女下来了，就一笑一呲牙，嘻啦一下。

华杰把杨柳柳的简历往韩小勇手里一塞，说："去，你爸发话了，带杨柳柳小姐去找人事经理办手续，杨柳柳小姐被录用了。"

韩小勇一听明白了，从椅子上下来，问："哪位是？"

华杰指了一下杨柳柳，说："这位穿白裙子的美女。"

杨柳柳笑着向韩小勇点点头。

韩小勇拿着杨柳柳的简历，眨眨眼睛，冲着杨柳柳说："走，我带你去，在二楼。"

说完，韩小勇上楼梯口前带路，杨柳柳紧随其后。

一楼就剩下华杰和王银银。华杰坐在韩小勇刚才坐过的椅子上，王银银坐在吧台前面的沙发上，二人都没说话。

华杰掏出手机看了看时间，心想，又中午了，半天时间真好混。从一大早部长下乡去采风，后来自己躺在沙发上闭目养神做那个梦，到后来俩女人光临办公室，再后来领着俩女人来表哥这儿，半天也够紧张的。不过，收获满满，本不情愿这么痛快帮杨柳柳办好，可王银银那么一将，搞得自己无话可说，计划全乱了。这又到中午了，我作为一个大男人，俩女人来是客，不管什么原因，谁给谁帮忙，我不能没有一句客气话吧！按说，今天中午最该请客的是杨柳柳，因为刚把她的事办好。可是前天中午在顺义酒店吃饭，她抢着买了单，今天要是再由她买单显然不妥。那么王银银？华杰偷偷瞟了一眼，见王银银好像有些困，正坐在沙发上打哈欠。华杰想，文联这儿可是王银银的辖区范围，她也算是主人家。

"银银。"

华杰叫了一声。

"别打瞌睡，小心着凉。

王银银咯咯一笑，说："不是个啥，昨晚在柳柳家聊到很晚才睡，这会儿的确犯困。"

华杰说："柳柳一会儿办完手续，我们去吃饭，我请客。"

王银银说："那不行，我这两天回到镇上，吃在她家，住在她家，中午我来请，还她个人情。"

华杰一听，心里乐开了花，却虎着脸说："那怎么行，你俩来我这儿，我就是主人家。"

王银银说："柳柳的性格你是清楚的，你帮了她大忙，若是你买单，打死她也不允许的。"

华杰心里想，那可是，言之有理。嘴上却说："银银叫你请客那不好吧！"

王银银说："没啥不好，理所应当，这不是在我的辖区内吗？我就是主人家。"

华杰心里想，说得对，言之有理。

华杰和王银银正聊着，韩小勇带着杨柳柳下楼来了。韩小勇冲着华杰兴奋地说："搞定了。"

华杰说："这么快？"

韩小勇说："表叔你来了还不简单？有身份证、银行卡、简历足够了，毕业证来报到上班时带份复印件就行了。"

韩小勇身后的杨柳柳看上去要比韩小勇高出个头，脸上洋溢着喜悦。

杨柳柳说："几位，这会儿都中午了，你们都为我的事操了心，中午我请客！"

王银银从沙发上站了起来，说："都别争了，中午这个主人家我当定了，就我请，谁不给面子就是瞧不起我这个社区干部。"

王银银话说得坚决，铿锵有力。

华杰说："好吧！我们为柳柳庆贺一下，小勇也去。"

韩小勇一笑一呲牙，刺啦一下，说："表叔，我去合适吗？"

华杰说："小勇看你说的，太合适了，柳柳以后在你爸公司上班，还靠你关照？"

韩小勇挺开心，其实，他内心很想去。自打华杰带着俩美女到来之初，韩小勇心里就开始打鼓了，只是装着平静，外人看不出来。韩小勇想："表叔真花哨儿，经常带着美女吃饭，不过，以往带的美女都没有什么品位儿，今天则不然，这白裙子和黑裙子都是性感妩媚的女子，绝色佳人呀！因此，华杰一说让他参加去吃饭，他心花怒放。韩小勇还谦虚了几句，接着华杰的话，说："关照谈不上，是互相关照，互相关照。"

王银银是请客的人，因此，望着韩小勇礼貌地说："小勇，我也和华杰一样称呼小勇，欢迎你参加。"

杨柳柳也说："欢迎，一起吧！"

华杰问王银银："银银，到哪家吃？"

王银银用手捋了一下头发，想了想，说："这个嘛！华杰还是你说吧！哪儿好吃？哪儿有特色？华杰你知道，你吃得多。"

华杰说："要不还去前天中午我和柳柳去的那家，叫顺义酒店，干净、实惠、便宜，还有特色，而且还近，不用开车，走路十分钟可以到。"

王银银说："那好，走吧！"

华杰、韩小勇、王银银和杨柳柳，两男两女从汉江风广告公司出来，又出了文联大门，向右一转，有说有笑，边走边聊。忽然，街面上刮来了一阵风，吹起了一些小沙子和树叶，他们四个人都不约而同地用手捂着嘴巴，揉揉眼，向顺义酒店走去。

十二

星期一的上午，天气晴朗，微风拂面，这样的天气使人精神亢奋，神清气爽。

杨柳柳正式来汉江风广告装饰公司报到了。她手里拎着包裹，背上背着捆绑好的被褥，像个远行归来的人。她刚到公司一楼门口，就见韩小勇早已站在那里等她。

上次王银银请客吃饭时，韩小勇也在，饭桌上互相寒暄，推杯换盏，杨柳柳和韩小勇很快就熟了，并且互相加了微信，留了电话。吃饭快结束时，杨柳柳给韩小勇说："今天是周五，我下午还是先回镇上的家里。我是这样考虑的：一呢，我要把我找好工作的消息当面跟父母报告下；二呢，我要简单带些衣服，被褥及其他日用品。周一早上我准时来公司报到。麻烦小勇你和你爸韩总说一下，谢谢啦！"

韩小勇说："可以，柳柳就这样决定了。"

真是年轻人没有代沟，一顿饭下来，杨柳柳已经开始称呼小勇，而韩小勇也开始直呼柳柳了。

韩小勇心细，问道："柳柳你说带衣服被褥，坐公交不方便吧？要不要我开车去接？"

杨柳柳直摆手，说："那不敢当，几十公里路呀！咋好意思呢！我自己拎着包裹，把被褥捆绑好背着走，没事，读高中大学的时候习惯了。"

韩小勇一听杨柳柳这么说，也没勉强，其实他从内心来说很想去接。但一看杨柳柳拒绝的样子，心想，杨柳柳一定是不好意思才拒绝的。我呢，毕竟才和她认识，尽管我对她一见倾心，但也不能表现得太热情，咋说，我是韩建国的儿子呀！

华杰没有插话，王银银也没有。

杨柳柳有些不好意思地问道："小勇，公司有住的地方吗？"

韩小勇说："有，集体寝室，女生的还空着一间呢！"

杨柳柳说："那太好了，我还打算先住银银那儿将就几天，再考虑租房呢！"

聊着天，宴席也该结束了，王银银去吧台结了账，说下午社区有会，就先走了。华杰下午要接着上班，韩小勇也要回汉江风广告公司，杨柳柳在文联门口与华杰、韩小勇分别后，就一个人乘公交车回到了镇上的家。

这会儿，站在公司门口的韩小勇见到杨柳柳，急忙迎上去，帮她拎包裹。

杨柳柳说："谢谢小勇，这个我能提，麻烦你把我背上背着的接下来。"说着，杨柳柳一扭身，把脊背对着韩小勇。韩小勇一伸手抓住绑带把被褥提在手里。

韩小勇说："柳柳，走，先把这些生活用品安置好，再去一下我爸办公室，他有事交代。"

杨柳柳说："好。"就跟在韩小勇屁股后面走。

韩小勇边走边说："柳柳，你的寝室我早让人给你打扫干净了，是公司租文联家属楼一户人家的房子，就在一楼，两室一厅，是和一位女同事合住。不过，一人一间卧室，只是厨房、客厅、厕所、热水器、电视你俩合用。公司也就这个条件，别介意啊！"

杨柳柳说："这已经很不错了，我很感谢公司的关照。小勇，和我合住的女同事叫啥？她具体做啥工作？"

韩小勇说："姓焦，叫焦喜荣，很活泼的一个女孩儿，比你大两岁吧！她的工作岗位在公司办公室，平时搞些打字复印整理资料等等一些杂事。"

韩小勇说着，掏出一把钥匙，说："瞧，这把钥匙就是小焦的，早上我找她拿的，一会儿这把钥匙用完后就交给你，你配一把之后再还给她。"

说着话，韩小勇带着杨柳柳来到房门前。

"就这儿。"

韩小勇说着，把钥匙插进锁里一拧，咔嚓一下，门开了。

"进来。"

韩小勇说着进了房里，杨柳柳也跟着进了房。

韩小勇把手里提的被褥放在沙发上，说："这是客厅。"

杨柳柳用目光环顾了一下，果然，客厅里沙发、电视、茶几、空调一应俱全。

韩小勇用右手指了一下靠里的一间卧室，说："这间是小焦住的，你没来的时候，这里就她一个人住。"

说完，韩小勇的右手移动了一下，说："柳柳，外面这间卧室门都没关，已打扫干净，床、书桌、柜子、空调都有，你就住这间。"

杨柳柳说："很好，很干净。"

韩小勇说："柳柳这样吧！你先把随身带的东西放下，然后去我爸那儿，等他把事情交代完了你再回寝室收拾如何？"

杨柳柳说："好呀！咱这就去。"说完，把手里拎着的包裹也放在客厅的沙发上，跟着韩小勇出了门，把房门关上，随着韩小勇去公司韩建国的办公室。

韩建国一大早就来到公司他自己的办公室，不睡懒觉，早起是他多年的习惯。

上周五上午，表弟华杰突然带着杨柳柳、王银银来，韩建国一点也没有防备，但他内心很激动，只是表面上一点也看不出来。当然，能做到这点是很难的，这是和他多年的艰苦磨练有关。当他看到穿白色裙子的杨柳柳那一刻，他的内心已经在翻腾，他想："这个女孩儿真是生得标致，应该和儿子小勇年龄相当。"

韩建国瞬间就把杨柳柳和韩小勇想到一块了。儿子韩小勇不憨不傻，就是身材矮小，相貌丑陋，这是韩建国内心永远的痛！他实在想不通，自己中等身材，长得还算端正，咋就生了韩小勇这个模样的儿子？我的老婆小勇的妈也不丑啊！不行，小勇找女朋友我一定要把关，从孙子这一代要改变基因的话，就只有把好儿媳妇儿这道关。

韩建国是老江湖，他当时的内心活动，华杰、杨柳柳和王银银都不可能看出来。华杰还自豪得很，觉得很有面子，岂不知杨柳柳的到来正是韩建国求之不得的事情。

韩建国到办公室后，就泡了杯浓茶，然后开始吸烟，他知道上午杨柳柳要来正式报到，他在思考，让杨柳柳具体干什么工作呢？想了一会儿，他决定，就让杨柳柳跟着儿子韩小勇跑公司外围的事情。所谓外围的事情，就是跑一些职能部门，见一些单位的关键人物，报批手续，请客送礼等等。开个公司不容易，要和一些有广告业务的单位打交道，也正是这个原因，韩建国把这些事情都交给儿子韩小勇负责。还有就是，韩建国心里明白得很，无论自己有什么想法，那只是自己一厢情愿，除了自己，谁又能够敢大胆地想象把杨柳柳和韩小勇撮合合在一起呢？有这种想法的人一定是脑子进了水，要么就是神经病。可是韩建国又一想，一切皆有可能！只是时机未到。当下，必须要让杨柳柳和韩小勇多接触，不接触不行。

就在韩建国一个人在办公室喝茶抽烟、百无聊赖之时，他听见走廊上有了脚步声，他的办公室门没关，所以，听得很清晰。

"一定是韩小勇领着杨柳柳上来了。"

韩建国摁亮了办公桌上自己手机的屏幕，时间是九点十分，韩建国判断，应该是杨柳柳来了。

果然，是儿子韩小勇和杨柳柳出现在了办公室门口。

韩建国面带笑容，站起身，说："你们请进来，坐，小勇给小杨倒水。"

韩建国这样热情，给杨柳柳感觉这种场面不像是部下见老板，下级见上级，而像是公司来了贵客，或是主管部门的领导来了一样的感觉，让杨柳柳感到有些受宠若惊。

"您太客气了，韩总。"

这时，韩小勇已把水倒好，双手把水杯给杨柳柳说："柳柳你坐，甭拘谨，这没外人。"

杨柳柳接过水杯，说："谢谢！"然后坐在沙发上。杨柳柳心里纳闷，觉得韩家父子俩说话都怪怪的。没有外人？谁是自己人？

这时韩建国一本正经地说："小杨，从家里来吗？家里都安顿好了吗？"

杨柳柳说："谢谢韩总关心，上周五晚上我回家和我娘说了，我爸不在家，他在外地做工，我就在电话里也给他报告了，来您这儿上班，父母都挺高兴。"

"噢！那就好。"

韩建国又扭头冲着韩小勇说："小杨的住处安排好了吗？"

韩小勇说："爸，这个你放心，早安排好了。"

韩建国吸了口烟，一仰脖吐了一口烟雾，然后，望着杨柳柳笑着问道："小杨，问你个问题，纯属闲聊，别介意。"

杨柳柳坐在沙发上往上欠了欠身，赔着笑，说："韩总，您尽管问。"

韩建国说："小杨你有没有想过考公务员？为什么想到来私人企业打工呢？"

杨柳柳说："韩总，这个问题不仅是您一个人问我，我父母也多次问过我。按我父母的想法，一个女孩儿，有个稳定的工作是最理想的。我在省城大学毕业后，本想留在省城打拼，可我父母说什么也不同意，他们思想很保守，说女孩儿还是离家近好。我拗不过，才回到本市。不考公务员是我自己的决定，我觉得年轻人学会了专业就该自己闯闯，干公务员从内心来讲我可能不习惯，受不了那个约束。"

杨柳柳心直口快，把自己的想法都讲了出来，不管对还是错。也不管韩建国爱不爱听。

韩建国说："小杨你是个有个性的女孩儿，快言快语，好。能不能告诉我你的真实想法？"

杨柳柳稍微停顿了一下，然后说："韩总，我不怕您不高兴，我的真实想法就是先打工学习，等机会成熟了自己干，自己开公司。"

"好，有志气，了不起！"

韩建国听了杨柳柳的话，不但不生气，反而大加赞赏。韩建国想，别看眼前这个小杨是个女孩儿，她比我儿子强多了。

韩建国接着说："小杨，咱书归正传，从今天起，你就算正式上班了，你的工作我考虑过了，你就和小勇一起跑外围吧！外围的责任可重大了，具体的我就不讲了，下去后由小勇告诉你。对广告专业来说你是科班出身，对此我不怀疑你的能力，你缺的就是实践，和小勇多学习，工作你俩多商量；还有，就是你薪水的问题，这样吧！直接和小焦一个水平吧！"

韩建国说着，扭头冲着韩小勇说："小勇，这个下去你落实好。"

韩小勇高兴地冲杨柳柳挤挤眼，好像是有什么话说，但当着韩建国的面又没说出口。

韩建国讲完后，杨柳柳站起身说："谢谢韩总的关心！"

韩建国也站起身说："没事了，你俩下去忙吧！"

韩小勇和韩建国告别，出了韩建国的办公室，韩小勇在前，杨柳柳在后。韩小勇小声说："柳柳，你的工资待遇一下子撵上了焦喜荣，焦喜荣可是已经来了两年啦！"

杨柳柳说："是呀！我明白，我觉得这样不妥，但是刚才我没敢说出口，还有就是，我刚才说机会成熟了就单干，自己开公司，说完我就后悔了。"

韩小勇说："这个其实没有啥，心直口快，实话实说嘛！"

十三

下了一夜雨。

天明，雨停了，太阳从东边爬了上来。华杰昨晚在外应酬，酒喝大了，夜里没睡踏实，因此，早上起来没精打采。他吃过早餐后，懒洋洋地去上班。在办公室看过几份资料，忙碌了一会儿，华杰就一屁股坐在长沙发上，打算眯一会儿，闭目养养神。肥头大耳的部长今天不会来单位，部长昨晚就通知了华杰，说："华杰，明天你在办公室守摊儿，我要去开会。"

华杰也习惯了，创联部就他和部长俩人，部长经常在外忙着开会采风及各类应酬，整个创联部的具体工作就靠华杰一个人撑着。

这会儿，华杰眯着眼，突然想到了杨柳柳。他算了一下，杨柳柳周一正式来汉江风表哥的公司上班，今天星期四，眨眼间已第四天了。作为老同学，又是引荐她来表哥公司上班的人，还有一个原因就是，汉江风广告公司租的文联的房子，其实大家就在一个文联大院里混，近在咫尺，总不能不闻不问，不表示一下关心嘛！

想到这儿，华杰拿起手机准备拨打杨柳柳的电话，突然，又停下了。

华杰想："我打她电话，我说些什么呢？就简单问候一下，客套几句？那显然是没诚意。至少在形式上，我应该请杨柳柳吃顿饭，这样才合乎情理。对，华杰灵机一动，那个叫包不住的文学爱好者不是想请我吃饭吗？就让包不住安排，就这么计划。想到这儿，华杰心里有底气了，开始拨打电话，打的却不是杨柳柳的电话，而是改打了韩小勇的电话，华杰要先探探虚实。

"小勇吗？"

"表叔好，是我。"

华杰明明拨打的是韩小勇的电话，却问是不是韩小勇。

"小勇你在干吗？"

"我在陪城管的领导看现场呢！"

"看什么现场？"

"哦，我们公司在城东高速出口处新设置一个广告位，手续批了。但是，还要得到城管的同志确认，不影响市容才可以设置。"

"啊！我问你个事情这会儿方便聊吗？"

"可以，我让杨柳柳先陪城管的同志在现场，我到旁边车上和你聊。"

"好，不影响你就行。"

华杰拿着电话等了大约半分钟，那边韩小勇说："表叔，我坐车上了，你有啥吩咐？"

华杰说："吩咐个屁，也就聊几句。我老同学杨柳柳是不是周一正式上班了？听你刚才说，她和你在一起？"

"是呀！表叔。柳柳周一报到后，已正式工作几天了。你咋今天才想起来问？"

"噢！那就好！你爸咋给她分配的工作？"

"跑外围，和我一起，基本上和我搭档。"

"那好，住呀！吃饭呀！都安排好了吗？"

"表叔这个你甭操心，公司有食堂、有寝室。"

"嗯，我还想问下，她的工资待遇呢？"

"哈，工资待遇不会亏她，她刚来，就按焦喜荣一个标准，焦喜荣可是来了两年的老员工了，按这个标准已经很照顾了。"

"好，小勇你先忙，千万别和杨柳柳说我给你打电话了。再见"

华杰和韩小勇通完电话，挺满意，因为，韩建国在杨柳柳的事情上安排得越好，自己越有面子。

在华杰的内心深处，一直存在着一个邪恶的念头，占杨柳柳的便宜，泡她。

午饭过后，华杰估摸着韩小勇和杨柳柳应该不在一起，才给杨柳柳打电话。

"柳柳吧！我是华杰。"

"哦！华大诗人呀！"

"正式上班了吗？"

"周一来的，上几天了。"

"还习惯吗？慢慢适应。"

"挺好，已经适应了。"

"那就好，柳柳晚上有空吗？我请你坐坐。"

"老同学，这咋好意思？我的事情都是你关心的，我请才对。"

"柳柳，不争了，你和银银都请过了，轮也轮到我了。帮个小忙不足挂齿，应该的。"

话说到这个地步，杨柳柳也无话可说了。

华杰说："晚上我约下银银，你和我，还有个文友，我们聚下，地点我下午发给你。"

杨柳柳说："好。"挂了电话。

华杰在电话里没有提到韩小勇，杨柳柳觉得应该带着韩小勇。华杰和杨柳柳通电话时，其实杨柳柳和韩小勇还在一起，并且，韩小勇听出来是华杰来的电话。韩小勇问："是我表叔吧？"

杨柳柳说："是他。"

韩小勇说："他说啥？"

杨柳柳说："他说晚上请咱们吃饭。"

韩小勇一听挺开心，说："晚上有酒喝了。"

杨柳柳也装着替韩小勇高兴，她刚才说了一句"咱们"，是认为华杰在电话里没提到韩小勇的名字，有些不妥。所以怕韩小勇尴尬，就随口说了"咱们"。

尽管如此，杨柳柳也考虑到了，等下午华杰告知吃饭地点的时候，她给华杰讲明，把韩小勇带上。

下午三点，杨柳柳果然接到了华杰的电话。华杰在电话里说："柳柳，吃饭地点订好了，为了方便，就订在顺义酒家，近，不用开车。"

杨柳柳说："行，是方便，步行过去。"

华杰说："主要是顺义的菜有特色，小炒和蒸菜都不错。"

杨柳柳说："我去过两次，的确如此。"

华杰说："一会儿我把包厢名发给你。"

杨柳柳说："好。"

华杰准备挂电话，杨柳柳接着问道："银银通知到了吗？"

华杰说："中午我都和银银约好了，今天人不复杂，就王银银，还有个文友包主任，叫包不住，银行管信贷的。还有就是我和柳柳你，没外人。"

杨柳柳停了几秒钟，说："好，嗯、嗯。"

华杰感觉杨柳柳像是有话说，又吞吞吐吐不好意思说，便说："柳柳，你有话直说嘛！"

杨柳柳这才说："华杰，是这样，你中午那会儿给我打电话的时候，你表侄儿韩小勇就在我旁边，他都知道你晚上请客的事儿了。你没提到他，他问我，我当时怕他尴尬，就说华杰晚上请我们吃饭。"

杨柳柳话说到这儿，华杰明白了，说："没事儿，柳柳，小勇又不是外人，带着，一起热闹下。"

"好。"杨柳柳说："下班了我和小勇一起过去，晚上见。"

华杰说："晚上见。"

下午的时光混得比较快，华杰因为晚上要请客，就没心工作，泡了杯热茶，慢慢地品。但华杰是个细心人，晚上这顿饭名义上是他请，结账的却不是他。前几天，在银行工作的信贷部主任包不住约了他。包不住给华杰来了电话，说："华杰老师，为了感谢您对我的帮助，我想请您坐坐。"

　　华杰心里很高兴，话说得很客气，语气也很平易近人，华杰明白，坐坐，就是请他吃饭喝酒的意思。包不住这个人年龄不小了，五十多岁，爱好写诗，华杰出过诗集，又是在文联工作，还有就是华杰手里握着在文联刊物上发表作品的权力，因此，包不住经常有求于他，除了请华杰帮忙发表作品，还在创作上请教华杰，在这种情况下，尽管包不住比华杰年龄大得不少，但包不住一直称华杰老师，从年龄说，二人算得上是忘年之交。

　　华杰在电话里说："老包，何必客气呢？"

　　包不住说："华杰老师，应该的，学生应该多向老师请教！"

　　华杰说："老包你太客气了，晚几天吧！"

　　包不住说："好，我等您电话，您空闲了随时通知我。"

　　包不住的这个电话是几天前打的，华杰说忙，包不住就只有等华杰通知自己了。包不住明白，文学爱好者多着呢！请华杰吃饭的人又不是包不住一个人。

　　中午，当华杰约好了杨柳柳和王银银后，就电话通知了包不住。包不住很开心，还顺便开了华杰的玩笑。包不住在电话里说："华杰老师，带两个美女。"

　　华杰说："老包你真聪明！"

　　这会儿，华杰在办公室边品茶边思考问题。华杰想，虽然是简单的一顿饭，但也要安排妥当，不能大意，大意了容易出洋相。想到这儿，华杰就又拨通了包不住的电话。

　　"老包，你好。"

　　"哦！华老师好！"

　　"老包是这样，为了让你少花钱，我就定在顺义，那个小酒店，咱俩去过的。"

　　"华杰老师真体贴人，其实没事，定哪儿都行。"

　　"瞎花钱真没必要，顺义就可以。"

"行，听华杰老师的。哪个包？"

"二楼555"

"好。"

"老包你准备的什么酒？"

"两瓶天之蓝行吗？够吗？

"行，够。不过呢！有个美女喜欢喝啤酒，她姓杨，老包你可记住了，晚上灌姓杨的，她酒量大，啤酒是她强项，不知道她能不能参加，反正先喝白酒，你要坚持，和我保持一致，之后再喝啤酒。"

"明白，华杰老师放心吧！"

华杰挂了电话，心里赞成包不住是个聪明人。

又过了会儿，华杰看看时间，五点半了，寻思着，作为请客的人，一会儿很有必要先到一步，先到才说明尊重客人嘛！其实，华杰原计划是下午下班后约杨柳柳一起步行过去，因为他和杨柳柳都在一个文联机关院里上班，可是半路上杀出个韩小勇，搞得华杰措手不及，心里不高兴还说不出口。华杰想的事情多了，他把吃饭的位置定在顺义，还有一层意思，就是顺义酒店对面有一家歌厅，他是想饭后约杨柳柳去唱歌，趁着酒劲儿唱，那个环境里搂搂抱抱在所难免，他一直惦记着吃杨柳柳的豆腐，这才是他不愿意让表侄儿韩小勇参加的主要原因，毕竟，表叔在表侄儿跟前还要注意形象。

十四

下午六点，在汉江风广告装饰公司二楼办公室里，杨柳柳把办公桌上的一沓资料整理完，望着桌子对面的韩小勇说："小勇，别刷手机了，赴宴的时间到了。"

韩小勇也在公司二楼大办公室办公，和杨柳柳桌对桌，他正耍游戏耍得入迷呢！听杨柳柳说赴宴的时间到了，才停下来。韩小勇一想到今晚表叔华杰请吃饭，挺开心，他并不知道自己的表叔其实把他计划在外，他能够参加晚上的宴会是杨柳柳为他争取来的。他一开心就刺啦一笑，露出两颗大门牙，说："那就去呗！下班时间也到了。"

于是，杨柳柳和韩小勇就出了公司，出了文联院子，往右一转，向顺义酒店走去。

杨柳柳是个聪明人，她一边走路，一边和韩小勇闲聊。

"小勇，你喝酒怎样？"

韩小勇听杨柳柳问自己，便说："柳柳，你是问我酒量吧？"

"对，你酒量如何？"

"还行吧！还行。"

"还行就是能喝，有酒量了。"

"就是能应对一下，不怕谁。"

杨柳柳一笑，说："那就是酒量大了，能喝！"

韩小勇刺啦一笑，露出了门牙，说："柳柳，当着你我说实话，是能喝点。"

杨柳柳听韩小勇这么一讲，心里踏实了些，说："小勇，既然如此，晚上可要麻烦你留点意，如果华杰要是灌我酒，你可要护着我！"

"柳柳，你放心，有我在，我替你挡酒。"

说着聊着，也就到了顺义酒店。

杨柳柳在前，韩小勇在后，直奔二楼555。一进包厢，见房间内烟雾缭绕，两男一女正在闲聊。华杰和王银银坐在沙发上，一个陌生的老男人坐在靠餐桌的一把椅子上，正在抽烟。

华杰见杨柳柳和韩小勇到来，连忙起身相迎，笑着说："欢迎，欢迎两位光临。"

王银银也站起身迎接，咯咯地笑，说："柳柳挺准时呀！"

坐在椅子上抽烟的老男人见华杰和王银银都起身迎接，自己也站起来，表示尊重，但没有说话，只是眯着眼笑。

华杰说："大家都坐吧！我来介绍一下你们认识。"

杨柳柳和韩小勇各自找了椅子坐下。

华杰望着韩小说："小勇，你辛苦下，搞好服务，给柳柳和你自己倒杯水，给银银和包主任的茶杯满上。"

表叔发了话，韩小勇立即照办，开始倒水。

华杰指着正在抽烟的老男人，说："这位是包主任，在银行信贷部工作，文学爱好者，我们关系不错，也算是忘年之交，我经常称呼他包不住，包不住是包主任的外号，我叫习惯了。"

老男人冲着杨柳柳和韩小勇笑着说："叫老包也行。"

华杰又给老男人介绍杨柳柳和韩小勇，显然，王银银没必要介绍了，因为杨柳柳和韩小勇来之前，华杰已经介绍过了。华杰指着杨柳柳说："这位大美女，姓杨，叫柳柳。"华杰又指着韩小勇说："这个是我表侄儿，亲的，叫韩小勇，别看年龄和我相当，小一辈儿。"

介绍完后，华杰又补了一句："柳柳和小勇在一家公司上班，算是同事。"

总算互相介绍完毕，刚才，华杰在给包不住介绍杨柳柳时，"姓杨"两个字仿佛加重了语气，当然，包不住能听明白，华杰的意思是让他喝酒时主要灌杨柳柳。在场的王银银、杨柳柳和韩小勇都听不出话味儿。

菜还未上，几个人开始闲聊。杨柳柳把椅子往王银银跟前挪了挪，两个女人交谈起来。包不住给华杰敬烟、给韩小勇敬烟，三个男人吞云吐雾，房内烟雾更大了。

王银银和杨柳柳都不习惯这种狼烟大冒的环境，都呛得受不了，轻微地咳嗽。华杰看出了名堂，起身把窗户打开，又把门打开，空气一对流，房间里环境立即清爽起来。

华杰冲着杨柳柳说："柳柳，刚才你没到，我已把菜点好了，你来过两次，点的都是你喜欢吃的菜。"

杨柳柳说："很好嘛！这家酒店有几个菜很对我味儿。"

大家东一句，西一句，不着边际地聊，服务员已经在上菜了。

华杰冲着老男人说："包不住，准备酒呀！"

老男人闻风而动，嘴巴叼着烟，立即把两瓶天之蓝放在餐桌上。

华杰见菜陆陆续续快上齐了，就说："大家去洗洗手吧！准备就坐。"

杨柳柳和王银银一看菜上得差不多了，就各自抽了几张抽纸，结伴洗手去了。

华杰望着韩小勇说："你咋不去？"

韩小勇说："不想去，来的时候刚方便过。"

华杰说："还是去一下吧！肚子腾出点空儿，喝酒还靠你捧场呢！"

韩小勇见表叔这么关心自己，嗤啦一笑，露出门牙，屁颠屁颠地上洗手间去了。

华杰见韩小勇也出了包房，房间里就剩下自己和包不住，便走近包不住，脸贴在包不住的耳根处轻声说："看我眼神儿，按计划行事。"

包不住鸡啄米似的点头，说："那是，一定照办。"

这时候，杨柳柳和王银银说说笑笑从洗手间返回了包房，韩小勇紧跟在后也回到了包房。

"坐，大家请坐。"

华杰开始招呼大家就座。

可是，大家都站在原地没动，都望着华杰微笑。华杰明白了，还是得自己来安排如何坐。于是，华杰自己毫不谦虚，在上席的位置

坐下，然后，用右手示意王银银坐在自己的左边，杨柳柳坐在自己的
右边。王银银和杨柳柳都挺听话，按华杰的意思就座。华杰又瞟了一
眼包不住和韩小勇，说："老包坐呀！小勇坐呀！人又不多，咋坐都
行，圆桌嘛！"

包不住和韩小勇也坐了下来。

华杰又说："老包你辛苦一下，开酒斟酒，客串一下服务员，这
小酒店，服务跟不上。"

包不住立即开始打开酒瓶，走到华杰身边，先给华杰斟。

华杰说："今天没外人，大家都喝点，尽尽兴。今天嘛！主要就
是请柳柳和银银坐坐，说具体点呢！就是给柳柳庆贺一下，也没有别
的意思。"

这个时候，包不住已给华杰酒杯斟满，开始给杨柳柳斟。

杨柳柳却用手把自己的酒杯捂住，说："华大诗人，你这盛情真
是不敢当，都是你关心的，还要你请客？"

华杰说："同学之间，客气啥，小事儿，应该的。"

杨柳柳用手捂着酒杯，包不住很为难，看看华杰。

这时候，杨柳柳用商量的口气说："华杰，我能不能喝点啤酒？
白酒我很少沾。"

华杰说："我是打心眼里为你庆贺的，少喝点，尽尽兴。"

话已至此，杨柳柳不好再说什么。

包不住给杨柳柳斟酒后，走到了华杰左手，王银银的身边，准备
为王银银斟酒。

王银银也用手捂着酒杯，说："我不能喝，我喝酒过敏，华杰知
道的。"

包不住很为难，又看看华杰。华杰说："银银你能不能少喝点？
今天为柳柳的事儿，开开心。"

王银银说："不是，我饭后要开车，和我们社区领导出去一

下。"

王银银的这个理由很充分，华杰不好再劝，说："那行，喝点饮料。"

华杰嘴上这么说，却一阵窃喜，心里想："银银饭后走了好！"

这会儿，包不住已经给韩小勇的酒杯满上，又回到自己的座位，给自己的酒杯也斟满。

华杰见大家面前的酒杯都已斟好，王银银的饮料也倒上了，便端起酒杯，站起身来，说："让我们共同举杯，祝贺柳柳正式上班，干！"

"干！"

大家都端起杯子站起来，异口同声，一饮而尽。

酒宴算是正式开始了。

先是大家互相敬酒，各自打圈，吃菜，谈笑，不温不火地进行。偶尔的，华杰会聊几句他自认为幽默风趣的话，目的是助助酒兴。但好像段子并不怎么惹人笑，没啥效果。王银银和杨柳柳怕华杰尴尬，轻微地笑了笑，表示在认真听。韩小勇像是没听到，只顾甩开膀子大口吃，大口喝。只有包不住附和道："好！讲得好。"

为此，包不住还专门敬了华杰一杯，表示支持华杰讲的段子。酒宴继续，华杰说："大家互相都敬完了，银银用饮料也敬了大家。接下来要掀起高潮呀！别冷场，总觉得不够热烈。"

包不住又附和道："是呀！要掀起高潮。"

华杰说："这样吧！我来带头儿，从我开始，我先打圈。我打完了包不住打，包不住完了小勇，小完了柳柳，银银喝饮料就算了，银银观战。"

"好！"

包不住拍手赞成。

韩小勇喝上了头，见包不住拍手，自己刺啦一笑，露出门牙，也拍手道："好！"

杨柳柳倒是不愿意，一看喝白酒的四个人都有三个人表示同意，自己也不好说不同意，于是就没发言，也没说行，也没说不行。

王银银看出了名堂，她担心杨柳柳继续这样应对下去，又转下去会受不了，就说："柳柳就算了吧！你们三位男士转，柳柳就不参与了，柳柳平常不沾白酒。"

王银银这么一伸援手，杨柳柳就脱口而出，说："是呀！华杰，白酒我真不能多喝。"

华杰正在兴头上，正按自己的计划行进，冷不丁被王银银一泼冷水，立即显得不开心起来，冲着王银银说："银银，你不喝酒，没有发言权！"

华杰说这话的时候是笑着说的，但笑得不自然，能让人感觉到他内心是恼火的。

王银银早已从华杰的脸上表情看出了他的内心想法，也笑着说："既然我在桌上，咋不能发言呢？"

杨柳柳一听，觉得王银银的话很强硬，这样下去气氛会很尴尬，不行，不能这样发展，得打个岔，缓解一下。毕竟，华杰这顿饭是为自己安排的。想到这儿，杨柳柳说："这样吧！继续，实在不行我换啤酒。"

杨柳柳本以为她这下为尴尬的气氛解了围，不料，华杰却说："不行，按我说的顺序每个人打完了圈，柳柳你再换啤酒。"

华杰说得很坚决，他也喝上了头，倔劲儿上来了。

这样一来，王银银觉得自己很没面子，等于刚才她的意见白讲了，真的没有发言权了。

气氛又尴尬起来。

突然，王银银站起身来，一笑，笑得很不自然，说："各位，你们大家尽兴，千万别冷场。我先告退，饭前我说了，我和我们领导出去办事，拜！"

王银银说完，转身从沙发上拎了包，头也不回，甩门就走了。华杰、包不住和韩小勇都愣在那儿，杨柳柳起身追了出去。

三个男人就在包房里坐着，都没有说话，华杰像泄了气的皮球一样，杵在那儿。

包不住是真正请客的人，他见华杰神情沮丧，怪可怜的，就尽量想把气氛再活跃起来。于是，包不住给华杰递过去一根烟，说："华杰老师，抽烟，歇会儿。"

华杰也不说话，伸手接过烟，他平常不怎么抽，烟瘾不大。"

包不住掏出打火机，殷勤地给华杰点上，打趣儿道："华杰老师抽烟不专业，经常不带火。"

华杰斜了包不住一眼，终于开了口，说："老包你烟瘾大，一天得两包吧？"

"两包不够。"

包不住说着，又给韩小勇递过去一根烟。

这个时候，杨柳柳返回了包房，坐在自己位置上。

华杰一看杨柳柳返回来，顿时来了精神，马上把身子挺直起来，大口抽烟，吐出长长的烟雾。

杨柳柳说："没事没事，大家继续。"杨柳柳说这话，是在圆场，聪明人都能听出来。但杨柳柳说话舌头有些硬，像是喝多了。

华杰并没有问杨柳柳刚才追出去的情况，包不住和韩小勇也没有问。杨柳柳接着说："刚才在外面银银说了，她的确是要出去办事，约好的时间到了，不去不行。"但是，这个话是真是假，只有杨柳柳自己知道。

包不住一笑，说："银银有事走了，很正常，我们继续。"

华杰把烟屁股摁灭，说："老包，这样吧！今天为柳柳上班的事，我很开心，这个地方我们就不坐了，撤吧！"

包不住一听瞪大了眼睛，杨柳柳和韩小勇也觉得意外，都没有想到华杰会做出这个"撤"的决定。

华杰接着说："我这会儿有些郁闷，想换个环境吼几嗓子，喝红酒啤酒，大家以为如何？"

包不住、杨柳柳和韩小勇这才明白过来，华杰是要去KTV唱歌。

包不住立即说："我赞成，天上掉下五个字，那都不是事儿。"

杨柳柳看了看韩小勇，韩小勇看了看杨柳柳，都不好说不去。这个时候如果杨柳柳和韩小勇坚持不去唱歌的话，华杰话已出口，肯定下不了台，这样的话，大家只有不欢而散了。

杨柳柳极快地表了态，说："去。"

韩小勇见杨柳柳说去，也说："去。"

包不住见大家都没有不同意见，说："各位稍坐会儿，我去吧台结账，之后呢！我们去马路对面那个KTV，环境还不错。"

十五

顺义酒店的正对面有一家量贩式歌舞厅，名叫"歌莱美"，规模比较大，生意还不错，多年来，本市群众如果选择量贩式歌舞厅休闲消费的话，如朋友聚会、家庭聚会唱歌这类的，歌莱美必然是首选。

晚八点半，华杰、包不住、杨柳柳和韩小勇从顺义酒店出来，过了马路，来到了歌莱美。

包不住左胳膊挂着公文包，右手夹着烟，急匆匆走在最前面，他的任务重，要负责订包房、点酒点水果，之后还要结账。

包不住忙活的时候，华杰、杨柳柳和韩小勇就坐在歌莱美一楼大厅的沙发上等待。华杰这会心情好多了，脸上有了笑意，他冲着杨柳柳说："老同学，终于又可以聆听你的歌声了，上高中时，你参加全校歌唱比赛，经常拿第一。"

杨柳柳坐在沙发上，头晕晕的，脸发热，刚才从顺义酒店出来的时候，两腿都有些打飘。她心里明白，自己真是不能沾白酒，白酒是弱项。一会儿唱歌，一参红酒或者是啤酒就麻烦了，杨柳柳自己的事情自己心里有数，她不能参酒喝。这会儿，见华杰笑着调侃自己，便笑着说："你说的是N年前的事情，我已很久没唱过了。"

这个时候，包不住过来了，说："走，进包房去，二楼8888。"

包不住在前，华杰、杨柳柳和韩小勇在后，四个人从楼梯上到二楼，找到8888包房门口，早有一名年轻的男服务生在礼貌地迎候客人。

他们进了包房一看，还行，8888挺大，挺气派，一长溜的沙发，一长排的大茶几，茶几在灯光的照射下显得光滑整洁。沙发对面的墙壁上两个特大的影视屏幕已打开，正放着禁毒防火灾的宣传歌曲。

服务生已将两份水果拼盘，瓜子还有几样点心整齐地放在茶几上，然后又将两瓶红酒放好，之后，又摆了十几瓶啤酒。杨柳柳挨着华杰在坐，一看这阵势，担心地问："华杰，放这么多酒，喝不了。"

华杰头嗡嗡的，发胀，说："这地方就这样，让老包和小勇喝，你不能喝就少喝点，今晚主要是听你高歌几首，大家开心，尽兴。"

这时候，包不住端着酒杯笑嘻嘻走过来敬酒了，他酒杯里是红酒。包不住走到了华杰跟前，说："华杰老师，我敬你一杯。"

华杰赶紧站起来，也端起酒杯，酒杯里也是红酒，和包不住的酒杯轻轻地碰了一下，一饮而尽。

这个时候，韩小勇已经点了一首歌，开始唱了，嗓音有些尖，像个太监，听着不很舒服。

包不住这时又端着酒杯，来到杨柳柳跟前，说："小杨女士，我敬你一杯。"

杨柳柳礼貌地站起身，弯腰一看自己面前茶几上的酒杯，斟好的有红酒，也有啤酒，还有茶水，就看自己选择了。杨柳柳思考了一下，没好意思端茶水，最终选择了啤酒，端起来，说："谢谢！"之后，也是一饮而尽。

包不住敬完杨柳柳酒的时候，韩小勇的歌也唱完了，太监似的尖细声音终于停了下来。包不住端起酒杯，向韩小勇走去。

华杰见包不住去给韩小勇敬酒了，便轻轻地挪动了一下身子，自己的屁股快挨着杨柳柳的屁股坐了，没想到杨柳柳也挪动了一下身子，又把距离拉开了。华杰脸上挂不住，心里不痛快，想，柳柳这还清醒着呢！

不行，女人不醉，男人哪有机会？

华杰明知道杨柳柳刚才喝的是啤酒，却偏偏给杨柳柳斟满了一杯红酒，然后，华杰端起自己的酒杯，冲着杨柳柳说："柳柳，我敬你一杯红酒。"

杨柳柳说："华杰，我喝啤酒吧！不能再参红酒了，再参一会就出洋相了。"

华杰坚持说："不行，柳柳，这杯红酒预示着咱们的事业都红红火火、顺顺利利。"

说完，华杰率先一仰脖，将酒干完。

杨柳柳一看，别无办法，只得将杯中红酒干完。

华杰说："柳柳，该你唱了，点支歌吧！"

"好呀！"

杨柳柳说着，起身奔点歌屏点歌去了。华杰仔细观察杨柳柳，见杨柳柳站起来的时候身子一个趔趄差点摔倒。

包不住给韩小勇敬了酒，已回到了自己的座位上。

华杰向包不住招了一下手，示意老包坐到自己身旁来。

包不住酒也有些喝多了，头重脚轻地来到华杰身边。华杰两只眼睛在灯光闪烁的环境里扫射了一下，见杨柳柳已开始唱歌，韩小勇在专心听歌，便咬着包不住的耳朵嘀咕了一阵。包不住说："明白。"

这个时候，杨柳柳已完全放开了唱，歌声真是甜美，有专业歌手的味儿。当杨柳柳把歌唱完时，三个男人疯狂地拍响了巴掌。

"谢谢！"

杨柳柳说着，回到了座位坐下。

包不住立即端起酒杯走向杨柳柳，说："小杨女士，嗓音相当得好呀！祝贺演唱成功。"

杨柳柳端起酒杯，突然觉得酒劲儿开始上头，站起来都有些费力，但还是坚持站起来和包不住碰杯。

华杰起身端着酒杯先敬了表侄儿韩小勇，又敬了包不住，之后，自己也嚎了一首歌，唱得五音不全，唱完后，华杰有些不好意思，说："重在参与。"

包不住、韩小勇拍起了巴掌。

华杰有些纳闷，心想，杨柳柳为什么不鼓掌呢？这么吝啬？回到座位离近了一看才知道，原来杨柳柳再也坚持不住，靠在沙发上睡着了。

华杰扭头盯着包不住，包不住站起身，说："烟抽完了，歌厅不售烟，我下楼去买。"

包不住说完，晃晃悠悠地走出了包房。华杰冲着韩小勇说："小勇，老包喝多了，他去买烟，你去照顾一下，别出事。"

韩小勇也看到包不住走路已不稳，答道："好。"便出了包房追包不住去了。

偌大个8888包房内，只剩下华杰和已醉得不省人事的杨柳柳，灯光依然旋转着，华杰的爪子开始不老实了……

十六

时间过得好快，眨眼的工夫，杨柳柳已在汉江风广告公司上班两月有余。刚来的时候，还穿裙子呢！现如今，已到"过了十月节，刮风就有雪"的季节了。

夜里，杨柳柳躺在床上，总是觉得身上盖的被子单薄，刚来汉江风广告公司上班的时候，杨柳柳从几十公里之外的镇上老家里打了背包，带的是一床薄被子，当时，也是为了方便，也是天气还热，用不上厚的。

这几天，随着气温骤降，和杨柳柳住在一处的焦喜荣发现了杨柳柳被子单薄的问题。

一天晚上，焦喜荣正在客厅看电视，杨柳柳回来了，她俩合用一个客厅。

焦喜荣见杨柳柳脸有些红，身上带着酒气和酒店里那种特有的饭菜味儿，她判断杨柳柳一定是在外刚应酬结束。这也很正常，因为在公司，老板韩建国给杨柳柳分配的工作是跑外围，而且，是和韩小勇一起负责外围的工作。

杨柳柳进门给焦喜荣一个微笑，说："焦姐，看电视呢！"

焦喜荣也冲杨柳柳一笑，说："是呀！柳柳今晚回来挺早。"

杨柳柳一屁股坐在沙发上，就坐在焦喜荣旁边，一阵浓烈的饭菜味儿更加刺鼻。

焦喜荣说："柳柳，把外套脱了，挂在阳台让风吹一吹。"

杨柳柳知道自己衣服上带着饭菜味儿，晚上吃饭的那个包房不透风，又开着空调。

"好。"

杨柳柳说着，起身去了阳台，把外套脱掉，用衣架挂在平时晾晒衣服的铁丝上，转身进了自己卧室，穿了件厚睡衣上衣，重又回到沙发上坐下。

焦喜荣说："柳柳，听说晚上老韩又在请一个企业负责人吃饭？"

杨柳柳说："不是个啥大人物！我这不刚回来。"

焦喜荣说："话虽如此，尽管是为了公司的事情，但作为一个女孩儿，酒还是要少喝。"

杨柳柳说："这个我当然知道，可是，每次在这种场合，老韩都是让我喝酒，不让小韩喝。老韩说得好，得留下一个不喝酒的开车。"

焦喜荣说："他咋不让小韩喝，让你开车？"

"唉！"

杨柳柳叹了口气，说："这个问题老韩早解释了，说那些企业老板们都喜欢和美女喝。有时候一想，老韩也挺不容易，这几年广告业务不好做，账不好结呀！"

杨柳柳这么一讲，焦喜荣不再接话了。

这个时候，焦喜荣刚才观看的电视节目放完了，开始播放广告。

于是，焦喜荣说："柳柳，你调你爱看的节目。"

杨柳柳拿过电视遥控器，开始选台。

焦喜荣进了自己卧室，抱出一床毛毯，放在杨柳柳身边的沙发上，说："柳柳，这床毛毯你先用，降温了，这几天夜里都零下了。"

杨柳柳十分感激，说："谢谢焦姐，我先盖几天，这几天是冷，我还说抽空回趟老家拿厚被子呢！"

"咚、咚。"焦喜荣和杨柳柳正说着话，突听有人敲门。

"谁呀？"焦喜荣问道。

"我！"一个男人的声音："韩小勇。"

这下，焦喜荣和杨柳柳都听出来了，门外是韩建国的儿子韩小勇。

焦喜荣赶紧去开门。门开了，只见小个子韩小勇抱着一床厚被子在胸前，都快要把自己的脸遮住了。

焦喜荣赶紧把韩小勇让进屋来。韩小勇把抱着的厚被子放在沙发上，看上去有些累。

"小勇，你这是？"

焦喜荣问道。

"嘿嘿。"

韩小勇轻轻笑了一下，说："这不是降温了吗！我知道柳柳的被子薄，夜里一定冷，就从家里抱床厚被子来，新的，没有用过。"

杨柳柳刚才坐在沙发上给韩小勇点了一下头，打过招呼了，听韩小勇这么一说，很不好意思，很难为情，站起身来说："这咋好意思呢？"

韩小勇剌啦一笑，大门牙又露了出来，他见焦喜荣愣在那儿，便解释道："小焦你不知道，柳柳来的那天，是我帮她拎的被子，那个被子薄呀！这天肯定不行。"

"哦！"

焦喜荣这才明白过来，说："小勇你一个大男人，心挺细呀！我替柳柳谢谢你了。"

"那你俩早点休息，我告退，拜。"

韩小勇说完，冲杨柳柳笑着点了一下头，转身走了。

焦喜荣冲着门外说："慢走。"关了门，回到客厅仰起脸大笑起来，末了，跟杨柳柳开玩笑道："柳柳好福气，这是不是老韩的关心呢！"

杨柳柳重又坐下，面无表情，一点高兴的意思也没有。

第二天的上午，韩小勇在公司办公室见到了杨柳柳，他暗中观察，杨柳柳并无异样，依然是忙忙碌碌做着自己的本职工作。

这可是在韩小勇的意料之外。韩小勇认为，昨晚自己屁颠屁颠地送去了一床厚被子，杨柳柳一定是高兴坏了，第二天一见面就会给自己说感谢的话呢！真没想到，杨柳柳这个女人对自己送被子的事情一个字也不提，就仿佛昨晚自己没有去找过她一样。

韩小勇脸上有些挂不住了，瞬间觉得自己的自尊受到了极大的伤害。接下来，他觉得胸闷，脸也有些发热。有心找个借口问下杨柳柳，但在心里盘算了一下，又立即打消了这个念头儿。韩小勇想，我该如何问？她又会如何答呢？别真的弄得热脸贴冷屁，那就更丢人了。

"唉！"

韩小勇叹了口气，点上一支烟，边抽边思考。

"有了，我何不用迂回战术，问问焦喜荣呢！"

想到这儿，韩小勇立即起身出了办公室，下到一楼，上了自己的车。

韩小勇的座驾是一辆黑色的奥迪A6轿车，他的车比他老子韩建国的用车要高级，韩建国日常用的是一辆日产二手车。

韩小勇坐在驾驶员的位置上，掏出手机，直接拨通了焦喜荣的电话。

"喂，小焦嘛！我是小勇。"

"哦，小勇你说。"

"我在楼下，我的车上，麻烦你下来一下，耽误你几分钟。"

"好，马上下来。"

焦喜荣平常和韩小勇关系处得不错，挂了韩小勇的电话，立即就下来了。她直奔韩小勇的奥迪A6，拉开车门，坐在了副驾驶的位置。

焦喜荣冲着韩小勇说："有啥机密，还要在车上说？"

韩小勇冲着车窗外吐了一口烟雾，扭过头看着焦喜荣不好意思地笑了笑，说："昨晚什么情况？"

焦喜荣瞬间明白了，却故意装着不懂，说："什么什么情况？"

韩小勇说："你不是知道吗？"

焦喜荣继续装，说："我知道什么？"

韩小勇只好打开窗户说亮话了，道："我走后，她用了我送的厚被子吗？"

焦喜荣盯着韩小勇，一言不发。

韩小勇说："哎呀！你急死人了，你，你倒是说话呀！"

焦喜荣这才说："你听真话还是假话？"

韩小勇说："你废话，当然是真话了。"

焦喜荣说："No，你拿的厚被子还放在原处。"

"哦！"

韩小勇顿时觉得自己脸好红，红到耳根处了，整个脸发烫。

焦喜荣见韩小勇难过的样子，有些不忍心，便说："小勇，你不必这样，有一个情况你不知道。"

韩小勇猛吸了一口烟，又将烟雾吐向车窗外。

焦喜荣接着说："其实巧得很，昨晚，就在你去之前几分钟，我拿了一床多余的厚毛毯递给了杨柳柳，你没注意看吗？你去的时候，厚毛毯就放在杨柳柳身边的沙发上。后来，你走了，时间也不早了，我和杨柳柳也就各自洗了睡了。早上，我看了看沙发上，你送她的厚被子还在原处，厚毛毯不见了。"

韩小勇听到这儿，无精打采地说："好了，我知道了，小焦你去忙吧！"

"好。"

焦喜荣下了车，回自己办公室去了。

一日，韩建国在办公室忙完了手里的事情，重新泡了杯茶，杯子里放了不少茶叶，他喜欢喝浓茶，劲儿大的那种。

"终于可以闲下来品品茶、抽抽烟，歇一会儿了。"

韩建国想："生意太难做了，账太难结了，好多企业没有现金，就以物抵债……这马上要过元旦、春节了，企业员工工资要按时发放；年底了，当老板的对手下员工不能没有表示吧！可是，发什么呢？往年，都是给每个员工按业绩提成和发奖金，但今年发奖金估计困难，因为公司没收到现金。"

韩建国边思考问题，边点上一支烟抽起来。他又想到了韩小勇，近几天，韩建国偶尔见过韩小勇几面，都是在公司匆匆忙忙见的，因为韩小勇并未和父母住在一起。韩建国老早就在市里的一个好楼盘给韩小勇购置了一套别墅，三层的房子，住房面积二百多平米，绿化面积一百多平米，就这个宝贝儿子一个人住，那是富人居住的区域。韩建国这个人有谋略，知道未雨绸缪的道理。他的儿子倒也不傻，但相貌丑陋，身材矮小，如果没有特别优越的物质条件来帮衬，是很难找到理想的儿媳妇儿的。最近几次，韩建国见到儿子韩小勇时，发现儿子气色不对，有些魂不守舍的样子。韩建国纳闷，心想："这小子一定有事儿。"

但韩建国当时有事忙着，无暇顾及。这会儿，韩建国品着茶，抽着烟，忽然想到了韩小勇，他决定把韩小勇叫到自己办公室来问个究竟。

韩建国一个电话，韩小勇正好没出门，就在公司二楼大办公室。

"你来我办公室一下。"

"好。"

韩小勇马上就到了。

韩建国开门见山，问道："你最近还好吧？"

韩小勇坐在沙发上，看着老韩大口吸烟，自己也掏出烟来点上一支，轻轻地吸了一口，说："还行。"

韩建国问："那个杨柳柳和你搭档，怎么样？工作如何？"

韩小勇说："人家科班生就是不一样，专业对口，很快就超过我了。"

韩建国说："那好，我没看错人，这姑娘以后一定是个人才。"

韩小勇吸了一口烟，将烟雾轻轻地吐了出去，说："爸，你让我来就是为这事儿？"

韩建国把烟屁股摁在烟灰缸里，端起茶杯咕咚灌了一口，说："你急个啥？"

韩小勇呆呆地看着韩建国不说话。

韩建国接着说："小勇，这几天我匆匆忙忙见到你几次，觉得你气色不对呀！有事？"

韩小勇见韩建国问这个话题，也不隐瞒，就竹筒倒豆般把自己给杨柳柳送厚被子的事情全都说了，韩小勇在韩建国面前从不拘束，有时候聊开了还相互递烟，像兄弟。末了，韩小勇说："热脸贴冷屁股呀！心里郁闷，就为这。"

韩建国突然笑了一下，轻微地笑，说："就为这就不开心了？这算个啥？这还算是挫折吗？儿子，你既然有了目标就要有信心，我支持你。"

韩建国的这个态度让韩小勇很高兴，韩小勇想："看来，我是没有后顾之忧了，追杨柳柳，我的父母是支持的。"

这个时候，韩建国又点上了一支烟，还扔给了韩小勇一支，说："儿子，这门一关，屋里就咱父子俩，啥话都能说。咱家里的条件咱心里有数，但儿子你自身条件自己也有数。杨柳柳长相外貌自不必说，能力也有，儿子你知道我为什么让她和你搭档吗？就是要你多接触，天长日久，必然……她家里的条件你了解吗？想法打听打听，也不能光贪图她的外表，还有人品……"

韩小勇说："和她在一起工作两个多月了，她的有些情况我也掌握了一些，比如，她的父亲是个小包工头儿，家里还算富裕，她也是个独生女……"

韩建国认真地听着，说："她家的这个经济条件也说得过去，关键是独生子女，这个好。"

韩小勇说了句实话："爸，论这个长相呢！我的确是没有信心。"

韩建国立即给韩小勇打气，调侃说："儿子，战争片你看过不少吧！哪个山头儿是能够轻易攻下来的？"韩小勇微微低下了头。

韩建国提高了嗓门，说："小勇，你明白滴水穿石的道理，也明白铁棒磨成针的道理。在这个世界上，不怕你不敢做，就怕你不敢想，沉住气，机会一来，只要时机成熟了，一切皆有可能！"

十七

韩建国在自己办公室与儿子聊关于杨柳柳的话题，当谈话结束，韩小勇起身要走的时候，韩建国发现韩小勇嘴巴动了一下，欲言又止的样子，便问道："小勇，你还有话说？"

韩小勇重又坐下，叹了口气，说："爸，还有件难以启齿的事，我本不打算跟你讲的。"

韩建国瞪大了眼睛，神情紧张起来，说："小勇，你心里还装着事儿，到底怎么回事，赶紧告诉我。"

"唉！"

韩小勇又叹了口气，就把前段时间华杰出面请客，包不住负责吃饭唱歌结账的事情全讲了出来。

韩建国说："你们年轻人在一起吃吃饭、唱唱歌，不是很正常嘛！"

韩小勇说："爸，你听我往下讲呀！不正常的在后边呢！"

韩小勇继续讲："唱歌到尾声的时候，大家都已经喝上了头，喝了几样酒嘛！特别是杨柳柳不能参酒喝，一参就醉，她已经靠在沙发上睡着了。华杰虽没喝醉，但是感觉他说话舌头好像都伸不直了，也喝多了。那个包不住喝得走路都摇摇晃晃的，他年龄大，应该是醉了，就我还算清醒。偏在这个时候，华杰让包不住下楼去买烟，因为歌舞厅不出售烟，说是消防部门的规定。包不住刚出包房，华杰就让我追出去照料一下包不住，说怕包不住出事，我一想也应该，就追了出去。"

韩建国插话道："那个姓包的年龄大，又摇摇晃晃的，你陪他去买烟也应该呀！"

韩小勇说："爸，但是你千万想不到吧！我这个表叔华杰，他都不是个人呀！当我陪包不住买了烟，返回8888包房的时候，包不住说尿急，他去撒尿了，我总不能陪姓包的去撒尿吧！就一个人先返回了8888包房，可是，当我在进包房的瞬间，我看到了表叔华杰丑态百出的一幕……"

韩建国听到这儿，猛地站起身，盯着儿子韩小勇问："你看到了什么？"

韩小勇说："华杰正在占杨柳柳呗的便宜……"

"啪！"

韩建国猛地拍了一下桌子，吼道："这个畜生！"

韩小勇说："爸，你也别太担心，我想那种地方，也严重不到哪儿去。"

韩建国说："小勇，听你讲的情况，华杰是有意把你支走的？"

韩小勇说："谁说不是呢！仔细回想起来，一定是表叔华杰和那个姓包的早有预谋，因为，从一开始，他俩就是有意地灌杨柳柳，让她参酒，唉！"

韩建国咬着牙说："这两个坏蛋！"

韩小勇说："不过，第二天一大早，我接到了表叔华杰的电话，华杰说，不好意思，昨晚真是喝醉了，酒后无德，他让要我一定要保密，千万不能把看见的事儿讲出去。"

韩建国说："杨柳柳呢！她记得发生过的事情吗？"

韩小勇说："她应该是彻底断片了，不记得了，当晚是我送她回到寝室的。当包不住撒尿回到包房后，华杰就和包不住结伴先走了。我就坐在杨柳柳身边，陪她醒酒。坐了很长时间，当她一觉醒来后，她可以站起来了，但还是软，我是扶着她回寝室的。爸，这件事我原本是不打算告诉你的，要不是今天你找我，我不会说。毕竟，家丑不可外扬。"

韩建国说："这样，你天天和杨柳柳在一起，你可要提示她，一定要和华杰保持距离。"

过了些日子，元旦节来临。

杨柳柳决定回镇上家里一趟。自打到汉江风广告公司上班后，杨柳柳还是第一次回家。

这是一个晴朗的下午，在冬日阳光照射下，杨柳柳背着包，左手里还拎着一个塑料袋，袋子里装着她母亲爱吃的水果和零食，是她在超市刚采购的。

"出来几个月了，回家总不能空着手吧！"

杨柳柳高高兴兴地坐上了回镇上老家的公交车。

路上还算顺利，杨柳柳坐在靠车窗的位置，正好可以晒到太阳，晒得人懒洋洋，想睡觉的节奏。杨柳柳闭目养神，似睡非睡，想自己来汉江风广告公司上班之后经历的一些事情。华杰、王银银、韩建国、韩小勇、焦喜荣，甚至那个只有一面之交的包不住，她逐一在心里给他们画像。

华杰，自己的高中同学，一个有妇之夫，竟然一直想打自己的主意。他这个人不痛快，虽说是帮过自己，但那也是别别扭扭地帮。这个人总是把他自己的目的放在首位。王银银上次提醒得对，他真是个爱吃豆腐的渣男。可是呢！毕竟他是帮过自己。那天晚上在8888包房的事，杨柳柳不是不知道，酒醉心里明嘛！杨柳柳只是瘫软得无力反抗。对于这件事，睁只眼闭只眼吧！难得糊涂。这个人尽量不得罪他，说不定什么时候还需要他帮忙呢！

王银银，高中同学，又是一个镇上的，关系自不必说，她是一个热心快肠的人。

韩建国，自己的老板，一个事业上颇有成就的中年男人。这个人有些怪怪的，但又挑不出什么毛病来。总觉得他的内心隐藏着什么。可能这就是所谓的城府深吧！

韩小勇，韩建国之子，同事，一个不折不扣的丑男人。这个人年龄与自己相仿，热情奔放，抽烟，喝酒，没发现他有其他什么不良嗜好。这个丑男人的心还是比较细的，就因为他帮自己拎了一次背包，就记住了被子薄，天冷就送厚被子来了。难道他对我有意思？这怎么可能？这不是癞蛤蟆想吃天鹅肉吗？笑死人了，我怎么可能接受他的厚被子呢！

焦喜荣，同事，比自己大两岁，而且合住在一处。这个姐姐人好，特别关心人，值得尊重。

姓包叫包不住的老男人，一个文学发烧友，一面之交，他一定是经常有求于华杰，看他那奴才相，着实可怜。

这些人像过电影一样，挨个在杨柳柳的脑海里过了一遍。

杨柳柳迷迷糊糊，身体随着公交车的颠簸而晃动着。

她的思绪突然飞到了省城，那有一个叫高安的男生，大个儿，黑脸大眼，爱留长发，他在球场上奔跑时长发就潇洒地抖动。这个家伙，自己大学时期的恋人，他偶尔会用微信发几个表情，如："早上好呀！晚上好呀！每天心情好呀！"这些，回都懒得回他，也不知道这个家伙在省城就业了吗？懒得问。

XX镇到站了，司机在提醒。

杨柳柳揉了揉眼，一看，果然到自己老家镇上的车站了。

十八

杨柳柳这次回家，在家里待了两天半，算是过了两个夜。到了元月三号的下午，她要启程返回公司了。

这一次杨柳柳没有乘坐公交车，而是她当包工头儿的父亲亲自驾车把闺女送到汉江风广告公司的。

父亲是条粗壮的汉子，中上等身材，四十七八岁，长得比较精明，名字也挺好记，叫杨洋河。提起包工头儿的大名，人们会不由自主地想到"洋河大曲"那个酒，因此不容易忘记。

杨柳柳此次回家能遇上包工头儿父亲，也是因为元旦节的缘故。元旦是法定的节日，包工头儿父亲手下的工人们要回家探亲，工人们一走，包工头儿便也回家待了两天。

杨柳柳从大学毕业回到家没有找到工作的时候，包工头儿天天唠叨，杨柳柳听得烦了，就顶几句，气得包工头儿抱着酒瓶灌酒。现在杨柳柳找到稳定的工作了，包工头儿的嘴巴仍然闲不下来。

"柳柳，你工作累不累呀？老板人还好吧？同事们关系处得还行吗？工资多少呀？够不够花？"

前面的问题杨柳柳都懒得回答，唯独后面这句"工资够不够花？"她挺感兴趣，说：

"不够的话，将就着用吧！"

包工头儿说："那不行，不能亏了我闺女，女儿要富养嘛！"

其实，包工头儿是个称职的父亲，这一点杨柳柳心里明白得很，从自己懂事开始，包工头儿就没让他女儿缺过钱花。

按照原本计划，杨柳柳是没有打算让包工头儿送她回公司的，可是，坐公交不方便呀！这次带的东西多，一床厚被子，还有自己冬季穿的服装……包工头儿就坚持说："闺女，我开车送你去，今后也知道你单位在哪呀！

包工头驾驶的是一辆越野车，没办法，因为经常在工地上跑嘛！越野车方便。

这会儿，越野车行驶在奔向市区的公路上。包工头儿一边驾车一边在思考一个问题，这个问题在包工头儿心里憋了很久了，作为父亲，有些不好开口，可是，作为父亲，又不得不操心。女儿二十出头了，男大当婚，女大当嫁，这是自然规律。

车上没有第三个人，机会难得，包工头儿终于开了口。

"柳柳。"

"爸，你说。"

"柳柳，爸问你个问题，有些不好开口，但又不得不问，车上又没外人。"

"爸，你真啰嗦，你讲。"

"那爸就直说了。"

"你赶紧说。"

"闺女，你个人的问题你考虑过吗？"

"哦，爸，你问这个呀！"

"对呀！闺女你二十出头了，做父母的能不操心？"

"哎呀！爸，这个目前我没考虑，也没兴趣。"

"你……"

"好了，爸，你女儿还年轻，应该先做事，事业做好了还怕嫁不出去？"

"啊！闺女你说说你的打算。"

"爸，你知道我为什么一定要找一个广告公司去打工吗？"

"你说说。"

"专业对口呀！我在大学学的就是广告设计。"

"哦，你是想？"

"我是想先在一个有实力的广告公司边工作，边学习，理论结合实际，毕竟，在社会这个大学校里我没有经验。"

"闺女，你真是这样想的？"

"爸，这还有假？一旦我有了实践经验，特别是掌握了管理经验，我就自己干，我才不一辈子给人打工呢！"

包工头儿驾驶着越野车，和女儿聊着天，心里突然有一种自豪感。女儿大了，有自己的想法，出去打工几个月，也显得成熟多了。在此之前，父女俩很少有机会像今天这样聊得来。

包工头儿说："闺女，你有这样的决心和目标很好，爸支持你。"

"爸，我就等着你这句话呢！你可不能食言。不过，我开公司的时候，你支持我的，权当是我借您的，赚了钱，我再还给您。"

包工头儿杨洋河和女儿杨柳柳一路走，一路聊，不知不觉，越野车已进了市区。

包工头儿说："闺女，近些天爸把手里现有的活儿完工后，先歇一歇，下一个工地应该是在京东镇，不远，离咱们镇就三十里路程。"

杨柳柳平常很少过问包工头儿的事情，这会坐在车上无聊，便找话说："爸，京东镇是一个什么样的工地？"

"哦，就是京东镇政府，他们要建一幢家属楼，规模不大，七层，三个单元。尽管规模不大，但对于我这个小包工头儿来说，已经不小了。这样的小规模建筑，我公司的资质没有任何问题，建筑设计、造价、立项、施工质量、后期验收及结算审计，这些我都可以做。"

杨柳柳问道："爸，你不是单纯地建房吗？你手下的砌匠队伍不是只会盖房吗？"

包工头儿一笑，说："闺女，这你就不懂了，你慢慢学吧！当你在一个行业干久了，就会接触一些与本行业相关的业务，因此，也会结交一批人，所以，我说与建筑行业相关的业务，我都可以做！"

"爸，你真行，平常看你老实巴交的，还真没看出来。"

包工头儿说："闺女，你先别夸我，目前，八字还没有一撇，真说不定呢！"

杨柳柳有些不解，问道："你刚才说得不是蛮有把握吗？还有变数？"

包工头儿说："俗话说得好，好事多磨。现在有一个关键人物我要把他搞定，才算是有了八九成胜算，再之后，等建筑设计方案、造价、立项完成后，我中了标才算一锤定音。"

杨柳柳有些好奇，问道："谁呀？他有这么大的能量？"

包工头儿说："当然有，说夸张一点，只要这个人下了决心，就是板上钉钉的事儿。"

杨柳柳更好奇了，说："爸，你说得这么神，他到底是谁，我倒想见识见识。"

包工头儿说："这个人叫张军，就是京东镇的镇长，你有兴趣见当然可以，我最近在攻张军这个关。"

杨柳柳说："爸，说话算数，你有机会把我带着。"

包工头儿说："闺女，这还能骗你？一言为定。"

越野车拐了一个弯，杨柳柳看见了文联的大门，说："爸，拐进去，就在文联院里。

十九

元月四号上午，汉江风广告公司。

天气很冷，天空中灰蒙蒙的。

"这种鬼天气，看着都寒，要是有一轮红日挂在天上该有多好。"

杨柳柳心里这么想着，急匆匆地来到公司二楼的大办公室。她早上贪恋被窝儿，晚起了会儿，一看墙上的挂钟，八点三十五，迟到了五分钟。

杨柳柳看时间这细微的动作及脸上流露出来的尴尬表情，被桌子对面的韩小勇逮个正着。

韩小勇老早就来了，为的就是要见到杨柳柳，说实话，元旦三天假，杨柳柳回了家，与父母欢聚，天伦之乐；可这三天对于韩小勇来说，无疑相当于三年，他这是害了相思病，想杨柳柳，才几天时间，心里就像猫抓一样，有心想给杨柳柳发个信息或者是打个电话，又怕杨柳柳不待见他，送厚被子被拒绝的事还历历在目。自打上次韩建国为韩小勇打气鼓劲儿后，韩小勇就真的勇起来了，信心倍增。

"儿子，你看过战争片吗？哪个山头是能够轻易攻下来的？你明白滴水穿石的道理，也明白铁棒磨成针的道理，在这个世界上，不怕你不敢做，就怕你不敢想，沉住气，机会一来，只要时机成熟了，一切皆有可能！"韩建国的这些话，一直在韩小勇的耳边回荡。

这会儿，韩小勇终于见到了朝思暮想的人。

韩小勇冲着杨柳柳一笑，说："柳柳，我猜你一定没有吃早餐。"

杨柳柳也一笑，说："聪明。"还给韩小勇竖起了大拇指。

韩小勇见杨柳柳心情好，便说："走吧！牛肉面，我请！"

杨柳柳略加思考，心想，这家伙前几天屁颠屁颠地把厚被子送给我，我至今未动，估计他也知道了，从他最近的脸上表情就可以判断出来，果真如此，那一定是他找了焦喜荣了解的。现在他说请吃早餐，该当如何？

杨柳柳就这么一愣的工夫，韩小勇又说："天冷，吃碗面，热乎热乎。"

"人家的好意，不能拒绝了。"

杨柳柳说："嗯，那恭敬不如从命了。"

"说走就走。"

韩小勇说着话，转身就出了门，杨柳柳紧随其后。

说来真巧，就在韩小勇从二楼下梯的时候，一个人也正好从一楼上楼梯，这个人不是别人，正是华杰。

华杰是仰着脸先看见了韩小勇。

"小勇你出去吗？你爸在吗？"

这要是在往常，韩小勇一定会热情地叫一声表叔，但今天没有，韩小勇冷冰冰地哼了一下。自从上次唱歌目睹华杰的丑态后，韩小勇开始从心里瞧不起华杰，对华杰产生了很强的抵触情绪。

韩小勇哼了一下，华杰肯定感觉到了，瞬间想到了那晚在歌莱美8888包房发生过的事情，自己腾地一下感觉到脸发热，一直热到脖颈处。华杰和韩小勇擦肩而过。紧接着又迎面遇到了杨柳柳，华杰觉得好尴尬，脸更热了，又和杨柳柳擦肩而过，互相连个招呼都没有打。

杨柳柳紧跑几步，追上了韩小勇。

杨柳柳问："小勇，刚才遇到的不是你表叔华杰吗？你咋没理他？"

韩小勇气鼓鼓地说："懒得理他。"

杨柳柳问道："你们叔侄不是从小玩到大，处得不错吗？"

杨柳柳这么问韩小勇并不是虚伪，她并不知道在歌莱美8888包房，韩小勇撞见了华杰非礼她的情况，所以说，她是真的纳闷。

韩小勇说："不理就是不想理，没有为什么。"

杨柳柳愣了一下。

韩小勇突然觉得自己对杨柳柳说话的态度有些生硬，进一步解释道："改天我给你说为什么。"

说着话，已经到了牛肉面馆，这家面馆是个老门市了，就在文联院子外面的门面上。他俩各自端了一碗面条，杨柳柳点了一杯豆浆，韩小勇点了一杯黄酒，边吃边喝。吃完后，浑身开始发热，身体有了热量，杨柳柳出了面馆，觉得外面也不像早上那么寒冷了。

当韩小勇和杨柳柳回到文联院内准备上楼的时候，却听见在公司的三楼上，韩建国办公室那个方向像炸了锅一样，一个男人在歇斯底里地吼："滚！你滚！"

韩小勇一听正是父亲韩建国的声音，叫道："不好。"拔腿顺着楼梯向三楼跑去。刚跑到二楼，迎面正撞上了华杰，华杰一副满脸羞愧，落荒而逃的样子，从三楼又传来了韩建国的吼声："滚！你滚！"

当华杰和韩小勇又一次擦肩而过的时候，华杰的双眼是瞪圆了，冲着韩小勇射出了愤怒的光。

华杰走后，韩小勇本打算去韩建国办公室问个究竟，但转念一想，韩建国正在盛怒之下，还是暂时回避为好，尽管没见韩建国，韩小勇心里也明白几分。

华杰气呼呼地从汉江风广告公司韩建国办公室"滚"回了文联创联部自己的办公室，肥头大耳的部长又不在，办公室就华杰一个人，正好他是自由的，不用收敛，可以尽情宣泄自己的情绪。气呀！恨呀！气得恨的是韩建国翻脸比翻书还快。

"狗屁表哥！"华杰自言自语骂道。

华杰兴冲冲地去找表哥韩建国，自然是无事不登三宝殿。近日，华杰得到了确切消息，上级为了支持文联的工作，推动本市文学事业的发展，决定给文联增加若干编制，当然是事业编，挂在文联的二级单位。尽管只是个二级单位的事业编，但可以在文联借用，成为正式工作人员，总比合同制强。合同制说到底就是个临时用工，华杰目前就是个合同制。所以呢！华杰要抓住这个难得的机遇搏一搏，能得个文联二级单位事业编制也是值得的，这就要靠运作，运作可不是空话，不是写诗，如果写诗能够运作，那华杰可以不吃不喝几天几夜连续写出很多诗来。说穿了，运作得钱！可是，钱从哪来？华杰是没有的，他每月三千元的工资还不够自己花。找媳妇儿要吗？张不了口，媳妇儿的老爸倒是个私企老板，但因在生意上操作失误，亏得血本无归，的确是张不了口。那么，就只有一个办法，去找表哥韩建国借，权当借，讲好日后有了钱就还。

华杰兴冲冲地去找韩建国就是为了借钱。

当华杰一脚踏进韩建国办公室的时候，就发现韩建国看见自己的时候几乎是面无表情，脸部僵硬得很。

华杰心里纳闷，心想，这韩家父子今天都反常呀！一个见了哼唧我，一个面部僵硬板脸给我看。不过，来都来了，只有硬着头皮按自己思路进行了。

"嘿嘿！"

华杰笑了一下，算是姿态很低了，没有办法，来求人家能不低头？

"表哥好！"

华杰又笑了一下。

"有何贵干？"

韩建国仍然是面无表情，就这么冷冷地扔了一句，像扔了块石头，冷冷的。

"表哥。"

华杰又叫了一声，这次没笑，脸上的表情极不自然。

"有何贵干？"

韩建国还是板着脸，而且加重了语气，仿佛已经没了耐心。

华杰是个聪明人，脑子飞转起来，他在心里揣摩，以往，他并没有得罪过韩家父子，不仅没有得罪过，相反，在汉江风广告公司租用文联这栋楼时，他还从中牵线搭桥了，帮过韩家父子。那么，就只有一种可能，一定是韩小勇把在歌莱美8888包房发生的事情给韩建国讲了。如果，韩建国今天的反常行为是因为这个事，我该如何应对？认不认账？

"问你呢！耳朵聋？"

韩建国果然动了怒，骂开了。

华杰已没有更多的时间去揣摩如何应对，一听韩建国嘴里吐了脏话，脸上也挂不住了，可是，他始终保持着克制，毕竟，韩建国大他二十几岁，就算是骂自己耳朵聋，也能说得过去，权当哥哥批评弟弟嘛！想到这儿，华杰还是忍住了，苦笑着说："表哥，你咋了，你若见到我不开心，我走，我立马从你眼前消失，可以吗？"

韩建国冷笑着说："真不知道你还有脸来我这儿。"

华杰这回没忍住，顶了句："我凭什么没脸来这儿，我干了什么？"

华杰这么一顶撞，韩建国火就更大了，用手把桌子拍得"啪啪"地响，韩建国额头上的青筋在暴跳了，吼道："你说你干了什么？你难道敢否认歌莱美的事情？"

事已至此，话也挑明了，华杰反而不紧张了，也没必要狡辩，华杰想，还不如痛痛快快承认算了。想到这儿，华杰冷冷地说："我和她那是醉酒后的放纵，她甘心我情愿，你韩建国能把我如之奈何？别忘了，她可是我给你引荐来的！"

这么一来，可是捅了马蜂窝，韩建国彻底失控了，吼叫道："她来了就是我的人，我要负责，滚，你滚！"

华杰回想了一下去找韩建国的全部过程，很后悔没有蹦起来骂韩建国几句，骂了才解气。这会儿，他点上一支烟，大口吸起来，又咬牙切齿地恨上了韩小勇，心里骂道："丑鬼！"

二十

在银行信贷部工作的文学发烧友包不住最近来了创作灵感，挑灯夜战，写了一首抒情诗，是因银行发生的一件服务客户的感人事迹有感而发写成的。写完后，包不住自己多次朗读咏诵，觉得通俗自然，而且形象生动，还押韵。有了新作，包不住第一个想到的人就是华杰，去请华杰老师指导一下，然后在文联的刊物上发表一下，对，就这么决定。

"这会儿，才上午九点半。"

包不住抬腕看了看表，想："我现在去找华杰老师正是时候。"

其实，包不住来的真不是时候。当包不住左胳膊挂着公文包，右手夹着烟，满面春风来到文联创联部办公室见到华杰的时候，华杰刚从汉江风广告公司韩建国的办公室"滚"回来，甫提多狼狈多沮丧了，去的目的是借钱，结果连张口借钱的话都没有机会说出口，后来那种情形下更不能说，说了就是白痴。回到创联部办公室的华杰只有骂，只有恨，只有大口吸烟。

华杰正在气头上，包不住的到来使华杰迅速找到了出气筒，华杰满腔的怨气要发泄。

包不住进了华杰办公室刚站稳，正笑眯眯准备给华杰递烟。

"你进来怎么不敲门？"

华杰两眼凶狠地瞪着包不住。

包不住吓一跳，觉得很不可思议，哦，就是因为没敲门，没敲门也不至于发这么大的火呀！他觉得事情蹊跷，就没当回事，继续把烟递给华杰。

"你进来怎么不敲门？"

华杰仍然凶狠地说。

包不住这时把脸上的笑也收了起来，烟也不递了，平心静气地说："华杰老师，你不欢迎我走还不行？何必这么大的火气？"

华杰收起了凶狠的表情，不再吼叫，但声音还是很大。华杰说："老包你坐。"

包不住这时候坐在了沙发上，两眼盯着华杰，想，这个家伙一定是遇到了什么事，一看就知道有一肚子怨气。

华杰声调降低了很多。华杰说："老包，你真是办事不力，你怎么不把他看住？"

这下，包不住用手摸了摸自己的头，真有点像丈二和尚摸不着头脑一样。

"我把谁看住？"

包不住听不明白，诧异地问。

华杰的声调接近了正常，说："老包，那天晚上在歌莱美8888包房唱歌，你去买烟，我把韩小勇支了出去，就是让你看住他。你怎么没把他看住？这不是事先都计划好了吗？他怎么独自一人先返回了包房呢？"

包不住这才听明白，于是，又用手摸了摸自己的头，不好意思地说："我不是尿急嘛！我去撒尿，问他去吗？他说不去。我让他等我，他说好。谁知道他偏偏不等我呢！"

"唉！"

华杰叹了口气，不再埋怨包不住，华杰想，现在埋怨又有什么用呢？老包人不错，发泄一下就算了，别再把包不住得罪了。

但华杰还是没有起身给包不住倒水泡茶，要是在平常，华杰早就热情地给包不住泡茶发烟了，今天不行，坐在那里懒得动，心里烦透了。

沉默了一会儿，还是包不住先开了口，他不开口不行，还要给华杰说自己的事情呢！包不住想，自己的事情当然要说，但不能直奔主题，要迂回一下，先以关心的口气问问华杰，弄清楚华杰烦躁的原因。

"华杰老师，遇到了不开心的事情了？"

"唉！"

华杰又叹了口气。

包不住觉得有门儿，再问一下估计他会说。

"华杰老师，没什么大不了的，有不开心事你说出来也痛快些，让我这个当哥的帮你梳理一下，你看如何？"

华杰认真地看了一眼包不住，心里揣摩了一下，觉得这个包不住和自己算是忘年之交，挺有意思，也能和自己尿到一个壶里。于是，华杰就把自己刚才去找韩建国借钱的过程中如何发现韩建国的表情反常，韩建国如何无缘无故地挑衅找事，自己是如何克制，韩建国得寸进尺动了粗口，自己是如何顶撞，最后发展到针锋相对的地步。说一千，道一万，祸根儿还是因为韩小勇在韩建国面前告发了自己。最终，自己连去的目的都没机会讲，事情发展到那个地步也不能讲，都仇人见面分外眼红了还借个屁的钱。

华杰把郁闷从肚里宣泄出来后，顿时觉得轻松多了。

包不住也听得明明白白。

包不住盯着华杰的脸，不屑一顾，轻声说："就为这？"

华杰说："就为这。"

包不住说："你借多少？"

华杰一愣，随口答道："五万吧！最少得三万。"

包不住说："我先借你五万，不够再说。"

华杰瞬间眼里放了光，嘴唇抖动着说："那太谢谢了，老包，你真是一个好哥哥呀！"

说着话，华杰起身要给包不住泡茶，包不住说："不必了。"

华杰说："要不中午别走，我请哥哥坐坐。"

包不住说："没必要，华杰老师，你借钱是急着用吧！那一定是现金方便些。这样，我现在就去办，最迟下午给你拿来。"

包不住说完转身就走了。包不住并没有对华杰讲他今天来的目的，他认为再讲就不合适了。

华杰站在窗户前，看着楼下，看着包不住的背影走出了文联大门，不禁感慨万千："有些时候呀！朋友真是比兄弟强，比亲戚强。"

时间过得好快，眨眼间，就进入了腊月，临近春节了。

中国人重视过大年，讲究拜年，特别是像韩建国这类比较成功的人士，尤为重视人情往来。

这天，韩建国在自己办公室品着茶，抽着烟，无意之间眼睛斜了一下桌上的台历，自语道："腊月二十了。"韩建国想，不能再拖了，该走动了。

走动就是拜年，拜早年，说白了就是送礼，给谁送呢？当然首先是主管自己公司业务的要害部门的要害人物，拿捏得住自己的那些人，他们一句话，自己就少跑很多路，或者说他们一句话，自己公司的业务就可以顺利开展，这些人是得罪不起的。不是有句话很有哲理性嘛！韩建国是老江湖，出来打拼二十多年了，对这些套路早吃透了；其次，他要走动的当然是正在做人家业务的那些企业说话管用的人。他广告公司为企业做宣传，赚企业的钱。但是企业的负责人又不傻，广告公司多了，又不是只有韩建国的汉江风一家。所以，就得靠关系，靠感情，靠走动。

韩建国做事的风格是当机立断，他拿起手机，拨通了韩小勇的手机，让韩小勇上来一下。

韩小勇就在二楼大办公室，得到指示立马就上来了。

"爸，有事？"

"嗯，你坐。"

韩建国抽了一口烟，说："是这样，这不马上又过年了吗？又要走动走动了。但是，今年呢！情况特殊，你知道的，几乎收不到现金，那就这么办，酒厂不是抵我们了一批酒吗？把酒送出去，春节送酒也合适，过年谁家不需要酒？当然，送酒只是给一般的人；个别重要的人物，还是送卡，购物卡。"韩建国说着，拉开抽屉，摸出一沓购物卡来，递到韩小勇手里。

韩建国又从抽屉里摸出一张纸来，交给了韩小勇，说："这是名单，分两类，一类人送购物卡，一类人送酒。购物卡的面值不同，人名后面都写得很清楚，千万别出错。酒也是，有的人一件，有的人两件，人名后面也写得很清楚。酒放在库房，你有钥匙，自己取。还有就是你要抓紧时间，今天是腊月二十，你腊月二十九之前完成，有没有问题？"

韩建国交代得很细。

韩小勇说："腊月二十九之前没有问题，可以完成。"

韩建国又从抽屉里摸出个信封，沉甸甸的，说："这个你送给韩俊，知道吗？这个人是重点。"

韩小勇接过信封，说："没有问题，去年不就是我去的嘛！"

韩建国把事情交代完毕，韩小勇就想走。韩建国说："慢，坐几分钟再走。"

韩小勇只好坐下。

韩建国感叹道："有子不用父上前了，我这把老骨头出去说拜年的话不合适了，小勇呀！这不都是为了你嘛！"

韩小勇憨笑了一下，没有说话。

韩建国郑重地说："小勇，拜年这个事，你一定要独立完成，谁也别带，包括杨柳柳。"

韩小勇点点头。

韩建国说："小勇呀！你的事情怎么样了？"

韩小勇心里明白，韩建国把他留下，主要目的就是问这个，于是说："和她只是天天一起工作，有时候一起吃个早餐，具体的，还没有明确。"

韩建国说："儿子，作为男人，不能太胆小，该表白时就表白，宜早不宜晚。"

二十一

第二天，韩小勇的黑色A6轿车开始行动了，四个车轱辘呼呼转动，东西南北没头没脑地跑。每到一处，韩小勇都把韩建国给他的那个名单拿出来看仔细了再付诸行动。可千万别小看了韩小勇的这个"走动"，这可是有学问的。事前，要先联系好"走动"对象，不然的话，去了找不到人不是白跑一趟？这些人可是不好找的，谁那么老实坐在办公室或者家里等着你？所以呢！就要以人家的时间为准。有些人确实忙，白天很少在办公室，那就只有抽晚上的时间去。韩小勇深有体会，购物卡好送，小，拿在手里或者装在兜里谁也看不见，见了"走动"对象往人家桌上的报纸下一塞，或者抽屉里哪都行，嘴上说句拜年的话，转身走人。像是早上起床必须刷牙洗脸一样的程序，双方客套两句完事。

可是酒就有些笨重了，物件大，行动不便，总不能堂而皇之大明大白地把酒搬到"走动"对象的办公室吧！所以多数的情况下，韩小勇都是先与人家见了面，拿了人家的车钥匙，把酒放在人家的车上，最后再见上人家一面还上车钥匙，低三下四地告退。其实，这个"走动"可不是人干的活儿，给人送礼，还要赔笑。可是，每当韩小勇拿起笔来在韩建国给他的那张纸上做记号的时候，他勾掉一个人，就有一种减轻压力的感觉，名字勾掉得越多，就越是有接近胜利的感觉，就越是有大功告成的感觉。

五六天过去了，韩小勇马不停蹄地奔跑，在韩建国给他的"走动"名单上勾来勾去，勾去勾来，最后只剩下一个人的名字没勾，不是不勾，是太难勾，像是一个难以攻破的堡垒。韩小勇把韩建国给他的那个沉甸甸的信封袋子揣在怀里，连续两次厚着脸皮去见了管广告业务审批的韩大局长，却两次都碰了壁。韩大局长态度坚决得很，摆出了一副一身正气两袖清风的模样。第一次见面是在韩大局长的办公室，他办公室人来人往的，韩小勇就在办公室外等机会，等了一个多小时，好不容易等到办公室里没外人了，韩小勇才满脸堆笑进去了。尽管韩小勇和韩大局长相互都认识，但韩小勇还是很拘谨。韩小勇轻声说："韩局好。"

韩大局长正看着文件，翻了一下眼皮，见是汉江风广告公司老板韩建国的儿子，认识，便"嗯"了一下，面无表情，又看文件。

韩小勇接着说："韩局我来拜个早年。"

韩大局长继续看文件，没有抬头，也没有接话。

韩小勇觉得，韩大局长一定是在装样子，默许了，便毫不犹豫将怀里的信封袋子掏出来，极快地往办公桌上的报纸下一塞，准备转身走人。

"站住。"

韩大局长发了话，韩小勇立即止了步。

韩大局长也没发脾气，还是面无表情，说："要不得，拿回去。"

韩小勇瞬间尴尬了，都有些结巴了，说："韩局，也没、没别的意思，拜年，嘿嘿，拜早年。"

韩大局长说："要不得，拿回去。"还是这句话，但语气加重了，有了强调的意思。

韩小勇蒙圈了，不知所措。

韩大局长把信封袋子从报纸下抽出来，站起身，一颠一颠走到韩小勇面前，把信封袋子塞给韩小勇，出办公室去了。

韩小勇只有撤退。

回到了车上的韩小勇想了半天，头皮抓了半天，终于眼前一亮，像是想明白了。

第二次见面还是在韩大局长的办公室，一切照旧，韩大局长还是在看文件，韩小勇还是很拘谨，唯一的变化就是韩小勇手里的信封袋子变得厚了，鼓鼓的，韩小勇又想把信封袋子塞在办公桌上的报纸底下。但韩小勇刚把信封袋子从怀里掏出来，韩大局长就发了话，语气严肃。

"要不得，拿回去。"

还是重复上次的老话。

韩小勇又蒙圈了，动作僵在那儿。

韩小勇说："拜个早年。"

韩大局长这回用手指着办公桌边儿墙上贴着的一张纸，说："看见没，有规定。"

韩小勇的面部表情僵硬了，极快地将信封袋子又塞进自己怀里，苦苦地笑着说："那您先忙，您先忙。"

韩小勇从韩大局长办公室灰溜溜地出来了。韩小勇实在是想不明白："娘的，老子还以为他嫌少呢！他咋像变了个人。"

腊月二十八这天，一大早，韩小勇来到了韩建国的办公室交差。

韩建国一瞧，韩小勇的气色不对，一副闷闷不乐，无精打采的样子。

"怎么啦！走动得不顺？"

韩小勇也没接话，只是把那个走动人员的名单递给了韩建国。韩建国仔细一看，只剩韩俊一个人的名字没勾。

"这怎么可能？"

韩建国不相信结果会是这样。

韩小勇就一五一十地汇报了，说得很细，特别是两次见到韩俊的情况，都原原本本地说了。

韩建国皱起了眉头，点燃了一支烟，猛吸了一口，陷入了沉思之中。

多年来，韩建国养成了遇事不慌的性格，这些年在外闯荡的经验告诉他，要沉住气。他知道，韩俊那儿既然如此铁了心不收，就不可强行为之，去了也是自讨没趣。那么，韩俊的性格为何发生这么大的变化呢？别听他说什么规定，这个规定又不是才出台。去年春节，不就是小勇去他那儿"走动"的吗？这里面一定有文章，有猫腻，是不是谁在后面搞我？这个事儿要弄清楚，不把韩俊摆平，公司明年的业务就很难顺利开展。韩建国又进行了深入的分析。就目前了解的关于韩俊这个人的秉性，只知道韩俊好色、贪，其他有啥喜好倒是没有听说过。

韩建国最后打定主意，重任依然落在了韩小勇的肩上，他让儿子韩小勇再辛苦辛苦，想方设法四处打听也好，注意留意也好，必要时盯盯梢也好，一定要弄清楚韩俊最近的活动圈子，和韩俊接触最频繁的人是哪几个？韩建国的直觉告诉他，韩俊对他态度的变化一定是最近的事儿，因为前段时间韩建国和韩俊见了面还哥哥长弟弟短的，热乎得不得了，一点儿要翻脸的迹象都没有。

也许是临近春节了，汉江风广告公司的员工们都无心恋战，松松垮垮，老板韩建国也睁一眼闭一只眼，并没有严格严求上下班纪律。

杨柳柳也是如此，她的心早飞回镇上的老家去了。近几天来，杨柳柳发现很难见到韩小勇的人，这小子干吗去了？搞得神龙见首不见尾的。不过，腊月二十五这天，杨柳柳倒是接到了韩小勇的电话，韩小勇在电话里说："我忙得很，你明天回家要不要送？如果需要送的话，再忙我也抽空跑一趟。"

杨柳柳很感动，说："不需要，明天我爸开车来接我。"

韩小勇说："那就好，柳柳，我在公司一楼吧台那儿放了两件酒，你带回去，刚好你有车我就放心了。"

杨柳柳说："这怎么行，算了，我不能要，谢谢你了！"

韩小勇语气坚决地说："柳柳，这酒你必须要，这是公司发给员工的福利，再说，你爸大老远来接你，你回家过年能空着手吗？"

杨柳柳说："这……"

韩小勇说："别固执了，你若不拿，我就给你送去，去了你可要破费招待我呀！"

杨柳柳没办法，说："好吧！谢谢啦！"

第二天上午，包工头儿杨洋河果然开着越野车来接女儿回家过年了，社区女干部王银银也一同乘坐包工头儿的越野车回了家。

二十二

回到了家的杨柳柳勤快得很，过大年，每家每户自然要忙活一阵儿。首先要打扫卫生，房前屋后，里里外外，全部要打扫干净，辞旧迎新嘛！杨柳柳的妈身体不太好，手脚不便，这些体力活儿杨柳柳就全包了。包工头儿杨洋河负责采购年货，他把越野车开到集贸市场，买了一大堆的东西，什么猪身上的、牛身上的、羊身上的，鸡呀、鱼呀、虾呀，等等。还有许多蔬菜，白菜、萝卜、西红柿、藕……各类食材配料应有尽有。杨柳柳的妈只在厨房里干些清闲活儿，主要的工作像蒸馍、炸肉这些都是杨柳柳和杨洋河干的。

父女俩忙碌了几天，可以说是累得腰都快直不起来了。

杨柳柳说："没有想到家务活儿也这么累人。"

杨洋河说："是呀！这是你亲手做了你才有体会。"

杨柳柳说："只有亲身经历了才会明白，在这个世界上，干什么事都不容易，可想而知爸你带着砌匠队在外打拼是多么的艰辛。"

杨洋河说："闺女，你能这么讲，说明你已经长大了。"

翌日上午，杨柳柳睡了一个懒觉，总算把前几天的乏累平缓了过来。

杨洋河说："闺女，吃完午饭，随我出去一趟。"

杨柳柳一听，觉得奇怪，小的时候，杨洋河经常带她出去玩。长大后，她很少和杨洋河出去，随口问道："去哪？"

杨洋河说："京东镇。"

杨柳柳说："去那儿干吗！我不去。"

杨洋河说："这可是你说得不去，到时候别说你爸说话不算数，骗了你。"

杨柳柳说："爸，我啥时候说过要和你去京东镇了？"

杨洋河说："年轻人应该记性好才对，才几天的工夫，你都忘了？好好想想。"

杨柳柳想了半天，的确没有想起来。。

杨洋河提示道："元旦节后，我开车送你去上班的路上……还需要进一步说明吗？"

"噢！"

杨柳柳终于想起来了，说："爸，你去找那个镇长是吧！叫什么军？我去我去。

午饭过后，天上竟洋洋洒洒飘起了雪花。杨洋河一边往越野车上搬酒，一边说："下雪好呀！瑞雪兆丰年。"他搬的是两件五粮液高级白酒，是提前在麦德龙买好的，麦德龙货真价实，没有假货。

"闺女，你穿厚点，外面冷，准备出发了。"

杨柳柳应声而出，她穿着一件红色羽绒袄，浅蓝色的牛仔裤，皮棉鞋，头上扎着马尾辫儿，脖子上围着一条白围巾。这一身打扮，色彩鲜艳，夺人眼球，真叫绝！再加上杨柳柳白皙俏丽的小脸蛋那么一衬，整个雪天美人就出现了。

连杨洋河都有些看傻了眼，在他眼里，杨柳柳再大都还是个孩子，如今闺女出落得如此大方美丽，杨洋河的内心自然是充满了骄傲。

杨洋河说："上车，出发。"

杨柳柳拉开车门，坐在副驾驶位置上。随着"嘭嘭"两下关车门响，越野车缓缓启动了。

京东镇不远，与杨柳柳老家这个镇毗邻，方向在北边，三十里的路程，雪天里，不紧不慢地跑，应该二十几分钟就可以到达。这段路上，又是杨洋河与女儿交心谈心的好机会。

杨洋河在专心开车，倒是杨柳柳先开了口，她有一肚子疑问。

"爸，为什么一定要今天去京东镇见那个镇长呢？"

杨洋河说："今天是腊月二十九，不正是拜早年的好日子嘛！"

"前几天为什么不去？"

杨洋河说："前几天我们不是在家里忙吗？主要是，我事先就电话联系好了。他定的今天下午去，估计，我们去了正好，他说春节值班这个会开不长。"

"爸，你和这个张军是咋认识的，这个人靠谱吗？

杨洋河说："这个嘛！说来话长，我简单给你聊聊。说来张军也是我们老家镇上的人，他年轻，比我小七八岁，才四十出头儿。我这个包工头儿不是有些名气吗？这一说就回到十几年前了。那时候他刚大学毕业，分配到我们老家的镇上工作，干的是电话员的差事，给人端茶递水，下个通知跑跑腿的。一个偶然的机会，我去镇政府办事遇上了他，那时候我已经在建筑行业开始起步，他听说过我。他挺热情，给我引路，我自然挺感激，就这么结交了。"

"噢！后来就有了往来吗？"

杨洋河说："是呀！人就是这样，第一印象很重要，甚至一个微笑都很重要，我们互相觉得对味儿呀！"

"后来呢？"

杨洋河说："后来就频繁联系，隔三差五地聚一下。当然，那个时候他条件不如我，多数的时候都是我约他。甚至有些时候他向我求援，朋友之间交往请客，都是我帮他解决的。毕竟，那时候他在政界刚起步。"

"如此说来，你俩感情不错，算是兄弟情。"

杨洋河说："闺女说得对，我们当年就是结拜兄弟。所以啊！闺女，在外面做事，不要瞧不起任何人，你知人家什么时候飞黄腾达。如果那个时候我瞧不起他，认为他只是个电话员，又何来今天的局面？"

"嗯，种瓜得瓜，种豆得豆嘛！"

父女俩聊得正欢，不知不觉间，越野车已行驶到京东镇政府的大门前了。

杨洋河经验丰富，没有直接进镇政府院，而是把车靠在路边停好，掏出手机拨通了张军的电话。

"东弟好，会开完没？"

杨洋河手机里传出了一个男人的声音，说："杨哥，会马上结束，你到了？"

"嗯，刚到，车停在大门外路边上，你出来就能看见。"

"好，我很快就出来。"

杨柳柳坐在副驾驶的位置，与杨洋河挨得很近，因此，杨洋河手机里传出来张军的声音她听得很清。

杨柳柳问："爸，为什么不进去呢？"

杨洋河说："你傻呀！拜年送礼这种事情，不背着人？"

大约过了五分钟的时间，一辆黑色的帕萨特轿车开出来了，直接停在了越野车的后面。一个四十出头的男人从帕萨特上下来，紧走几步，伸手拉开了越野车的后门，猫腰上了车，坐在杨洋河身后的位置。

"杨哥好，这个女孩子是？"

杨洋河扭身回头见是张军，笑着说："自己人，我闺女柳柳，你侄女呀！"

张军说："啊！柳柳都长成大人了，多年前，我在你家见到她的时候，柳柳正背书包上小学呢！"

杨柳柳几乎是和杨洋河同时扭身回头笑着给张军打招呼的，但只是笑，不知该如何称呼。

杨洋河看出来了，说："闺女，叫叔，张叔。"

"张叔好。"

杨柳柳叫了一声。

张军很开心，问道："侄女大学毕业了吧！上班了吧！"

杨柳柳说："毕业半年了，在一家广告公司打工，我在大学学的是广告专业。"

张军说："那就好。"

车上也不是讲话的地方，客套过后，杨洋河书归正传。

"兄弟，过年了，哥哥来给你拜个早年，往后还靠东弟关照。"

张军说："杨哥，咱兄弟之间用得着你亲自跑一趟吗？打个电话问候一下就行了嘛！"

杨洋河说："兄弟甭说推辞的话，哥哥来呢！就带点儿小东西，略表心意，你过年用得上。"

说着话，杨洋河下了车，张军也下了车。

杨洋河打开了越野车的后备箱，说："兄弟，把你车后门拉开一下。"

张军不再说什么，拉开了自己的车后门。杨洋河把两件五粮液放在了张军的车后排座上。

张军关上车门，说："杨哥，吃了晚饭再走。"

杨洋河说："不了，东弟你赶紧回家忙过年的事儿。"

这时候，杨柳柳也从越野车上下来，雪天里的美人站在那里，和张军告别。

张军说："这，大老远地跑来，连口水都没有喝。"

二十三

春节很快就过去了，人们马上又要回到上班的状态。

正月初六下午，杨柳柳和王银银结伴而行，她俩乘坐的是公交车。

两个女人也是一台戏，路上免不了要天南海北地聊上一通。

王银银说："柳柳，你爸是老板，家里那么好的条件，咋不给你购辆车？有车还是方便。"

杨柳柳说："现在还是打工阶段，等将来我自己单干了，自不必说。"

王银银说："你喜欢哪个类型的车？"

杨柳柳说："宝马吧！品牌车，五系就可以，七系太贵，也有些招摇。"

王银银说："五系也得四五十万呀！"

杨柳柳说："二三十万的档次太低。"

王银银不经意地斜了杨柳柳一眼，觉得杨柳柳是个心高气傲，但很有志向的女人，从她的言语中判断，她不可能久居人下，换言之，她不可能一直在韩建国公司打工下去，目前可能只是过渡，早晚要自己干。聊购车这个话题，家里条件不如她，在她面前明显处于弱势，不行，得换个话题。沉默了一下，王银银说："春节放假前，有一天晚上，具体哪天，我想一想，噢！想起来了，应该是腊月十九的晚上吧！华杰受托专门请我吃饭，嘿嘿！"

杨柳柳说："既然是他领导安排他的，一定是有求于你。"

王银银说："对呀！是因为腊月十八那天，全市开展洁城行动，进行了'干干净净过春节'的卫生大检查。我不是包文联那片儿嘛！文联院子卫生不达标，我们社区要上报通报呢！文联的主席就紧张了，才让华杰出面找我们社区协调。"

杨柳柳说："你沾酒过敏，去了也是干坐坐。"

王银银说："我是不沾，但我们领导喝、华杰喝、华杰的两个朋友喝，对，就是那个银行管信贷的姓包，还有一个说是管广告审批的，姓韩，华杰称他韩局，是个局长吧！他们几个喝。"

王银银说者无心，杨柳柳听者有意，她马上捕捉到了自己感兴趣的东西。杨柳柳说："姓包的我见过一次，姓韩的是不是走路腿有点跛？"

王银银说："对，是个跛子。"

杨柳柳说："姓韩的叫韩俊，审批局的副局长，专管广告业务审批。"

王银银说："哦，华杰的朋友还是有些厉害的。"

杨柳柳在广告公司打工几个月了，早听说了韩俊这个人，她在心里琢磨，如果自己开公司单干，早晚要和这个跛子局长打交道。她不由得暗自庆幸上次在歌莱美8888包房唱歌之后，没有和华杰翻脸是明智之举。

杨柳柳问王银银道："据你观察，韩俊和华杰什么关系？"

王银银说："我看关系很铁，华杰后来和姓包的、姓韩的光顾谈论什么诗歌、散文之类的，我看八成那个姓韩的和姓包的一个样，都是文学发烧友，都巴结华杰。后来，他们仨只顾聊，把我和我们书记都晾在一边了。

杨柳柳说："噢！"

这时候，公交车到文联附近这一站停下了，王银银和杨柳柳都下了车。

杨柳柳和王银银下车后，两人就分开了，杨柳柳直接回到了寝室。才放假这七八天时间，房里已落满了灰尘。杨柳柳挺实在，又勤快，不等不靠，放下包裹就挽起袖子打扫起来，她用了将近一个小时，把客厅、厨房、卫生间、自己的卧室都打扫干净了，焦喜荣的卧室锁住了，不然她也顺带干了。

卫生打扫完后，房里顿觉清爽，杨柳柳的心情也一下子清爽起来。她把一小包香草咖啡打开倒入一只玻璃杯中，冲上开水用勺搅匀。然后，她把手机调到喜马拉雅在线收听上，搜到"陶笛纯音乐版"，一段优雅嘹亮的"亲恩"便播放起来。

天冷，杨柳柳把装着咖啡的玻璃杯子放在床头柜上，把裤子脱掉，坐进了被窝里，上衣的袄子没脱，就那么坐在床上靠在床头上，眯着眼，她打算一边听陶笛，一边品咖啡，一边闭目养神。

腊月二十九那天下午，杨柳柳坐着杨洋河驾驶的越野车从京东镇返回，杨洋河专心驾驶，杨柳柳也像现在这一个样子闭目养神，她几乎没有怎么和杨洋河说话。坐在车上的杨柳柳表面平静，其实内心却按捺不住，心怦怦直跳，这种情况从未有过。她开始回忆张军上越野车后，坐在了越野车的后座，和他们父女打招呼，还有她和张军的对话。当时，在她和张军四目相对的那一刻，突然就心怦怦直跳了，那感觉真就没有过。

"这个男人应该是我的菜。"

杨柳柳当时在心里这么认定了，车上的杨洋河和张军都不可能知道她的内心想法。真像一首歌唱的："女孩的心思你别猜"。真是如此。

自从在京东镇和张军匆匆见过一面后，杨柳柳开始茶饭不香了，她一闭眼，眼前就出现了张军在向她微笑，她眼里的张军帅，绝对的男人味儿。杨柳柳任性得很，年龄大一些算什么，要的就是感觉，玩的就是心跳。杨柳柳的第六感觉是，在省城那个曾经的男朋友高安身上，从未有过见到张军时的感觉，心怦怦跳的感觉。

就在正月初六的这个下午，杨柳柳坐在床上品咖啡、听陶笛、闭目养神的时候眯着了，做了一个梦。

张军和杨柳柳手牵着手，在大街上走，郎才女貌，引来了好多人观望。张军牵着杨柳柳的手，走进了商场，挑自己喜欢的东西买，挑贵重的买……后来，张军牵着杨柳柳的手，进了一家照相馆。他俩照相，张军的身上穿着笔挺的西装，杨柳柳也穿着华丽的婚礼白纱裙。

从照相馆出来，他们又恢复了先前的打扮，他们来到了一个房间，张军在沙发上坐下说："逛累了。"

杨柳柳说："累就躺会儿。"

杨柳柳走到床前，把床单的边儿扯了几下，抚平，又把枕头拍了拍，放好，说："累就躺会儿。"

张军从沙发上站起来，走到床边，坐在床沿，却没有躺下。

杨柳柳也坐在床沿挨着张军，叫了一声："张叔。"

张军说："还是叫张哥吧！"

"张哥。"

杨柳柳焦灼不安，双手把张军推倒，然后把整个身体压了上去。

后来，同住一处的焦喜荣来了，开门响动，吵醒了杨柳柳的美梦。

正月初七的上午，汉江风广告装饰公司正式恢复了上班。老板韩建国来了，小老板韩小勇来了，焦喜荣来了，杨柳柳也来了，该来的都来了。

七八天不见，大家彼此之间还是有一种新鲜感，彼此问候。聊得最多的两句话就是："新年好！恭喜你又添一岁；新年好！你吃胖了。"

当韩小勇来到办公室的时候，杨柳柳还没到。韩小勇是心急想见到杨柳柳，他害了相思病，但他绝对想不到，他思念的人也害了相思病。世间万物就是这样奇妙，循环着爱。不是有人总结过嘛！大多数夫妻只是夫妻，仅此而已，并不是内心的那个真爱；真爱的人往往又做不了夫妻，可悲，可叹，谁又能讲得清楚呢！

上午八点半，杨柳柳是卡着点来的，穿着打扮还是那天去京东镇的那套行头儿，她来到二楼大办公室韩小勇的桌子对面，礼貌地和大家打着招呼。她依然是色彩鲜艳，夺人眼球，如鹤立鸡群一般。

韩小勇的眼睛都看傻了，准备好问候的话也忘了说。

这时候，公司办公室的美女焦喜荣来通知："九点，大家在会议室开会。"

韩小勇明白，公司其他员工也明白，上班第一天，"收心会"。

收心会韩建国并没有参加，他是吩咐公司管业务的副总去主持，他自己却在办公室品着茶，大口抽烟，他心里有事，正在考虑如何应对。

他从抽屉里摸出了韩小勇春节前交给他的那张纸，然后用眼睛盯着那个没有勾掉的名字。

"问题到底出在哪里呢？"

韩建国百思不得其解。

"不行，这个人必须要尽快摆平，而且是迫在眉睫。开年了，要赢得开门红。"

韩建国越想心里越不能平静，越堵得慌。他决定，自己要亲自出马，凭着一张老脸去会会这个人。拜晚年嘛！一样是师出有名。

二十四

正月初七这天，华杰也按时上了班。上午，文联也开了"收心会"。散会后，华杰跟在部长屁股后面回到了创联部。

华杰给部长敬上一支烟，部长瞅了瞅，接了。在创联部就是俩人，部长和华杰，两个人都抽烟，部长烟瘾大，华杰烟瘾小。但在抽烟这个事情上，存在着一种现象，往往就是部长掏出的烟"级别"要高一些；华杰掏出的烟"级别"要低一些。所以呢！部长和华杰之间早已形成了默契，就是两人之间互相敬烟的时候其实不多。为什么呢？基本上华杰身上如果不是上档次的烟，他也不会给部长敬，因为敬了部长接了也不会抽，部长抽烟讲究得很。反过来，部长身上的烟倒是"级别"高，但他也是偶尔地给华杰发一支，别指望部长一支一支地给华杰发,两个人心里都明白得很,习惯了。

当华杰敬烟的时候,部长瞅着华杰递过来的烟,接在手里,打趣儿道:"好烟,1916呀!华杰这是鸟枪换炮了。"

部长说完,把烟屁股送在嘴边,一张口用牙咬着烟屁股,掏出打火机"啪"地打着,火苗子蹿上去正烧着烟头儿,部长猛吸了一口,然后吐出了很长的烟雾,看上去挺享受。

华杰说:"正月初二去丈母娘家,临走时拿了一包。"

部长对华杰的情况当然了解。华杰的岳父是一个私人企业的老板,自然有些人脉关系,华杰能够来文联,他的岳父功不可没。

部长调侃道:"华杰你小子手段高,咋就把老板的姑娘追到手了?"

华杰呵呵一笑,说:"我没追老板的姑娘,是老板的姑娘追的我,老板的姑娘爱写诗。"

部长接着问:"老岳父这两年生意还行吧?"

华杰说:"哎呀!甭提了,去年在生意上操作失误,亏了,亏大了。"

部长说:"做买卖,亏亏赚赚,也正常。"

部长说着话,把烟屁股摁在烟灰缸里。

华杰又殷勤地给部长敬上一支烟,换了话题。华杰说:"部长,业余作者这块儿,目前看,有两个人比较突出。我觉得应该给他们多鼓励,刊物上发发他们的作品,提高他们的创作热情。"

部长问道:"哪两个?"

华杰说:"银行的包不住呀!老包,你认识。"

部长说:"老包我熟,经常来找你,他这个人蛮有趣儿。"

华杰说:"另一个人你可能没见过,姓韩,叫韩俊,和包不住关系密切,韩俊就是通过包不住认识我的。"

部长说:"哪个韩俊,他也爱好写诗吗?"

华杰说："审批局的韩局，他近两年才起步，迷上了写诗，他是受了包不住的影响。"

部长说："噢！这个人倒是听说过，没有打过交道。"

华杰说："人家韩局说了，想请您坐坐，就看您啥时候方便了。"

部长说："好，方便的时候聚。"

既然部长说了"方便的时候聚"，那也算是部长答应了。接下来，华杰就为了实现替韩俊把部长请出来这个目标而努力。他不努力不行，包不住崇拜他，韩俊崇拜他，这两个人巴结他华杰为了什么？还不是希望自己的作品能够变成铅字，上文联的刊物，或者是能够得到华杰毫无保留的指导。这才是华杰的价值所在，华杰心里明白得很，可是呢，仅就华杰在单位的地位和办事能力，他并不能随心所欲让包不住和韩俊的作品上刊，必须得部长同意，必须得部长签字。有像韩俊这样的文学爱好者恳求华杰出面请部长吃饭，对华杰是有百利而无一害，这个账华杰算得过来，华杰这个人鬼得很。

部长也是会摆谱，初七上午答应华杰"方便的时候聚"，看这句话怎么理解？部长答应了，那就是"方便的时候"，部长不答应，那就是"不方便的时候"，左也好，右也好，反正不得罪人。

华杰第一次向部长正式提出邀请，是在初十，当然，前提是华杰事先已与韩俊沟通好了的。韩俊显然是老油条，韩俊在与华杰沟通的时候说："请部长吃饭，一定是以部长的时间为准，我随时等候通知。"有了韩俊的这个话，华杰放心得很。当华杰第一次向部长提出邀请时，部长拍了拍自己的脑袋，痛苦地说："不方便呀！天天喝，这头都晕乎乎，胃都不是胃了。这两天满了。"

华杰没有表现出一丝不开心的样子，一个劲儿笑，说："再约，再约。"

过了两天是正月十三，华杰又向部长提出了邀请，这次，华杰没有问部长"方便不方便",只是说:"这几天吧!十五以前,时间您定。"

部长这回没拍脑门,苦着脸说:"不行,十五以前满了。"不过,部长是赔着笑说的。

尽管没答应,可是部长笑着和华杰说话,使华杰心里很舒服。部长甚至在拒绝华杰的时候还扔给华杰了一支"高级"烟,华杰接住了,笑笑说:"改天,改天。"

华杰在心里合计,看来,这个胖子要把这顿饭推到十五以后了。

果然,华杰猜对了。

正月十六这天上午,刚上班,部长就边吐着烟圈儿,边说:"华杰,今天晚上是个空儿,又是周末,你看看今晚如何?"

华杰说:"好呀!我一会儿通知韩局。"

华杰没有当着部长的面立即给韩俊打电话,是有他的考虑。华杰想:"如果当着部长的面直接打给韩俊,韩俊要是有推不掉的特殊情况该如何?别忘了,韩俊也是个大忙人。要是在电话里韩俊答应得不是很干脆,稍有情况部长就能感觉到,那就尴尬了,部长一恼火,可就前功尽弃了。"

事实证明,华杰又猜对了。

当华杰装着去洗手间,在洗手间拨通了韩俊电话后,韩俊的确着了难。三天前,韩俊就答应了烽火台广告公司黄老板的邀请,定的也是正月十六的晚上。这个黄老板可不简单,别看他公司没有韩建国的公司规模大,可那是因为他比韩建国起步晚。但黄老板和市里的领导来往密切,他上边有人,能通天,这一点韩俊是不敢马虎的。所以呢!当华杰在洗手间给他打电话的时候,他先是一愣,心想,"撞车了"。韩俊这么一忍的工夫,华杰感觉到了,顿时很紧张。就听韩俊在电话里说:"这,这个……"最后,韩俊还是下了决心,韩俊想起了自己跟华杰说过的"以部长的时间为准,我随时等候通知"这句话。韩俊在电话里接着说："我把烽火台黄老板那场推掉吧！可以，就今晚。"

华杰说："那位置呢？定哪儿？"

韩俊说："一切都由部长来定。我保证准时到就行了，位置定了你提前通知我。"

华杰说："好。"悬着的心才放下来。

华杰从洗手间出来，满面春风，一进创联部办公室就跟部长说："给韩局联系了，他说按部长的意思办。"

部长一听，高兴地说："他应该也是个大忙人。"

华杰说："他再忙，也是以您的意见为准。"

部长听了华杰这话，看起来相当满意。

华杰又说："韩局跟我说，吃饭的位置也由您决定，哪都行。"

部长思考了一下，说："华杰，我的意思呢！既然人家韩局这么有诚意，把决定吃饭位置的权力交给咱们，咱们也要放低姿态，就没必要去讲排场，搞铺张浪费那一套。我看就近找个小饭店就行，只要干净，有特色便好。目的只是为了见个面，聊聊写作，交个朋友嘛！这样还有个好处就是不用开车，现在酒驾天天查呀！咱步行走走路，锻炼锻炼。"

部长就这样定了调。

华杰大胆建议，说："如此说来，我看顺义酒店就可以。"

部长说："好，干净有特色，近。"

华杰说："好，我来打电话订包房，然后告知韩局。"

二十五

这一天是二月二，龙抬头的日子，在汉江风广告公司，细心的人会发现，韩建国和韩小勇上午都剪了头发。

下午的时候，韩建国把韩小勇叫到了自己的办公室。

"爸，有事？"

韩小勇进门就问。

韩建国一看韩小勇没有把门掩上，便说："关上门。"

韩小勇一听就明白了，老韩一定是有重要的事情，他不希望门外有人听见。韩小勇顺从地转身把门关上。

韩建国说："小勇你过来。"

随后，韩建国把一份红头文件递给了韩小勇。

韩小勇把文件接在手里，一看，红头是"中国广告协会"六个字。

再往下看内容：

定于某年某月某日至某日在某某市国际会议展览中心举办第某某届国际广告节，广告论坛会议……

韩小勇把文件大致看了一遍，说："爸，今年的广告论坛会议咋提前了？"

韩建国说："提前不提前我不关心，重要的是安排谁代表我公司去。"

韩小勇听得一头雾水，说："爸，这个广告界最重要的会议，每年不都是您亲自带队去吗？您是我们市广协副主席呀！"

韩建国说："今年我就不去了，就让其他的副主席带队吧！你呢！随团去参加，你就代表我们汉江风去。"

韩小勇说："这……"

韩建国说："我是广协副主席，有权决定。我主要是从加强广告人才培养这个角度考虑的嘛！公司不光你去，我再争取一个指标，再派一个年轻人和你同去，给年轻人提供一个见见世面、好好学习的机会。小勇，你推荐一下，除你之外，安排谁去合适？"

韩小勇差一点笑了，但没敢笑，心想："老韩真滑稽，还在儿子面前打太极，你就直说呗，还让我推荐。"于是说："这还用问？一定是杨柳柳呀！人家学的是广告专业，科班出身，她去最合适。"

韩建国说："嗯嗯，言之有理。"

韩小勇一笑，说："爸，不知道她愿不愿意去参加呢？"

韩建国信心十足，说："十有八九她会去，而且会很高兴地去。我们全市组成一个代表团，又不是只有你俩？"

韩小勇说："如此说，我尽快通知她，让她提前准备下，过两天就要出发了。"

韩建国说："你通知不合适，我让办公室焦喜荣通知她，这样正规些，公事公办。"

其实，按道理讲，这个广告论坛会韩建国该去，往年，他从没有缺席过。但是今年春节过后，韩建国的心里一直不痛快，忧郁，说实在的，他是没有心情去开这个会。于是呢，就有了安排韩小勇和杨柳柳代表公司去参会的想法。来这一手主要的目的，当然还是给儿子提供一个追求杨柳柳的绝佳机会。什么加强广告人才培养，让年轻人见见世面、好好学习，这些都是骗人的鬼话。

韩建国心情不好的原因，还是为了跛子韩俊，韩小勇春节前"走动"时，未能把韩俊搞定，这是韩建国的一块心病。韩建国想："只有把去年在市区看中的两个广告位设置审批手续搞定了，才能赢得开门红。"

韩建国终于亲自出马了。

那天，是个阴沉的天，没有阳光，韩建国驾驶着他的日产二手车去拜访跛子韩俊。

当韩建国拎着包一脚踏进韩俊办公室的时候，韩俊正在看报。

"韩局好！"

韩建国声音洪亮。

韩俊一抬头，见是韩建国，便说："哟！老韩，哪阵风把你刮来了，稀客，请坐。"

韩俊对韩建国挺客气，不像对韩小勇那么冷。毕竟，韩建国一把年纪，又是老熟人。

韩建国坐下客套了几句，就书归正传了，说："这不还是在正月里嘛，来给韩局汇报一下工作上的事儿，顺便拜个晚年。"说着，韩建国从包里拿出一个信封袋子，鼓鼓的，往韩俊办公桌上的报纸下塞。

韩俊见状，反应相当激烈，他站起身，身子一颠，用手把信封袋子挡住了。韩俊说："老韩，这个要不得。"

这个情况也许是在韩建国的意料之中，韩建国为避免尴尬，也不勉强，把信封袋子又放回了包里。韩建国心里早有思想准备，他也就是做个姿态，你韩俊收也好，不收也罢，我来的主要目的是说我公司的事情。

短暂的沉默，两个人都没说话，韩俊又开始看报。韩建国掏出香烟，递给韩俊一支，说："韩局，抽烟。"

韩俊接了烟，点上吸了一口，说："老韩，你不是还有事情要说吗？"

韩建国说："是呀！还是为了市区两个广告位手续审批的事情，这还要靠韩局关心。"

韩俊说："这个事情现在不好办了。"

韩建国说："这两个位置去年不是现场勘查了吗？没说不能办呀！我的资料也是齐全的，就等你韩局签字了。"

韩俊说："老韩，你说的情况不假，可是呢！去年秋里，上级来了最新规定，关于户外广告管理这块儿，楼顶的一律拆除，墙体的暂停审批，这都是考虑到安全因素，怕风把广告牌刮下来呀！砸死了人，我是要上被告席的。你这两个位置都是墙体，都在暂停的范围。"

韩建国说："这，这搞的……我费了好大劲儿和房主谈好的，租赁协议都签了……"

韩俊说："老韩，你就不要为难我了，这个字我不敢签，签了是要被追责的。"

韩建国心有不甘，又无话可说，坐着抽烟。

这时候，韩俊递过一份文件，说："老韩，你看看，是不是。"

韩建国接过文件，简单地看了一下后，把文件放在了韩俊的办公桌上。

从韩俊那儿回来后，韩建国这些天一直都很郁闷，他心里明白，新规定是有，但好像早就有了，并不像从韩俊嘴里说出来的秋里才有。新规执行不执行，如何执行，还不是他韩俊能够变通的。这件事本来韩俊也是很热心的，进展也很顺利，不知道为什么就忽然发生了变故。说一千，道一万，这件事背后一定有文章，一定是遇到了新的情况才使韩俊的态度发生了变化。但苦恼的是韩俊不说真实的原因，而只是打官腔。

韩小勇和杨柳柳作为汉江风广告公司的代表，随市里的代表团参加了中国广告协会举办的某某届中国国际广告节。会议是在南方的某某城市国际会议展览中心举办的，盛况空前。

会议闭幕的那天下午，韩小勇和杨柳柳并排走出了国际会议展览中心。

韩小勇站在这座南方城市的街面上，抬头看看那些高耸入云的大楼巨厦，和身边的杨柳柳说："明天咱俩就要打道回府了。"

杨柳柳平视着街面，看车海人流，说："是呀！随团出来，随团回去，算是圆满完成了这次来参会的任务。"

韩小勇说："柳柳，我有个大胆的想法，和你商量一下，不知道你是否赞成？"

杨柳柳说："你讲。"

韩小勇强调说："我也是临时动意的，就是刚才。"

杨柳柳说："你真啰嗦，解释个啥？"

韩小勇说："这么好的城市，这么好的机会，也没逛，也没玩，就这么一走了之，岂不可惜？"

杨柳柳说："呵，你想如何？"

韩小勇说："我的意思是咱俩留下来，逛够了，玩够了再回去。"

杨柳柳瞟了一眼韩小勇，说："主意不错，就是占了天时、地利，没有人和。"

韩小勇听不明白，问道："此话怎讲？"

杨柳柳说："小勇你也不想想，如果不随团一起返回，明天市里的广告界就有新闻爆料了，谁谁谁的儿子和女下属怎么怎么的……好说不好听。"

韩小勇嗤啦一笑，用右手摸自己的后脑壳，说："我没想到这一层。"

杨柳柳突然提高了声调，说："小勇，现在时间还早呀！咱俩可以先去看看大海吧！"

"好呀！"

韩小勇一下子来了精神，立即伸胳膊用潇洒的姿势招呼的士。

一辆出租车载着韩小勇和杨柳柳在这座南方的城市里穿行，驶向大海边。

约摸跑了半个小时之后，出租车驶向一片金色的沙滩，而沙滩正被蓝色海水卷起的白浪拍打着，海浪一波退去，一波又来。

出租车司机把车停下，用南方味儿的普通话说："到了。"

杨柳柳先下了车，韩小勇付了车钱也下了车。

杨柳柳这是平生第一次和大海亲密接触，她说："小勇，跑吧！"就开始在海边的沙滩奔跑起来，任凭海水浸湿了自己的鞋和裤脚。韩小勇又来了精神，风驰电掣般向杨柳柳追了过去。

后来，杨柳柳跑累了，大口喘气，韩小勇也停了下来。他俩坐在一块大石头上歇，看海，享受着海风的吹拂。这时候，太阳还在西边悬挂着，就快要落了，霞光一片，反射在沙滩上，金光闪闪。

"柳柳。"

韩小勇忽然叫了一声，用手抓住了杨柳柳的手，用含情脉脉的双眼盯着杨柳柳的眼。

杨柳柳抽回了自己的手，呵呵一笑，说："怎么了？"

韩小勇这时候眼里有了泪，说："柳柳，我喜欢你好久了。"

杨柳柳还是呵呵地笑，说："小勇，你真逗，我也喜欢你呀！但咱是朋友。"

韩小勇的泪水淌在了脸上，又抓住了杨柳柳的手，说："不是，前边加个字，女朋友。"

杨柳柳从兜里掏出一包餐巾纸，抽出了几张，擦在了韩小勇的脸上，说："小勇，你真逗。"

二十六

包工头儿杨洋河最近忙得不可开交，原因是，他现有的工地到了收尾阶段，有千头万绪的事情等着他处理。同时，京东镇政府建家属楼的项目也在竭力争取，稳步推进。杨洋　河分身乏术，就撑着干，两头儿跑，得不到好好休息，缺觉，瞌睡。因此他经常觉得头晕。

这一天上午，杨洋河手机微信里收到一条信息，内容是："爸，我已安全回来啦！"

看着这条信息，杨洋河挺开心。数日前，杨柳柳电话里告诉他："爸，公司安排我去外地开会、学习，特此告诉您一下。"

杨洋河不放心，问得很细："闺女，你和谁去？去多久？会议在外地，哪个城市？"

杨柳柳说："公司去两个人，我和老板的儿子。会议日程安排是三天，加上路上的时间，最多也就一周吧！地点呢！在南方的某某城市。爸，你放心，这回是全市广告界的同仁组成的代表团，由市广协的领导带队，就这。爸，回来我给你信息。"

这会儿，收到杨柳柳信息的杨洋河立即在微信上给杨柳柳回复："闺女，安全回来啦！强。"杨洋河点了个大拇指。

紧接着，杨柳柳又来了第二条信息："爸，这几天你来市里吗？来的话我们见上一面。"

杨洋河："有要紧事？"

杨柳柳："倒也不急，我是说如果您来市里的话，就见见。"

杨洋河："最近来不了，我在京东镇办镇政府建家属楼这个项目的相关事宜……"

杨柳柳见到杨洋河的信息说在京东镇，心就一动，她当机立断，决定去一趟。她索性不用信息交流了，信息太慢，而是直接拨通了杨洋河的电话："爸，既然你没时间，还是我过来吧！我下午就到。"

杨洋河说："一百多里路，你如何过来，不方便吧！"

杨柳柳说："这个您甭操心，我带车带司机。"

杨洋河说："那好，路上注意安全，到了京东镇上电话联系我就行。"

杨柳柳说："爸您放心，春节前我不是跟您去过吗？路况我熟。"

杨洋河说："好，下午见。"

杨柳柳说："下午见，拜。"

杨柳柳是在自己寝室里给杨洋河打的电话，她结束了和杨洋河的通话后，一看时间，已经是上午十一点了，便顺手又拨通了韩小勇的手机。

"小勇，休息好了吗？"

韩小勇好像是在床上躺着，电话里面打了一个哈欠，说："柳柳呀！我睡好了，昨晚到家就睡，早上吃了饭又接着睡，这不，现在还躺着呢！有事？"

杨柳柳说："你瞌睡真多，是有事，下午麻烦你开车跟我出去一下。"

韩小勇立即兴奋起来，提高了嗓门，说："行呀！还麻烦个啥！柳柳你真是见外。去哪里？"

杨柳柳说："去京东镇，一百多里路呀！"

韩小勇说："三百里路又如何呢！不还是几脚油门的事儿。就这么决定了，几点出发？"

杨柳柳说："两点吧！两点我在大门外等你。对了，下午不上班还要不要请假？"

韩小勇说："没有必要，老韩说了，说咱俩昨晚回来的，今天休息一天。"

杨柳柳说："好，两点，大门外见。"

杨柳柳让韩小勇开车和自己去京东镇，是经过深思熟虑才决定的。说起来，还是因为此次两个人随团去开会、学习这一趟，彼此之间进一步增进了了解，加深了感情，至少，杨柳柳现在没有把韩小勇当外人了。像请韩小勇开车跟自己出门办事这种事情，如果搁在以前，杨柳柳是打死也张不了口的；其次，这京东镇也的确是远，坐公交还真是不方便。

至于坚持要在大门外上车，这又说明了杨柳柳办事细心，她是担心在院内上车，公司个别爱嚼舌头的人看见了会借题发挥。

下午两点，韩小勇驾驶着黑色奥迪A6轿车准时开出了文联大院，刚一右转停下，就看见杨柳柳右肩上挂着包正在等车。

韩小勇"叭"按了一下喇叭，其实杨柳柳早看见他了。杨柳柳走到车边，拉开了车门，坐在了副驾驶的座位上，和韩小勇并排。这也是个细微的变化，之前，韩小勇和杨柳柳每次因工作出去，杨柳柳大多数都是坐在后排。

黑色奥迪A6开始跑起来。

杨柳柳问道："小勇，要不要导航？"

韩小勇说："京东镇我去过多次，不需要。"

杨柳柳说："小勇，是不是全市的十几个镇你都跑过？"

韩小勇说："大部分跑过，都是因为公司做过他们的业务，如：现在各镇加强精神文明建设，需要广告宣传。还有美丽乡村建设，及镇办优质企业，这些都需要广告投入。"

杨柳柳听韩小勇这么一讲，心又一动，想："自己还是见识少，今天要不是和韩小勇聊这些，咋知道各镇还有广告业务发展的广阔天地呢？那么，以父亲杨洋河和的关系，完全可以拿下京东镇的广告业务呀！看来，还是要尽快从汉江风跳槽出来单干，这个可是自己大学毕业之初的既定目标。"

杨柳柳坐在车上忽然觉得好困，就说："小勇，你小心点开车，我午饭后没有午休，把衣服洗了晾了，这会儿犯困了，我眯一会。"

韩小勇说："好吧！你睡。"扭头一看，杨柳柳已紧闭双眼，慢慢进入了梦境。

梦里的杨柳柳依然是坐在副驾驶的位置上，车也还是这辆黑色的奥迪A6，司机却不再是韩小勇，而是变成了张军。张军神采飞扬地驾车，只是左手握着方向盘，右手却紧紧地抓住了杨柳柳的左手。杨柳柳依然是闭上眼睛，一脸享受幸福的表情。黑色的奥迪A6在狂奔着，杨柳柳浑身的滋味儿都是幸福，也不知过了多久，听见一个男人的声音说："柳柳，到了，我们现在已经是在京东镇的街面上了。"

杨柳柳从梦里惊醒，睁眼一看，是韩小勇的右手紧紧在抓着自己的左手。

"你干吗！"

杨柳柳厉声说，猛地抽回了自己的左手。

韩小勇有些尴尬，说："你把手伸过来，我这才……"

杨柳柳有些不好意思，揉了揉眼，说："这么快就到了。小勇你先把车靠边停好，我来打个电话。"

杨柳柳拨通了杨洋河的电话，说："爸，我已到京东镇上了，你在哪？"

杨洋河说："闺女，你来得真快。嗯，这样吧！我这会儿在城建办办事，你先在街上逛逛吧！或者你坐在车上休息一下也行，已经下午五点了，我忙完电话你，放心，时间不会长。"

杨柳柳说："爸，京东镇有啥逛的？我来镇政府吧！坐车上等你。"

杨洋河说："也好。"就挂了电话。

杨柳柳对韩小勇说："走吧！到镇政府去。"

韩小勇知道镇政府所在的位置，就直接把奥迪A6开到了镇政府大门前。门卫值班室走出一位老者，问道："找谁？"

杨柳柳答道："找张军镇长。"

老者说："你们来得不巧，张军镇长下午去开会了。"

杨柳柳一听，心里一凉，说："我们的人正在城建办办事，所以车还是要进去。"

老者按了一下揑在手上的遥控器，大门栏杆翘了起来。

奥迪A6驶入了镇政府院。

杨柳柳无精打采，弱弱的声音说："等呗！"

韩小勇和杨柳柳就坐在车上，都不说话。过了一会儿，韩小勇说："柳柳，你咋突然沉默了，刚才还精神着呢？"

杨柳柳说："也没啥，就是不喜欢在车上干坐。"

其实，杨柳柳瞬间的失落，又岂是韩小勇能够读懂的。

杨洋河办完了事，出来见着了杨柳柳，父女见面，自然开心。后来，他们父女俩带着韩小勇去了镇上一个小酒店，点了火锅，还有几个家常菜，算是款待韩小勇。饭后，为了父女俩谈话方便，韩小勇先从包房出去上了车。

杨柳柳和杨洋河说："爸，赶这么远跑来，也没啥要紧事。"说着从包里取出一套包装好的衣服，又说："爸，我这不是出去开会学习了吗？学习期间也没有怎么逛，就在我住的宾馆附近商场给你带了套短袖短裤，马上天就热了，夏天穿得上。"

杨洋河满脸的开心，说："傻闺女懂事了，就为了这事跑这么远来见我一面。"

杨柳柳嘴巴一噘，撒了娇，说："爸，女儿不是想你了嘛！爸，我顺便给你说两件事。"

杨洋河认真起来，说："闺女你讲。"

杨柳柳说："爸，我屈指一算，去汉江风广告公司打工已接近半年了，目前，基本熟悉了一些业务，像户外广告、制作、媒体代理、印刷、企业宣传、大型活动造势等等，都是广告的经营范围。我不打算在汉江风耗下去了，我出去自己干。"

杨洋河说："这个我坚决支持，我说过，闺女，你开公司的铺底资金由我出，你放心。"

杨柳柳说："爸，先谢谢您了。不过，我现在的任务是要租房子，我喜欢广场那儿，就在广场找。"

杨洋河说："好。闺女，你多打听几处。你刚要说两件事，还有一件呢？"

杨柳柳脸腾地红了，说："外面车上坐的和我一起来的这个年轻人，叫韩小勇，刚才吃饭我只介绍他姓韩，其实，他是汉江风老板韩建国的儿子。"

杨洋河说："这又如何，他不是你同事嘛！今天不就是给你开车嘛！"

杨柳柳说："爸，我就直说了，这段时间他一直追我……"

杨洋河生气了，说："那怎么行，长那个样，个子也小。"

杨柳柳说："我肯定不会答应的，不过，他人不错，和我算是好朋友。"

杨洋河说："那就好，人品好就当朋友，多个朋友多条路嘛！"

杨柳柳说："没了，就这，爸，我回市里了。"

杨洋河说："那好，走，我送你上车，也和小韩打个招呼。"

就要出包房了，杨柳柳突然说："爸，我进镇政府的时候，听门卫说张军去市里开会了？"

杨洋河说："是呀！你张军叔是大忙人。"

杨柳柳说："爸，方便把张军叔的电话给我一下吗？"

杨洋河说："你找他有事？"

杨柳柳说："那是一定的，我开了公司你身边的资源我能放过吗？"

杨洋河说："我晚上发给你。"

杨洋河当晚就把张军的电话号码发给了杨柳柳。不仅如此，杨洋河还把张军的微信推荐给了杨柳柳。

韩小勇把杨柳柳送到文联门口的时候已经是晚上十点多了。杨柳柳说："不用进，我就在门口下，小勇，今天谢谢啦！"

韩小勇说："柳柳你说谢就见外了，进去早点休息。"

　　杨柳柳下了车站在原处见韩小勇的车开走了，才进了文联院子。她回到了寝室，把门关上，客厅已没了动静，焦喜荣的卧室门紧紧关着，估计是已经睡了。她怕打扰了焦喜荣休息。就换上拖鞋，轻手轻脚地洗了洗，进了自己卧室，坐进被窝，靠在床头上刷手机。她有这个习惯，每天晚上都是坐在床上刷一会儿手机才睡。她翻到了杨洋河给她的信息，是一个手机号码，后面写作"张军"。杨柳柳明白，这一定是张军的手机号码，就把这个手机号码输入手机存下，并备注"张哥"。她又接着翻到微信上，见杨洋河发来的信息，推荐了一个叫"小军"的微友，她一笑，这个叫"小军"的微友一定是张军了。她不由得感叹，自己老爸情商真高，不仅给了张军的手机号码，还推荐了张军的微信。她看了看时间，已经是夜里十一点了。

　　"估计张军已经休息了。"

　　杨柳柳想，但她还是毫不犹豫地用手指点了添加好友的申请。

　　让杨柳柳意想不到的是，没出两分钟，"小军"就通过了"柳树枝"的申请，杨柳柳的微信名叫"柳树枝"，头像是一个简简单单的户外风景照片。现在，小军和柳树枝添加了好友，可以聊天了。

　　果然，小军发来了"你好"。

　　杨柳柳心里一热，立即回复："您好！请问是张军吗？"

　　小军："是。请问你是？"

　　柳树枝："张叔呀！张叔好，这么晚打扰您休息了吧！我是柳柳呀！我爸杨洋河。"

　　小军："呵呵，小侄女，我一看柳树枝，又是杨洋河介绍的，猜就是你。怎么想起你张叔了？"

　　柳树枝："是这样，我今天下午去了京东镇，见到了我爸，我问我爸，张叔在吗？我爸说您在开会，我就要求我爸把您的电话号码给我，把您的微信介绍给我。我爸还问我，找张叔干吗？我说，说不定哪天会麻烦您张叔呢！"

小军："真没啥具体事吗？"

柳树枝："目前没，以后说不定，嘿嘿！张叔，这么晚了，我不打扰您了，晚安，拜。"

小军："晚安。"

杨柳柳第一次在微信上与张军聊，聊得有些多，时间又这么晚，她自己觉得不好意思，就及时结束了。

但是很奇怪，杨柳柳关了灯，躺在床上翻来覆去都无法入睡。杨柳柳想："这要是在平时，京东镇这么远的路程跑个来回，尽管只是坐车，也是很疲倦了，应该是躺下就睡着了。"

杨柳柳觉得自己真是没出息，仅仅是和张军聊天，心里就无法平静。无法入睡的杨柳柳黑暗里睁大了眼睛，暗下决心，自己近期的主要任务就是：一，尽快在市中心广场位置打听有无房子出租，启动成立广告公司有关事项；二，尽可能和张军保持密切联系，多了解一些他的情况。"

杨柳柳，开始留意租房的事情。她先是搜58同城，搜租房，再搜办公用房，就有许多写字楼的信息呈现出来，但都注明"面议"。杨柳柳就决定选择两家，并且抽空去现场看看，聊聊房租的价格。

二十七

三个月后，夏天又来临了，阳光开始刺眼，人们的衣着也逐渐单薄起来。

这天下午，韩小勇找到了焦喜荣，说："小焦，你手里事忙完了吗？如果不忙，咱俩出去一趟。"

焦喜荣正好闲着没事，听韩小勇这么一说，觉得奇怪，说："小勇，难得你约我一起出去，说，去哪？"

韩小勇神秘兮兮地挤了挤眼，手一划拉，意思是出去再说。

焦喜荣便跟着韩小勇从办公室出来，到了院里韩小勇的奥迪A6旁。韩小勇说："上车再说。"

焦喜荣拉开奥迪A6的右前门，坐在了副驾驶的位置上，"嘭"地关上了车门。

韩小勇也上了车，"嘭"地把车门关上。奥迪A6一起动，车屁股冒出一股黑烟儿，呼地驶出了文联大门。

韩小勇边驾车边说："小焦，咱俩去杨总那儿看看去。"

焦喜荣一脸茫然，说："杨总？哪个杨总？"

韩小勇哈哈哈地一阵笑，说："杨老板呀！小焦你不是和杨老板关系最铁吗？你俩住在一处大半年了。"

焦喜荣这才反应过来，笑着说："你说柳柳呀？"

韩小勇说："正是她，人家现在注册了公司，并且已开张，名副其实的法人，不是老总又是什么呢？"

焦喜荣说："那是不假。"

韩小勇说："小焦，咱俩是柳柳在汉江风公司最好的朋友，你说该不该去柳柳公司看看？"

焦喜荣说："应该，应该。不过，咱俩就这样两手空空去吗？不拿两个花篮儿什么的？"

韩小勇："不必了，前天开业我已经来过了，今天就是串门儿。"

"哦。"

焦喜荣不再说什么了。

韩小勇轻车熟路，直接把车开到了城市广场，进了杨柳柳公司所在的小区，停在了一幢高层写字楼下。韩小勇说："就这幢楼，柳柳的公司在十七层。"

说着话，韩小勇领着焦喜荣进了电梯，按了十七楼的按钮，电梯开始上行。

电梯上到十七楼，门一开，竟然看见杨柳柳笑吟吟地在电梯门前迎接，这实在让韩小勇和焦喜荣没有想到。

杨柳柳说："热烈欢迎两位。"

韩小勇说："柳柳，你真神了，你咋知道我和小焦在上楼？"

杨柳柳说："小勇，半小时前你来信儿说出发，我这也是估摸着算的，觉得应该到了嘛！"

杨柳柳边说边热情地拉着焦喜荣的手，把韩小勇和焦喜荣带进了自己的公司。

焦喜荣在进杨柳柳公司门的时候留意观察了，门楣上方招牌上是"柳树枝广告公司"几个字。

杨柳柳的公司约有一百一十平，员工办公室是一大通间，往里走，才是一间单独的办公室，里面沙发、老板桌、老板椅、空调、茶几一应俱全。

韩小勇冷不丁来一句："杨总办公室整洁有序呀！"

杨柳柳说："小勇，你少贫嘴。"

韩小勇嘻嘻哈哈地笑，说："杨老板办公室就是高级，里屋还有洗手间。"

杨柳柳把洗手间的门打开，介绍说："带个洗手间方便一些。"

这时候，一个俊俏的小姑娘端着茶壶走了进来，给韩小勇和焦喜荣倒水。

杨柳柳说："这个小美女叫刘倩，刚招来我公司上班，人挺聪明。"

刘倩不好意思地笑了笑，倒完水，退出去了。

杨柳柳坐在自己的老板椅子上，韩小勇和焦喜荣坐在沙发上。焦喜荣这才认真地看杨柳柳的脸，发现杨柳柳的脸整个瘦了一圈下去，都有些皮包骨了，并且精神有些萎靡不振，感觉很疲惫。

焦喜荣说："柳柳你这几个月是操了真心，瘦了，不用减肥了。"

杨柳柳感叹道："是呀焦姐，只有经历了才知艰辛。我从三个月前在汉江风提出辞职那时开始，就马不停蹄，整个人完全就是连轴转，谈房租，注册公司，找我爸筹备资金，装修，招人，到目前，才算把架子扎起来。"

韩小勇说："真是不当家不知柴米贵。"

杨柳柳说："小勇，我这小公司，目前一单业务都没有，往后，还靠你们汉江风多关照。"

韩小勇一拍胸，说："那都不是事儿，有机会一定合作。"

焦喜荣说："你俩都不简单，有个好爹，公司说开就开了，希望你们成功。"

焦喜荣突然冒出一酸溜溜的话，也是实话，让韩小勇和杨柳柳都不好接。

杨柳柳立即把话题岔开，说："两位晚上就不走了，我位置都订好了。"

韩小勇说："柳柳，我和小焦只是来串个门，不在这儿。"

杨柳柳说："打住，走就瞧不起人。我也邀请了社区的王银银、文联的华杰。我的公司开业那天，王银银和华杰都来给我捧过场，因此呢！今天我们几个老朋友聚一聚，我这现在就需要人气儿。"

韩小勇本来心情不错，一听杨柳柳说晚上也约了华杰，脸上的表情立即暗了下来。

当晚，在杨柳柳安排的酒席上，韩小勇果然遇上了表叔华杰，两个人都很不自然。虽然去年在哥莱美8888包房发生的不愉快的事情，导致韩建国与华杰之间大吵一架之后已时过境迁，但从那时候起，华杰就恨上了韩小勇，他认为韩小勇嘴巴不严，不该把自己干的事情告诉韩建国。因此，韩小勇与华杰的再次相遇十分尴尬。好在杨柳柳是个聪明人，她明白其中的原因，就故意邀韩小勇和华杰一起碰杯，才缓解了一下氛围。

饭后，韩小勇并没有回到自己的别墅，而是回到了自己父母的住处，这里仍然有韩小勇的一间卧室，他可以随时回这个家住。

当韩小勇回到家的时候，韩建国还没有睡，正泡脚呢！韩建国有晚上睡觉之前泡脚的习惯。

韩小勇一屁股坐在韩建国身边，说："爸，还没睡？"

韩建国一看韩小勇脸红红的，像是刚喝了酒，就问道："晚上在哪儿吃饭？喝了不少吧？"

韩小勇说："是喝了点儿，至于在哪儿吃饭嘛！爸，你猜。"

韩建国有些不开心，说："你小子，你去哪儿吃饭我怎么猜？"

韩小勇直接说："柳树枝广告公司，杨老板那儿。"

韩建国一听就明白了。作为广告协会的副主席，本市新增了一家广告公司他岂能不知？何况新增的这家广告公司法人代表曾经是自己的员工。

一想起杨柳柳，韩建国有些伤感，就有意换个话题，说："小勇，今天晚上回家住？不去别墅了？"

韩小勇说："我是回家找个资料，是杨柳柳需要的，我帮她找的。"

韩建国很兴奋，说："她辞职三个月了，她走后你和她还有联系？"

韩小勇说："爸，你这个话问的，怎么会不联系呢？我和杨柳柳一直是好朋友嘛！"

韩建国说："那就好，不要轻言放弃。小勇，怎么想起今天去杨柳柳公司了呢？"

韩小勇说："是杨柳柳打电话邀请我和焦喜荣去的，也没啥，就是玩，杨柳柳说公司刚开张需要人气。"

韩建国说："哦！她公司看上去如何？"

韩小勇说："行，还真像那么回事。不过，爸，她晚上把华杰也叫去吃饭了。"

韩建国一愣，说："杨柳柳是个聪明人呀！她一定是觉得华杰对她有用，所以呢！有些事并没有与华杰计较。"

韩小勇说："杨柳柳是够聪明，酒席上，她故意约我和华杰一起碰杯来化解尴尬。"

提到华杰这个人，韩建国突然想起来了，前几天，在文联院内，韩建国遇到了华杰的顶头上司，就是那个文联创联部部长，韩建国和部长本来就是熟人，两个人互相敬烟，在闲聊中，韩建国从部长口中得知，华杰近来与审批局韩俊联系频繁，经常聚。部长只是闲聊，有一句无一句的，部长是说者无心，可是韩建国听者有意，就记住了。

这会儿，韩建国觉得盆里水也不热了，也泡够了，就拿了毛巾擦脚，边擦边说："小勇，你想想办法，把华杰和韩俊这两个人的关系搞清楚，这两个人最近搞得很近，我怀疑，我在市区的两个墙体广告位的设置手续至今未批，是不是与华杰有关？"

韩小勇听韩建国这么一说，猛地一惊，说："是呀！爸，仔细想想，你和华杰干架在先，我去给韩俊拜年在后，天下哪有这么巧的事情？华杰为了泄愤在背后捣乱的可能性不是没有呀！"

韩建国说："就是嘛！所以呢！小勇，你要想尽一切办法，把华杰和韩俊的关系搞清楚。"

二十八

其实，时间倒回到两个多月前，也就是杨柳柳刚辞职不久那几天，她主动约过张军几次。第一次是在一个中午，杨柳柳那时还住在汉江风广告公司的寝室，就是之前和焦喜荣合住的那套房里。她当时也是刚吃过午饭，躺在床上，用微信给张军发了一条信息："张叔好，在干吗呢？"

杨柳柳发完这条信息后就躺在床上闭目养神，因为是午休时间，她并没抱有张军能及时回信息的希望。

实在没有想到，不出一分钟，张军回信："侄女好，我在开会。"

杨柳柳："张叔真够辛苦！只顾工作了，午饭吃了吗？"

张军："没。"

杨柳柳："那不打扰您了。"

张军："侄女，有事直说。"

杨柳柳："没。"

张军："呵呵，那好吧！"

杨柳柳发了一个捂脸的表情："说没事也有点事，还不是个啥事！"

张军："哈哈哈，侄女真幽默，尽管说。"

杨柳柳："就是想请张叔喝茶，聊聊……"

张军："这个，有空当然可以，侄女你上班应该很忙吧？"

杨柳柳："张叔，我辞职了。"

张军发一个吃惊的表情："为什么呢？"

杨柳柳："不为啥，就想自己干。"

张军发了一个大拇指翘起来的表情："好，有志气。"

杨柳柳："张叔你忙吧！我不打扰您开会了。"

张军："没事，我在会议室外。"

杨柳柳："下次聊。"

张军："好。"

又过了大约一周的时间，杨柳柳的公司已经在装修了，一天下午闲着无聊，她嫌装修现场噪音大，就下楼坐在小区的草坪上给张军信息。

杨柳柳："张叔下午好。"

过了一会儿。

张军："柳柳好，有何指示？"

杨柳柳明白张军这么说是和自己逗着玩，回信："亲爱的张叔，柳柳不敢指示。"

张军："有事你说。"

杨柳柳："想请张叔喝茶，张叔赏不赏脸呢？"

张军："实在不好意思，正忙着参观呢！"

杨柳柳："好，张叔你忙，不打扰您了，拜！"

张军："好。"

第三次杨柳柳约张军喝茶，是在某一天的晚饭之后，还是用微信信息。那时候时间还早，但是天已经黑了下来。

杨柳柳："张叔好，在干啥呢？"

过了几分钟的时间。

张军："柳柳呀！我刚吃完饭。"

杨柳柳："我也是刚吃完饭，张叔，您在哪儿呢？京东镇吗？"

张军："不在京东，在开会，明天下午结束才回京东镇。"

杨柳柳："哦，您在哪个地方开会，具体位置？"

张军就给杨柳柳发了一个定位，并且写了一句话"城市快捷酒店"。杨柳柳打开定位，点高德地图，定位上立即显示出"前往：城市快捷酒店"，1,5公里。看到这儿，杨柳柳笑了，她知道这个酒店的位置，就在自己公司附近，步行十几分钟也就到了。

于是，杨柳柳给张军回信："张叔，这个地方就在我公司附近，如果方便的话，我想来您这儿坐坐，喝您这儿的茶不花钱。"这句话的后面带个微笑的表情。显然，杨柳柳是在半开玩笑。

张军稍微沉默了一下，他在考虑，自己一个人独自住着一个房间，突然一位年轻漂亮的女人造访，会不会引起不必要的麻烦。可转念一想，如果真的答应了杨柳柳的邀请去了外面茶楼喝茶，那要是被熟人看见传扬出去才是真的麻烦。张军思想经过激烈的斗争，杨柳柳毕竟是自己小辈，来这儿坐坐，也没啥了不起。关键是没有拒绝人家来的理由啊！想到这儿，张军回信："好吧！欢迎你过来。你直接到518房间。

杨柳柳选择步行去城市快捷酒店，路上挺热闹，车水马龙的，行人也不少，路灯像一条长龙一样向前延伸着。在从一家水果店门口经过时，杨柳柳拐了进去，买了三斤苹果，装在一个塑料袋里，提在手上，继续步行。

眨眼的工夫，杨柳柳就到了城市快捷酒店518房的门口。

杨柳柳抬手轻轻敲了两下门。

门开了，张军笑吟吟地说："请进。"

杨柳柳见到了张军，内心有些激动，说："张叔好！"便进了房间。

张军把房门关上，转身微笑着给杨柳柳倒茶，用的是宾馆里的茶杯，张军是个细心人，他把茶杯用开水烫了烫才使用。

杨柳柳接过张军递过来的茶水，说："张叔，原本是我要请您的，这下好，连茶水钱也给我省了。"

张军笑着说："什么你的我的，在外面也是叔叔我请你。侄女，你坐。"

杨柳柳说："这样吧！这里没有水果刀，我洗两个苹果吃。"说着，从塑料袋里拿出两个苹果，进了洗漱间冲洗去了。

洗漱间里传出来哗哗地冲洗苹果的声音。

刚才杨柳柳进门的时候，张军就注意观察了，他发现杨柳柳黑了，瘦了，不像春节前在京东镇政府门口杨洋河车上见面那次水灵。不仅如此，杨柳柳头上身上像是还有一些灰尘，张军判断，杨柳柳今天一定是去过什么施工场所，而且，还没有来得及换衣服。可尽管这样，杨柳柳的俊俏美丽是遮挡不住的。

这时候，杨柳柳笑吟吟地从洗漱间出来了，两只手各拿着一个苹果，说："张叔，您吃一个。"说着，把右手拿着的苹果递给张军。

张军也没客气，伸手接过苹果，"咔嚓"一口，嘴里含着苹果说："饭后吃水果，爽。"话说得有些唔啦！舌头伸不直的感觉。

杨柳柳坐在床边，把自己左手里的苹果送到嘴边，也"咔嚓"一口，吃起来。

大约在一分钟的时间内，杨柳柳和张军就"咔嚓咔嚓"地咬着苹果吃，谁也没说话。两个吃苹果的人都觉得有些不自在。还是杨柳柳年轻反应快，边吃苹果边从床边下来，走几步在茶几上拿了电视遥控器，对着电视一按开关，电视启动了，电视屏幕上立即有了画面，房间内立即有了声音，这下，两个吃苹果的人觉得自在多了。

少时，两个人都把苹果吃完了，杨柳柳勤快，抽了两张抽纸递给张军说："张叔，擦擦手。"

张军说："好。"接过抽纸擦手。

杨柳柳也用抽纸擦了擦手，然后，把用过的抽纸扔在纸篓里。

张军说："柳柳喝茶。"

杨柳柳说："好。"端起张军给她泡的茶吸吮了几口。张军问道："柳柳，你辞职了，想自己干，公司办得如何了？"

杨柳柳指了指自己的衣服，说："正在装修中，这不，我一整天都待在装修现场，头上、身上的灰尘都还在，也没来得及洗个澡换身行头儿就来见您。”

张军说：“看得出柳柳你最近瘦了，在操心。”

杨柳柳说：“张叔，我这一冲动就辞了职，可是心里没底呀！我可是厚着脸皮跟张叔汇报，将来还要打扰张叔，靠您支持。”

张军笑着说：“我们京东镇呢！离市区远，比较偏，如果能够帮上柳柳的话，我一定帮。”

杨柳柳也一笑，说：“有张叔这句话，侄女我心里就有底气了。”

张军半开玩笑地说：“侄女你今晚来见我，就是为即将开业的公司谈业务的哟！”

杨柳柳有些撒娇地说：“也是，也不是。”

张军说：“柳柳，我发现你讲话特幽默。”

杨柳柳撒娇更严重了，小嘴噘了起来，说：“张叔，我是专门来看看您。”

张军听了杨柳柳说“专门来看看您”这句话，心里特舒服，浑身像过了电一样，说：“柳柳你为什么要来看看我。”话说得有些嗲。

杨柳柳这时觉得张军虽然是四十出头儿的老男人了，可却是一个懂风情的人。便继续撒娇，噘着嘴说：“好久不见，人家想叔了呗！”

张军听了“人家想叔了呗！”这句话，浑身又像过了一遍电的感觉，说：“谢谢侄女。”

但是，张军嘴上这么说，心里却想：“现在的女孩儿真放得开，自己可千万要把握住，无论如何不能犯错。”

张军这样告诫自己当然有他的想法，他还年轻，还有大好的前程，这是其一。其二，张军特别惧内，老婆平时就像个母老虎一样管着张军，一旦自己犯了错，就怕没有不透风的墙，消息如果传出去，后果不堪设想呀！其三，还有杨洋河的原因，毕竟，自己和杨洋河称兄道弟。其四，目前来看，自己对杨柳柳并没有深入的了解，并不知道这个小女子秉性如何，如果，自己帮不了她，她会不会翻脸呢？

想到这儿，张军就把话题引向了工作上，他要摸摸杨柳柳的底，看看杨柳柳到底怎样有求于自己，自己又能不能帮得上她。

张军一点也不嗲了，正经道："柳柳，你的广告专业我是外行，你说说，就我们镇上的情况，哪些事情适合你做？"

杨柳柳一听张军主动谈起了业务，顿时来了精神，兴奋地说："张叔，适合我做的可多了，像风俗民情，通过文化景观和文化设施，呈现村庄的文化基因、风土人情、人文内涵。呈现的形式：墙体手绘、建设景观亭、景观廊、人文雕塑、村庄导识牌，甚至活动室，村文化场馆等，这都是我的业务范围，都需要建设呀！"

"呵呵。"

张军笑着说："柳柳真的是够专业的，广告这块儿涉及到乡镇的业务，你比我精通多了。"

杨柳柳说："这都是我这大半年在汉江风广告公司打工亲身接触了一些，或者是听说了一些，别看我的公司刚成立，但我不缺人才资源和技术资源，因为，如果我遇到了难题，我之前工作过的汉江风广告公司会大力支持我的。所以呢！我刚才说的这些涉及到乡镇的业务，我这个小公司是完全可以胜任的。"

张军说："柳柳，我要打破砂锅问到底，都说同行是冤家，为什么汉江风会对你大力支持呢？"

杨柳柳狡黠一笑，说："天机不可泄漏。"

张军就不再问，只是在心里掂量，杨柳柳说的意思很明白，她刚才说的涉及乡镇的广告业务她公司都有能力去做。但是，就京东镇的情况，她说的那些建设，有的已经完工，有的正在建，有的还未列上议事日程……哪些业务短期内能提上镇党委会研究实施呢？

二十九

城市便捷酒店518房内，杨柳柳和张军聊得非常投入，双方也都觉得对味儿。杨柳柳算是把自己晚上来518房间会见张军的主要目的表达出来了。张军当然不傻，他从这些天自己同杨柳柳微信聊天过程中，意识到杨柳柳这个小女孩对自己有意思。当然，不排除杨柳柳几次主动联系自己，是为了她公司的业务。但张军凭借自己的直觉，断定杨柳柳对自己并不是简单的利用，而是对自己有好感，甚至，她觉得自己是她的菜也是有可能的。不然的话，她怎么会决定一个人来自己居住的房间呢？单凭她这一举动，就不简单。

这时候，杨柳柳见张军在沉思着什么，冷不丁说出了一句令张军惊掉下巴的话。

"张叔，您这条件好，不介意的话，我想在这儿冲个澡，白天在装修现场忙活儿，灰大，全身都是汗。"

"这、这……"

张军木讷了，杨柳柳的这个要求的确出乎意料。他更加坚定地相信了自己刚才的分析，杨柳柳对自己有意思。

"张叔，看您面有难色，不方便就算了。"

张军慌忙说："不是，不是不方便。"

杨柳柳很开心，说："那先谢谢张叔了。"

张军说："当然可以，你在这儿冲个澡，行，只是，我出去抽几支烟，透透气，等你洗完我再进来。"

杨柳柳又开始撒娇了，噘着嘴说："亲爱的叔，那又何必呢？你安心在房间里抽烟，看电视，我在洗漱间里脱，洗，穿，不就行了。"

　　说着话，杨柳柳不再征求张军的意见，直接换上拖鞋进了洗漱间，"砰"的一下关上了洗漱间的门。

　　张军又木讷了，出去也不是，不出去也不是，犹豫片刻，还是决定不出房间，就坐在沙发上看电视，大口吸烟。

　　洗漱间里传出来了哗哗喷水的声音，张军明白，那是杨柳柳在淋浴。张军眼睛盯着电视，却不知道电视屏幕放的什么玩意儿，只晓得有人影儿在晃动。电视里发出的音乐声，还有人的对话，张军也没心思去听，只感觉是噪音，讨厌得很。张军这会儿只爱听洗漱间里哗哗的水声。他觉得这哗声就像杨柳柳在歌唱，唱得自己的魂儿都被吸进了洗漱间。

　　张军的脸有些红了，浑身有一种好涨的感觉，身上的血在奔流。他的头慢慢地扭向了洗漱间的方向，两只眼瞪大了，盯着洗漱间与床隔着的那块儿大玻璃。玻璃是看不清看不透的那种，但能看见里面的人影儿在动。

　　张军瞪着眼盯，突然觉得自己好无耻，但是没办法，就是管不住自己的眼。忽然，张军发现了那块大玻璃靠最下边的位置是能看清楚的，不过很窄，也就半尺宽，能看见杨柳柳的脚。他像发现了新大陆，心里一阵狂跳。他狠狠地把没抽完的半截儿烟摁在烟灰缸里，然后，蹑手蹑脚地走到了大玻璃边，弯腰，再弯腰，不行，仍然只能看见杨柳柳的脚，如果拼命把腰弯下去，最多能够看见杨柳柳的小腿。不行，太不解渴了。但是，张军又担心自己的脸被杨柳柳从洗漱间看见。最后，他放弃了，面红耳赤地回到了沙发上，接着吸烟，心里骂自己好无耻，竟然会去偷窥。

　　当张军快把香烟抽完的时候，洗漱间的门响了，杨柳柳出来了。

　　杨柳柳面色红润，头上包着白色的浴巾，身上穿着宽大的白色睡衣，浑身散发着淋浴之后的体香，看上去像个白衣仙子。张军再一次木讷了，像个雕塑，瞪大了双眼，嘴微微张着，任凭冒烟的烟头儿向着手指头儿燃烧，坐在沙发上一动不动。

杨柳柳走过来了，并且用手搭在了张军的肩膀上，轻轻地嗲嗲地喊了一声"张哥"。

张军这才反应过来，他怕手里的烟头儿烧到杨柳柳，便把烟头儿摁在了烟灰缸里，说："柳柳，你太迷人了。"

杨柳柳含情脉脉地死盯着张军，心里想："真希望他这一刻别再斯文，像个老虎豹子一样把自己吃了。"

杨柳柳试探着把嘴递上去，张军的嘴是碰到了，但他却不张口，紧闭着，能听到他急促的喘息声儿。杨柳柳并不急，闭上眼睛用额头轻轻抵着张军的脸，张军的脸好烫。张军的心里在斗争。张军想："不可以，不可以。至少，现在还不是时候。一旦被她拿捏住，真不知道是个什么样的结局。"

想到这儿，张军克制住了，头脑冷静下来了，说："柳柳，你真的太迷人了！"

杨柳柳依然是用额头抵着张军的脸，闭着眼。杨柳柳想疯狂起来，但最终没能做到，因为张军的身体反应告诉了她，现在还不是时候。

韩小勇最近颇烦，韩建国让他想尽一切办法，把华杰和韩俊的关系搞清楚。他领了这个艰巨的任务后，绞尽脑汁，却无从下手，他不知道完成这个任务的切入口在哪里。

这一天，杨柳柳给韩小勇打来了电话。杨柳柳说："小勇，要麻烦你帮我一下了。"

韩小勇说："柳柳，你尽管说。"

杨柳柳说："我公司成立后接的第一单业务，京东镇的墙体手绘，我现在急需技术人员和工人，小勇你帮我一下。"

韩小勇说："柳柳，先祝贺你。我问一下，你的工作量大吗？大约需要多少工人？"

杨柳柳说："工作量不小呀！我把京东镇四十五个村的墙体手绘业务一下子接完了，我中标了。"

"哦。"

韩小勇吃了一惊，心里想，这个杨柳柳真了不起，她是怎么做到的？竟然能把京东镇四十五个村的墙体手绘全都接下？这可是好多广告公司想都不敢想的。以目前杨柳柳公司的实力，她虽然是接下了这个单，但她是吞不下这一大块儿肥肉的。怎么办？是全力以赴帮她，还是和她合作共赢？韩小勇沉思片刻，说："柳柳，你有困难我一定会帮你，但你这是个大单，我估计至少需要一百名施工人员。所以呢，这不是在电话里可以讲清楚的，最好我们见面谈。"

杨柳柳说："欢迎，小勇你赶紧过来，我在公司等你。"

韩小勇驾车直接赶到了杨柳柳公司。

杨柳柳亲自给韩小勇泡茶，然后，把办公室的门关上，说："小勇，现在没有外人，就咱俩，又麻烦你来一趟。聊聊吧！咱俩怎么合作？"

韩小勇一笑，伸了个大拇指，意思是夸杨柳柳"了不起"，然后问道："柳柳，啥时候中的标？"

"上周。"

杨柳柳心里明白，韩小勇虽然是问什么时候中的标，其实他是想知道如何中的标，如何接这个单？于是，杨柳柳接着说："小勇，我说简单点，你是知道的，京东镇的张军是我爸的朋友！张军看在我爸的份上，对我是全力支持的，就像小勇你支持我是一样的，所以，我就不细说了，总之，这个单我是拿下了。"

"哦！"

韩小勇一下子明白了。

杨柳柳说："小勇，你喝茶。"

韩小勇端起茶杯吸了一口。

这个时候，其实杨柳柳和韩小勇各自在心里打着小算盘。杨柳柳想，京东镇的这一单业务，凭自己目前的实力是无论如何也消化不了的。那么，最好的办法就是找有实力的人来合作，而韩小勇便是最合适的人选。这个事儿一定要搞成！一定要顺利完工，公司成立后的第一炮一定要打响。杨柳柳暗下决心，自己在张军那儿夸下了海口，说自己公司有实力，即使遇到了困难，全市最有实力的汉江风广告公司也会支援自己的；韩小勇吸着茶水，心里明白得很。这一次如果自己不帮杨柳柳，她会很尴尬，她怎么就敢接这个单呢？她是一定觉得我会帮她。没错，我一定会帮，而且这个事情还要向父亲韩建国报告，最后的结果是，韩建国也会同意帮。但是，如何帮？是有条件的帮？还是无条件地帮？这个恐怕最终还需要韩建国拍板。

杨柳柳也端起茶杯喝了一口，就把话挑明了说："小勇，不让你白帮我，俗话说得好，有钱大家赚，团结起来才能干大事。"

韩小勇说："柳柳，你说啥子吗？你遇到了困难，我应尽力帮你。"

杨柳柳说："话虽如此，我们还是合作共赢才好，我中的标，接的单。你负责技术指导，组织人工，这不是天经地义的吗？目的呢！是把事情做好。"

韩小勇说："柳柳，你说的尽管有些道理，但是，我不打算那样办。那不是有些乘人之危的感觉吗？那不是我的做事风格。我的意思是我一定会无条件地帮你，只是，这个事情我事先要给我爸报告，一定要得到他的支持才行。"

杨柳柳一听韩小勇这么讲，十分感动，说："小勇，一句话，我怎么可能让你白帮我？那也不是我的做事风格。"

韩小勇说："柳柳，你目前仅仅是中了标，接下来还有很多具体事要做，比如，启动资金，你准备好了吗？这个可是最重要的，没有钱，寸步难行。其他的，聘请技术人员，招人工，我都可以帮你先招呼。"

杨柳柳更感动了，说实话，韩小勇说的这些事情对她来说，都没有经历过。而韩小勇就不一样了，几年来韩建国把汉江风的一切事情都放手让他办，早已锻炼出来了，工程这块儿啥都懂。

杨柳柳说："小勇，启动资金这块儿我跟我爸打过招呼了，其他的，你多操心，我啥也不懂。"

韩小勇说："这样吧！柳柳，事情紧急，不能耽搁，我现在就回去跟我爸说这个事情，你知道的，抽调公司的技术人员，必须得老韩同意。"

韩小勇说着，转身就走了。

杨柳柳看着韩小勇离去的矮小的背影，两眼一热，差点落了泪。

三十

韩小勇回到了汉江风广告公司，直接来到了韩建国的办公室。

韩建国闲着没事，正在抽烟，品茶。见韩小勇急匆匆地到来，料定他有事儿。

果然，韩小勇就一五一十把杨柳柳的事情说了。韩小勇说事儿的时候，韩建国依然是抽烟，品茶。等韩小勇讲完了，韩建国才漫不经心地问道："儿子，你打算如何？"

韩小勇想也没想，说："帮她呀！"

韩建国抽了一口烟，把烟雾吐出去，说："如何帮？"

韩小勇说："她在困难关口，我有能力帮她，拉她一把。"

韩建国把手里的烟屁股摁在烟灰缸里，重又点上了一支烟，抽了一口，哼哼了一下，才阴沉地问道："是无条件地帮她吗？"

韩小勇立即解释，说："爸，你听我说，人家杨柳柳明白得很，她是主动提出了合作共赢的，是我不同意，我认为那样做是不是有些乘人之危的嫌疑呢？我觉得，朋友之间，人家有求于我，如果我有能力，就该光明正大，明明白白的帮人家，而不该附加什么条件。退一步讲，我帮了她，事情成功之后，她有意感谢我，那是她的事儿；她感谢我，接不接受那是我的事儿。"

韩建国吸了一口茶水，又哼哼了一下，说："儿子，帮她没错，不附加条件也行。但是你忘了，你不是在追她吗？你真把她当作好朋友而不是女朋友？儿子你太实在了，这一次，难道不是你和她摊牌的绝佳机会吗？当然，你可以婉转地表达你的意思，而不是硬来。"

韩小勇认死理儿，有些和韩建国抬杠儿的意思，说："爸，如您所讲的，那不同样是附加条件吗？乘人之危的事情我做不来。"

韩建国眼睛盯着韩小勇，叹了口气，说："儿子呀！你还太嫩！"

韩小勇吃不透韩建国的意思，韩建国干急也没办法。

韩建国心里焦虑得很，他想说，儿子呀！在这个世界上，什么叫阴谋？什么叫阳谋？能不择手段达到目的就是好谋！什么仁义呀！循规蹈矩呀！心慈面软，你一辈子也把杨柳柳追不到手。人和人在一起，还是需要有一些手段的，特别是当机会来临的时候。但是，鉴于自己父亲的身份，这些心里话韩建国又说不出口。

韩建国只好反着说："小勇，你思考一下，如果你这次不帮杨柳柳，对她来说会是个什么样的结果？"

韩小勇说："这个，我也想过，她会和别的公司合作，可是，商场如战场，别的公司一定会趁机卡住杨柳柳没有技术没有人员这个短处，给她施压，把自己的利益最大化。如此一来，杨柳柳辛辛苦苦地中了标，结果获得的收益并不大，等于白忙活了。"

韩建国说："对呀！儿子，你还不知道如何做吗？这一次，你按我的意思办，她一定会服软。"

　　韩小勇说："这，这……"

　　韩建国说："如何去表达，如何去施展，靠你自己去琢磨；儿子，还有一件事，就是我让你把华杰和韩俊的关系搞清楚，现在情况如何了？"

　　韩小勇面有难色，说："没有进展，无从下手。"

　　韩建国说："这回我替你想到办法了，不难了。"

　　韩小勇迫切地说："爸，什么办法？"

　　韩建国说："杨柳柳呀！你帮她个大忙，她帮你个小忙，不应该吗？"

　　韩小勇脸上露出惊喜的表情，说："哎呀！我咋就没有想到她呢？"

　　韩小勇像是在迷宫之中一下子找到了出去的门一样。他明白，那个华杰，他一直在打杨柳柳的主意，如果杨柳柳肯出面，会轻松搞定华杰，让华杰自己说出他和韩俊之间的事情。甚至能够把市区两个广告位的事搞清楚。

　　想到这儿，韩小勇开始佩服韩建国了，心想，姜还是老得辣！

　　"不过……"

　　韩建国提醒道："杨柳柳在和华杰这个小人打交道的过程中一定要始终保持高度警惕，别上当吃了亏。"

　　韩小勇自然懂韩建国的意思，说：

　　"明白。"

　　然后，从韩建国办公室出来，坐在自己的奥迪A6车上边抽烟边琢磨韩建国刚才的一番话。老韩说自己嫩，那要不要用老韩说的办法，趁杨柳柳现在有求自己，约她？试试？唉呀！这也有点趁人之危了吧！自责归自责，韩小勇还是忍不住拨通了杨柳柳的电话。

　　"喂！柳柳吗？"

"是呀！小勇你说。"

杨柳柳迫切地想从韩小勇口中知道韩建国的态度。

韩小勇说："这样吧！柳柳，电话里说不清楚，咱俩还是见面说吧！"

杨柳柳说："好呀！你还是来我办公室吧！"

韩小勇说："办公室人杂，我刚从你那儿走，又去，不好，还是出来吧！"

杨柳柳说："小勇，你说个位置，我马上到。"

杨柳柳答应这么痛快，完全在韩小勇的意料之外。韩小勇想，这要在平时，杨柳柳十有八九是不会答应的。

韩小勇稍微顿了顿，说："嗯，柳柳，就去白云茶楼吧！"

杨柳柳说："白云茶楼大致的位置在哪儿？"

韩小勇说："离你公司近，在城市便捷酒店一楼门面上，有招牌，你到了就能看到。"

"好，小勇你到了吗？"

韩小勇说："我马上就到了，我进去后找个包房等你。"

其实，韩小勇还在文联院内自己的车上坐着，并不是像他说的那样"我马上就到了"，他是没有想到能够约出杨柳柳喝茶。他完全可以先驾车去接杨柳柳，再去白云茶楼，但他没那么做。他担心见到了杨柳柳在车上就把事情聊了，那就没有必要去茶楼了，那也就没有谈恋爱的感觉了。还有，他把喝茶的位置定在白云茶楼，并不是因为白云茶楼的环境有多好，而是白云茶楼的这栋楼上有宾馆……万一杨柳柳要是答应了自己呢？可是，他这会儿要动作麻利些，赶在杨柳柳之前到茶楼。

当杨柳柳来到白云茶楼的时候，韩小勇的屁股才坐定。他订的是三包，一个靠走廊拐角的位置。杨柳柳看到了韩小勇的信息，踩着高跟鞋咚咚咚直接到了三包。

韩小勇已经伸长了脖子在迎接了，见杨柳柳到来，嗤啦一笑，露出门牙，说："欢迎，欢迎杨老板。"

杨柳柳用眼睛乜斜了一下韩小勇，也笑笑，说："行了，逗我有意思吗？"

韩小勇说："不逗了，柳柳，你喝什么茶？"

杨柳柳说："随便，小勇你看喝点啥？"

韩小勇认真地说："柳柳，看你的，你说啥就啥。"

杨柳柳心里急着想知道韩建国的态度，没有心思在点什么茶上耗时间，就说："来一壶菊花茶吧！这两天嗓子疼，来点菊花，润润嗓子。"

韩小勇便点了一壶菊花茶，给杨柳柳倒了一杯，也给自己倒了一杯。

杨柳柳说："小勇，这里和我公司有啥区别，来这儿不是瞎花钱。"

韩小勇一笑，调侃道："太不一样了，这儿浪漫。"

说着话，韩小勇用眼睛观察了一下杨柳柳的表情，正和杨柳柳的眼神对上了，杨柳柳也在观察韩小勇。这一来，韩小勇有些不自在了，补了句："不是花不花钱的问题，是该享受时就应该享受。"

杨柳柳见韩小勇尽扯闲篇，心里急，但始终耐着性子，没有急着奔主题。杨柳柳想，自己要沉住气，看韩小勇把自己约出来，到底要唱哪出戏？毕竟，这是关键的时候，自己是有求于他。

韩小勇不好意思再兜圈子，觉得也没那个必要，杨柳柳一定是急着想知道老韩的态度，我就和她直说了吧！想到这儿，韩小勇书归正传，说："柳柳，我从你办公室出来，就直接去了老韩办公室，把你的事情跟他说了，一字不落地说了。老韩很开心，夸你能干，同意帮你。"

杨柳柳听了韩小勇的这番话，简直有些不敢相信，她知道韩建国是个老江湖，一定不会像他儿子一样冲动。韩建国也许会帮，但可能会多少提出一些条件来。因此，杨柳柳问道："老韩提出了什么条件吗？"

韩小勇说："没，啥也没有提。"

杨柳柳的眼睛瞪大了，一颗悬着的心开始慢慢地往下落了，特别兴奋。因为，可以断定，在京东镇四十五个村墙体手绘这个业务上，只要汉江风韩建国能够支援，那就在技术和人工上彻底的有了保障，也等于成了，成功就在眼前。那样的话，自己的柳树枝广告公司就一炮打响了，并且，会顺理成章的获得自己开工以来的第一笔收入，而且是可观的收入。

杨柳柳激动地说："小勇，那我真是太感激你和老韩了，等这个工程完结后，我一定重谢！"

韩小勇说："柳柳，说什么谢不谢的，谁还没有需要帮助的时候？不过呢！"

韩小勇说着嘻啦一笑，接着说："不过，老韩对我的事情特别上心。"

杨柳柳觉得纳闷，问道："小勇，你什么事？你也遇到困难了吗？"

韩小勇苦笑着说："柳柳，你真不知道吗？"

杨柳柳摇摇头。

韩小勇说："我就直说了吧！就是我追求你的事儿，老韩特别上心。"

杨柳柳愣住了，脑子急转弯，明白了。杨柳柳想，这个时候提到这个话题，这一定不是韩小勇的本意，韩小勇是个直爽的人，干不来这事儿，这一定是老韩的意思。杨柳柳想，很有可能是老韩同意无条件帮我，但要求韩小勇在个人问题上进一步试探我。"这怎么可能呢？在这个事情上我一定不能让步。"杨柳柳瞧了瞧眼前的韩小勇，觉得他可笑又可怜。

杨柳柳没有一点不高兴的意思，但是显得一本正经，说："小勇，关于这件事儿，那次出门学习在海边散步，我已经明确讲了，咱俩是朋友，最好的朋友。"

韩小勇的脸上没了笑意，显得痛苦，眼里有了泪水，说："柳柳，我突然觉得头晕，想休息一下，你能帮我在楼上开个房休息一下吗！"

杨柳柳一听，立刻认定了韩小勇头晕是假，有其他目的是真。但是，韩小勇已经提出来了，该如何答复他？杨柳柳也是反应快，一仰脖哈哈哈地笑起来，说："晕你个头，赶紧走吧！去我办公室的沙发上躺会儿。"

韩小勇一看计划败露，他原本也没抱有希望，就权当和杨柳柳开了个玩笑。于是，韩小勇顺从地跟着杨柳柳从包房出来，杨柳柳走在前面，抢先在吧台买了单。在回杨柳柳公司的路上，韩小勇一边驾车一边说："柳柳，还有件事，老韩也很上心，如果你帮了他，他一定会很开心。"

坐在副驾驶位置上的杨柳柳说："你讲。"

韩小勇说："柳柳，你应该知道老韩去年在市区看中的两个墙体广告位审批手续没有办下来的事情吧！这事儿在韩俊那儿卡了壳儿。"

杨柳柳说："我才从汉江风出来几天，这事儿我当然知道。"

韩小勇说："这个事情呢！韩俊突然间变了卦。一定有猫腻。老韩怀疑，因为华杰和韩俊之间联系频繁，是不是华杰在背后使了坏？或许是有其他的原因？一直没有弄明白。"

杨柳柳说："这个事情我能帮得上你吗？如果能，我一定是竭尽全力了。"

韩小勇说："柳柳，那我就直说了，你当然可以。华杰不是一直打你主意吗？你让他讲出实情，他能不讲？"

　　杨柳柳想了想，说："我试试。"

　　韩小勇说："这就对了，退一步说，这个事情就算不是华杰在背后捣鬼，也要让他帮忙搞清楚韩俊变卦的真正原因。"

　　杨柳柳说："好，我试试。"

三十一

　　第二日，天气不错，晴空万里，微风吹拂在人的脸上，让人感觉特别享受。

　　杨柳柳自打"柳树枝"广告公司开张后，就从汉江风广告公司和焦喜荣合住的那套房里搬了出来，也不用租房，就住在自己的公司，自己的办公室，把沙发当作床。自己的办公室带洗漱间，还有淋浴，方便得很。

　　一大早，杨柳柳就起床了，她把门打开，又把窗户也打开，好让新鲜的空气透进来。外面霞光四射，太阳光线照进了办公室。

　　洗漱毕，杨柳柳正准备冲一杯奶粉喝，再吃一个面包作为早餐。这时候，放在办公桌上的手机响了起来。

　　"这么早？谁呀？"

　　杨柳柳一屁股坐在老板椅子上，伸手从办公桌上拿过手机，一看，手机屏幕上显示来电者"高安"。

　　"这家伙，这么早？"

　　杨柳柳手指一划拉，开始接听。

　　"喂！亲爱的，起床了吗？"

　　高安这么称呼让杨柳柳听着很别扭，但还是忍下了，毕竟，在大学的时候，高安就是这么叫。

杨柳柳说："正经点吧！高同学这么早？"

高安说："我咋不正经了？噢！是不是该称呼杨总呀！柳树枝广告公司的杨总？"

杨柳柳说："高同学，这个你都知道？你在省城，你怎么知道的？"

高安在电话里大笑，说："杨总呀！万能的朋友圈，你不是发朋友圈了吗？"

杨柳柳这才回过味儿，是呀！自己在创业的路上，每个关键节点上的活动都发了朋友圈，对自己是个宣传嘛！

杨柳柳说："书归正传吧！高同学，一大早来电话，一定有事喽！"

高安说："我还真没啥事。"

杨柳柳说："没事呀！一大早打电话，神经病呀！没事我挂了。"

高安说："别，别挂，杨总，你急啥？你让我把话说完好吗？"

杨柳柳强忍着没挂电话，说："讲。"

高安说："虽然我的确是没啥事，但我现在就在你公司楼下呀！我仰望着十七层柳树枝广告公司，很想上去看看老同学嘛！从毕业到现在一年多了，我来到了你生活的这个城市，在我办完事即将离开这个城市的时候，我路过你公司楼下，难道不该打个电话问候一下吗？"

杨柳柳手拿着手机，很是吃惊，她不信高安怎么就突然来到了自己生活的这个城市，而且就在自己公司楼下，还一大早的。

高安在电话里又开始大笑了，说："老同学，你不信吗？我真的就在你公司楼下，你看看我的微信吧！我在打电话之前给你发了视频，你看看就知道啦！"

杨柳柳挂断了与高安的通话，把手机调到了高安的微信消息，果真不假，高安在公司楼下先是拍了自己的脸，又从下往上拍了写字楼，就随意拍的，证明高安他真的是来了。杨柳柳心里明白，自己的微信朋友圈什么都有，高安找到这个位置不难。唉！来就来了吧！这个在大学里曾经的男朋友，鬼鬼祟祟的，冷不丁就来了。

杨柳柳慌忙整理办公室，她知道，写字楼下的那个高安，也许正在电梯里，马上就要到了。正当杨柳柳把办公室收拾出个眉目时，门被敲响了，杨柳柳知道，是高安到了。

"请进。"

门被推开。

杨柳柳定睛一看，一个高高大大青年男人的身影映入眼帘。这个男人黑脸大眼，鼻直口方，长发梳理得往右边倒着。

"杨总好！"

高安站在门口处。

杨柳柳早已迎上去，说："高同学，愣着干吗？请进呀！"

高安走进办公室，把挂在右肩的旅行包放下来，拎着。

杨柳柳说："把包放沙发上吧！请坐。"

高安很听话，把包放下，顺便坐下。

杨柳柳已经接了一电水壶水，放在壶座上，用手按了电水壶的开关，瞬间，电水壶开始工作起来，"咕嘟"地响，响声越来越大。

高安说："杨总，你上班真够早。"

杨柳柳说："高同学，你别杨总杨总的好吧！我肯定早呀！办公室就是家。"

高安说："住在办公室呀！房租省了。"

杨柳柳说："创业嘛！头三脚难踢，现在是艰难时期。"

说着话，水开了，电水壶咕噜咕噜响，壶口喷着热气。

杨柳柳给高安泡了杯茶，递过去。

　　高安接过茶杯，放在茶几上。

　　高安注视着杨柳柳，发现杨柳柳成熟多了，甚至眼角边有了几道并不明显的皱纹，绝不像一年多前那个学生妹的天真模样。同时，杨柳柳也在暗自观察高安，眼前这个大男孩，看上去稳重多了，学生时代的一脸稚气也没有了踪迹。

　　高安心里明白，杨柳柳一定是纳闷，想问自己怎么来到的这个城市？为什么要来？甚至，毕业分开之后的这一年多时间，自己都干了啥？又经历了什么？

　　高安端起茶杯，用嘴吹了吹，仿佛这么一吹，可以使杯中茶水降温一般。然后，高安轻轻地吸了两口茶水，又把茶杯放在茶几上。

　　高安不等杨柳柳发问，主动打开了话匣子。

　　柳柳，我知道你纳闷，我怎么来到了你家乡的这个城市？还是一大早的。还有，我们毕业分开一年多了，我又经历了什么？因为，这一年多的时间，我们虽然偶尔有电话或者信息联系，但是，我问你得多些，因此，了解你的自然也就多些。至于我的情况，你好像从未关心过，所以呢！也从未问过我，我也没有主动跟你提起。这就导致了你对我这一年多的情况从不知晓。每次，在电话或者信息聊天中，你都是早上好，晚上好，嗯，拜拜等等这类的词。有时候顶多在微信里给我个笑脸就打发了。

　　我毕业后呀！开始的时候是无所事事，整天游手好闲的。倒不是我没上进心，而是我没有找工作的门路呀！我们这个时代的人，找体制内的工作动辄就要考试，讲什么逢进必考。我就报考了公务员，也报考了事业编的岗位，无奈，都不理想，我才明白报考体制内的岗位对我这个在学习上不够用功的人来讲是多么的不容易。眼看着我的同龄人都陆陆续续地上了班，我一个二十出头的大男人还在整天瞎晃悠，父母急呀！我也急。我开始瞧不起我的父母了，两个老实巴交的中老年人，两个人都下岗了，他俩却在柳柳你这里高傲了一回，称你是'小地方的女子'，唉！我无语了，不就是户口在省城居住在省城嘛！我急也没有办法，怪自己父母无能也没有意义，我就接着晃悠，逛街，约几个朋友喝酒，可是，说句不嫌丢人的话，我连个饭钱酒钱都没有，只能跟着朋友撮一顿撮一顿地搞。我没有收入呀！父母也没有多余的钱，他俩辛辛苦苦攒下的自己都舍不得花，也没有多余的零钱给我用。后来呢！囊中羞涩的我就不出门了，蜷缩在家里看电视，看无聊的书籍来消磨时间。其间，我也尝试着自己出去找工作，打工，找了几家个体老板的公司，都没谈妥，不是人家相不中我，就是我看不起人家，嫌人家公司尽是繁重的体力活儿，太累，薪水又少。这个时候我才觉得，我竟然是个眼高手低的家伙，活该在家闲着没收入。这样的日子一过就是半年，终于有一天，我父亲的一个远房表弟办事从我家附近路过，不知道是哪根神经错乱还是咋的，突然想起来看看他多年未见的表哥。

父亲的表弟，自然是我的表叔了，听说混得不错，表叔前些年在市里的体校当领导，后来下海经商，办了一所武术学校，招收不少学生，搞得风生水起的。而且，我对这个表叔还是有印象的，记得是在小时候，有一次我爬树，只顾爬高下不来了，我急得只会哭，就是这个远房表叔用他那双有力的大手像钳子一样把我抱下来的。

表叔来我家那天，我父亲很开心，他也是多年未见这个表弟，就死活不让表叔走，一定要留表叔在我家吃饭，表叔拗不过，便留了下来。那天的饭菜虽然简单，但是我们一家人的热情令表叔感动，吃菜喝酒中，自然把话题扯到了我的身上。

表叔饮了一杯酒，问道："安子大学毕业有半年了吧？现在在哪里高就？"

我父亲听表叔这么一问，表情立即沮丧起来，他把酒杯重重放下，一言不发。

我母亲当时就坐在我父亲旁边，哀叹了一声。

表叔觉得不对劲儿，就直接问我，说："安子，什么情况？"

我有些羞愧，说："表叔，我先敬您一杯吧！"

说着话，我拿起酒瓶给表叔满了一杯，然后，我端起自己的酒杯说："表叔，我敬您一杯吧！"

表叔二话没说，端起酒杯，还和我的酒杯轻轻碰了一下，然后，一饮而尽。

我也一仰脖把杯中酒灌了，我才说："表叔，侄儿没出息，毕业之后这半年，一直在家闲着。"

表叔沉默了一会儿，只是夹菜吃，又沉思了片刻，仿佛明白了我父母刚才为何是那副模样。表叔是个聪明人，他知道，不必再细问，一定是我的工作没着落才使我父母苦恼的。表叔忽然来了精神，他拿起酒瓶，把我父亲的酒杯满上，我母亲不喝酒，表叔端起酒杯说："表哥、表嫂，我敬你们一杯，表嫂你吃口菜也算。"

表叔说着话把杯中酒一口干了。

我父亲慌忙也把酒干了，我母亲真就夹了一块儿菜吃了。

表叔这才微笑着说话，话说得谦虚又谨慎，小心翼翼的感觉。表叔说："表哥表嫂，我是讲如果的话，如果我侄儿高安愿意，他的确是目前没事干的情况下，可否愿意去我学校帮几天忙？先试试，行的话就干下去，不行的话就帮我几天，表哥表嫂是否同意呢？"

表叔的话音刚落，我母亲就说："谢谢表弟照顾呀！当然好！"

我父亲沉得住气，他心里应该是和我母亲一样高兴，脸上却看不出来，扭头问我："安子，你表叔关心你，问你呢！你说说。"

我心里当然也高兴，毕竟是马上就有工作了，有收入了，不在家赋闲了。我说："我先感谢表叔能收下我，我愿意，但是我还是听父母的。"

我把球又踢给了父亲。

我父亲这才笑起来，带着感激的表情，冲着表叔说："表弟，安子以后就跟着你干，你的侄儿，打也打得，骂也骂得。"

表叔也很开心，说："表哥表嫂，一家人不说两家的话，其实，我也需要帮手。安子是正牌本科生，到我学校委屈了，我丑话说前面了，我给的工资是不高的，和别人一样对待，慢慢来，看表现，看能力和业绩。"

我说："表叔，你放心，我会好好干。"

当天，我工作的事情就敲定了。饭后，表叔走了，去忙他的事情。表叔走后，我父母又叮嘱了我一番，无非是那几句老话。说什么去表叔学校上班后，一定要眼勤手勤腿勤，年轻人多干点活儿没有坏处，别懒惰。

我有一些不解，问我父亲："既然有表叔这一门亲戚，为什么不早些让我去投他？"

我父亲说："安子，这个你就不知道了，你爷爷在的时候，和你表叔的父亲闹得有些不愉快，当然，这是老辈子的事情，你甭管。这就是我没让你去投你表叔的原因。不过，你表叔是个通情达理讲感情的人，你明白这个就够了。"

过了几天，我就正式去我表叔的武术学校上了班。刚开始，表叔让我打杂，尽干些打扫卫生的活儿，我没有怨言，只是闷着头干活儿。后来，表叔见我能干又可靠，就让我管理食堂，这可是个肥差，但是我没骄傲，本本分分，慢慢地，表叔让我管理整个武术学校的后勤了。还有就是，我在这个学校管理后勤，有几个年轻的武术教练就想和我搞好关系，这正好对我的味儿。在大学时，我就喜欢体育课，现在又有了跟这几个武术教练学习武术的机会，真够爽的。

柳柳，这一年多的时间，我就是这么混过来的，混得不行呀！只能说是将就吧！

关于这次来你这个城市呢！是帮我表叔办件私事，其实，昨天就办完了，但我犹豫着没有立即走，目的就是想见见你。今天早上我决定要走了，就来到了你公司楼下，忍不住打了你的电话。就这些，报告完毕。

三十二

那个早晨，高安来到了杨柳柳的"柳树枝"广告公司，在杨柳柳的办公室里，品着杨柳柳给他泡的茶水，一张嘴像机关枪一样地扫射着，讲述了自己大学毕业之后这一年多的经历。

杨柳柳就那么认真地听着。高安讲完后，杨柳柳说："不错，混得比我好，至少，你在你表叔的武术学校，掌管后勤这一块儿。高同学，祝贺！"

高安又笑起来，说："杨总，你真会挖苦人，什么管不管后勤的，那叫打工。你呢！你自己开公司，这叫老板。"

杨柳柳说："高同学，行，咱俩都别相互挖苦了，来点实际的吧！"

高安一愣，没有明白杨柳柳的意思，说："什么？"

杨柳柳说："这一大早，贵客来临，我怎么可以不好好招待？"

高安继续傻傻地看着杨柳柳，说："招待什么？"

杨柳柳真是又急又气又觉得好笑，说："你真不明白？早餐呀！这么早，你一定是没来得及吃早餐。走吧！去吃我们这里的特色，牛肉面。就像你们省城的特色热干面一样，走。"

杨柳柳说着话在前面带路，手里拿着手机。

高安从沙发上站起来，冲着杨柳柳笑着说："柳柳，还是算了吧！早餐我是真没有来得及吃。我原打算只是见你一面，毕竟，离你这么近，不见你一面我怕回去了后悔，就这么简单。"

杨柳柳有些不高兴了，脸上的表情开始烦躁了，说："高同学，才分开一年多，你咋变得像个女人啦！"

高安见杨柳柳有些愠怒了，也觉得自己也是过于婆婆妈妈的，就顺手拎起旅行包，准备随杨柳柳下楼。

"你干吗呢！"

杨柳柳这回真的怒了，虎着脸问高安。

高安吓一跳，觉得委屈，心想，去也不对，不去也不对，到底该如何？

"把包放下。"

杨柳柳用命令的口气说。

高安这才明白杨柳柳的意思。

高安就跟在杨柳柳的屁股后面进了电梯，高安说："柳柳，你办公室的门只是合上了，没有锁呀！"

杨柳柳说："不必锁，吃完就上来了。"

高安不再接话，心里想："看来，柳柳她不让我拎包下楼，应该是不让我马上走的意思，吃完面，再上来坐坐。"

电梯很快下到一楼，杨柳柳领着高安出了电梯，出了小区，来到了小区对面的一家牛肉面馆。杨柳柳对高安说："你吃二两吧！这么大个儿，一两准吃不饱。"

高安说："得二两，你呢？"

高安边回答边掏出手机准备扫面馆的微信二维码。

杨柳柳及时制止了高安准备买单的行为，说："一边去，没你的事儿，你知多少钱一碗？"

高安乖乖地起手机站在一旁。

杨柳柳给掌勺的师傅说："一份二两的，一份一两的，一两的豆芽多一点，两份都是微辣。"

掌勺的师傅立即按杨柳柳的吩咐烫面、捞面。杨柳柳已经用手机扫了面馆的微信二维码，付了两份面钱。

两份面很快制作好，高安端着大份儿的面，杨柳柳端着小份儿的面，找了两个空位面对面坐下。

高安拿起筷子，看着冒着热气香喷喷红通通的牛肉面，挑了一筷儿喂到嘴里，辣得嘴直吸。杨柳柳说："喝点啥？"

高安继续吃，嘴直吸，说："有啥？"

杨柳柳说："有豆浆、黄酒、玉米粥。"

高安说："黄酒吧！"

杨柳柳便转身给面馆服务人员说："黄酒两碗。"

服务人员立即上来倒了两碗黄酒。

高安这个时候已经适应了，刚开始，他觉得辣，但是面的味道儿不错。慢慢地，他不怕辣了，一边吃面，一边喝黄酒，高安觉得这吃牛肉面喝黄酒真是绝配，爽。

这个时候，从面馆外面走进来一男一女两个青年人，男的个子矮，短发，秃眉毛，小眼小鼻子，两颗门牙齿在外面。女的个子比男的高出一个头，眉清目秀的，看上去挺活泼的一个女孩。这两个青年人进了面馆直接去买面，然后，各自端着面寻找座位。真是巧，杨柳柳和高安旁边还有两个空位。

当一男一女两个青年人在杨柳柳和高安旁边落座后，正准备吃面的时候，却听旁边一个女人的声音说："小勇、焦姐，真是巧呀！你俩也来吃面？"

刚才进牛肉面馆买了面，并且坐在杨柳柳和高安身旁的这对青年男女正是韩小勇和焦喜荣。韩小勇和焦喜荣听到旁边的人和自己打招呼，都一惊，因为刚才两个人急匆匆地来，慌着买面找座位，并未留意面馆内吃面的人，但是，他俩的到来，却被面馆里面的人看到了。

这会儿，韩小勇和焦喜荣都扭头看着杨柳柳，同时，发现杨柳柳对面坐着一个大个子帅哥。

韩小勇先开了口，说："柳柳，你也在？"

焦喜荣随后说："柳柳，真巧。"

杨柳柳笑着说："我早看见你俩了，真是巧，吃个早餐还撞上了。你俩早一步来的话，我就一起把单买了。"

韩小勇和焦喜荣各自点了一份豆浆，也开始吃起来。

韩小勇边吃边斜眼瞟了一眼高安，问道："柳柳，你是一个人呀还是？"

杨柳柳说："两个人。"

杨柳柳边吃边说，给韩小勇和焦喜荣介绍了高安。

杨柳柳望着对面的高安说："这位帅哥，我大学同学，叫高安，省城人，来我们市办事，来几天了，今天早上才来公司找到我。"

高安碗里的面也快吃完了，嘴还在吸，冲着韩小勇和焦喜荣笑笑，算是打了招呼。

韩小勇面无表情，没有说话。焦喜荣冲着高安微笑了一下，说："你好。"

杨柳柳看出了韩小勇的不开心，她心里明白，韩小勇对高安这个不速之客一定是有抵触情绪的、不欢迎的，谁让高安那么高高大大一副标准帅哥模样呢？也许韩小勇心里明白，高安这样的男人才配杨柳柳这样的女人。但是，自己这个又矮又小又丑的小男人却是在疯狂追求着杨柳柳。

韩小勇没有理睬高安，杨柳柳并没有往心里去，杨柳柳和高安碗里的面已经吃完了，而韩小勇和焦喜荣碗里的面才吃到一半。杨柳柳和高安就那么坐着等。

杨柳柳问道："小勇，你和焦姐一早上一起出来，是有工作？还是要下乡？"

韩小勇头也没抬，吸了一口面，嘴里唔啦着说："找你呗，不然的话怎么会来你公司对面的面馆吃面？"

焦喜荣接了话，说："是呀！柳柳，小勇昨天下午下班的时候就约了我，说是今早上去你公司找你，和你商量关于京东镇四十五个村墙体手绘的事儿，这几天呀！小勇一直在奔波筹备这个事儿，技术人员和工人已打过招呼了，今天来你公司找你就是要谈谈细节，聊聊怎么组建队伍的事。"

杨柳柳听焦喜荣这么一介绍，心里顿时觉得暖暖的，挺激动的。杨柳柳说："真是太感谢小勇和焦姐了，让你俩费心啦！"

韩小勇依然吸着面，依然是没有抬头，说："柳柳你吃完了你先回公司吧！我和小焦吃完了就上去。"

杨柳柳心里明白得很，韩小勇是有了情绪，但无论如何，人家一大早和焦喜荣来，还不是为了帮助自己？于是，杨柳柳说："小勇你慢慢地吃，我等等，你和焦姐吃完了咱们一起回公司。"

高安就坐在那，因为杨柳柳不起身走，他当然只能等。但是，高安心里纳闷，不知道这个叫小勇的丑陋小男人是谁？杨柳柳又为什么那么迁就他？

终于，韩小勇把碗里的面吃完了，把碗里的汤也喝了几口。焦喜荣这个时候也把碗里的面吃得所剩无几。韩小勇掏出几张餐巾纸递给焦喜荣，焦喜荣接过餐巾纸擦擦嘴，把吃得红通通的嘴巴擦个干净。韩小勇却没有先擦嘴巴，而是两只手把几张餐巾纸按在自己鼻孔上，鼻子拼命地往外擤鼻涕，狠狠地擤了几下，才把用过的餐巾纸折叠一下，再擦嘴巴。牛肉面辣椒多，因此，每个吃牛肉面的人都会是嘴巴红通通的，吃完面都必须擦嘴巴。

韩小勇太不讲究了，竟然当着杨柳柳、焦喜荣和高安用擤过鼻涕的餐巾纸擦嘴巴，真是恶心人。

杨柳柳见韩小勇和焦喜荣都擦完了嘴巴，就说："大家请吧！去我公司坐。"

杨柳柳在前，高安在杨柳柳身后，韩小勇和焦喜荣在高安身后并排走，但是，始终与高安保持几步路的距离。因为，韩小勇觉得，如果和高安挨得太近，就直接被这个高高大大男人衬出自己的矮小了。可是，到了杨柳柳公司楼下，四个人要一起乘电梯上十七楼呀！总不能分两拨上吧！韩小勇在电梯里就站在焦喜荣身后，低着头耍手机，其实，他也没有耍手机，只是做出了耍手机的样子，尽量不抬头看高高大大的高安，多少给人一种"掩耳盗铃"的感觉。

电梯终于上行到十七楼，"柳树枝"广告公司到了。

杨柳柳把韩小勇、焦喜荣和高安请进了自己的办公室，便开始给每个人泡茶水，焦喜荣见状说："柳柳，这个我来吧！"

焦喜荣边说边从杨柳柳手里抢过了水杯子，开始倒水。

高安坐在沙发上，就坐在自己的旅行包旁，并且，打开了旅行包，拿出一包烟来，把烟拆开，抽出一支递向韩小勇，冲着韩小勇说："来一支。"

韩小勇进了杨柳柳的办公室，一点也不客气，一屁股坐在杨柳柳的老板椅子上，摆出一副"主人家"的气派，那个样子是告诉高安，甚至包括焦喜荣，他韩小勇与杨柳柳的关系不一般，非同寻常。正坐着，见高安给自己递烟，本不想接，但是碍于情面，还是勉强伸手接了，不过，是面无表情地接了，一个谢字也没有，一点笑意也没有。不仅如此，其实，韩小勇的心里已经在翻腾了，吃醋了，原因是，刚才看见高安从旅行包里拿烟，韩小勇就已经在猜测了。姓高的旅行包怎么会出现在杨柳柳的办公室里？这说明一个问题，那就是，姓高的在吃早餐之前就来过杨柳柳的办公室。那么，问题又来了，姓高的到底是今天早上来的？还是昨天晚上来的？据杨柳柳介绍说，姓高的是一大早来的，但是，杨柳柳的话可信吗？试想，作为朋友之间，或者是同学之间，哪有一大早来拜访的道理呢？韩小勇越想越气，越想越恨给自己递烟的这个男人，但是强忍着，没有发作。

其实，高安坐在沙发上也比较别扭，原本是一大早来见上杨柳柳一面，然后回省城。没想到和杨柳柳去吃早餐又遇上了韩小勇和焦喜荣，并且，还一起回到了杨柳柳的办公室。这会儿，高安明知韩小勇和焦喜荣是来找杨柳柳说事，因此，自己走也不是，不走也不是。杨柳柳不让自己拎着旅行包去吃早餐，那意思很明白，就是不希望高安这么快走，至少，是希望再和高安聊聊，叙叙旧。

杨柳柳仿佛看出了高安的内心想法，便说："高同学，你耐心坐着喝茶，别觉得我们谈事你在这儿不方便，其实，没有什么不方便的，都是自己人，你顺便听听，也许能给我个好的建议。"

杨柳柳这么一说，高安不觉得尴尬了，情绪稳定了许多，也不焦虑了。高安说："你们聊，我学习。"

三十三

柳树枝广告公司，杨柳柳的办公室。

杨柳柳和韩小勇、焦喜荣在商议着京东镇四十五个村墙体手绘业务的具体细节，包括合同内容、甲方付款方式、启动资金是否到位、技术人员及工作人员的招募情况；如何分工？分几队？都由谁带队？如何分配任务等等。商量的结果是，如果四十五个村同时开工，最好分三个工作队，每队包十五个村，正好完成四十五个村。那么，就现有人员，假设杨柳柳带一队，韩小勇带一队，还有一队就缺个领队人。焦喜荣只能偶尔帮帮忙，客串一下，老韩是不可能答应她放下汉江风广告公司办公室工作的。那么，如何办呢？马上就要开工了，要立马招聘一个带队的管理人员，还是比较困难。最主要是这个带队人要懂一些广告专业，并不是谁都可以胜任。

杨柳柳、韩小勇和焦喜荣在进行热烈商讨时，高安就坐在沙发上他的旅行包旁，漫不经心地抽烟，品茶，给人的感觉是在低着头耍手机。其实，高安表面上是装着若无其事，暗里却在认真地听杨柳柳、韩小勇和焦喜荣的讨论。当他听到杨柳柳、韩小勇和焦喜荣为了缺一个懂广告业务的带头人而发愁的时候，高安忽然心里一动。高安想："要不，我留下来帮杨柳柳，当这个带头人，我可是广告专业的科班出身。杨柳柳头三脚难踢，这个时候她最需要帮助。至于省城表叔武术学校的后勤工作，我来请假，只要我的理由充分，态度诚恳，请个十天半个月的假期表叔是会同意的。"

这个时候，杨柳柳的办公室里安静了下来。讨论暂停，因为缺一个带头人的问题，讨论卡住了。

韩小勇在吸烟，偶尔一仰脖吐一个烟圈儿；焦喜荣一言不发；杨柳柳愁眉不展，看上去比较苦恼。

"柳柳，要不要我留下来帮你。"

高安突然冒出这么一句。

韩小勇、焦喜荣和杨柳柳都忽然甩脸望着高安。三个人心里同时在想，这个家伙不是一直在刷手机吗？原来他一直在听呀！差点忽略了他的存在。

"柳柳，我留下来帮帮你，不要工钱，就是帮忙。"

高安又来了一句，带着幽默。

杨柳柳眼里放光，却说："高同学，我先谢你了。只是，你表叔的武术学校后勤工作能离开你吗？我这个墙体手绘业务至少也需要十几二十天的，可不是几天就能完成的。"

高安一笑，说："没有金刚钻，就不揽这个瓷器活儿。假，我当然可以搞定，怎么请，那是我的事儿。最重要的是，我可是广告专业人员呀！"

杨柳柳是个果断的人，她心里想："这一大早的，送来个广告专业人员，是不是天意呀？这如果不好好加以利用就是有罪呀！"

想到这儿，杨柳柳说："高同学，你能留下来帮我，我求之不得。你能请准假，那当然好。前提是对你自己工作没有影响才可以"。高安说："这个柳柳你放心吧！其实，我表叔那儿不缺人，这个我心里清楚得很。"

杨柳柳说："既然这样，从今天起，你就开始在柳树枝广告公司开展工作了，就这么愉快地决定了。"

高安一笑，说："OK，就这么决定。"

对于出现这个情况，大家都是始料未及，韩小勇明显不赞成，但又没有反对的理由，只能默认。

杨柳柳突然望着焦喜荣，笑着说："焦姐，跟你商量一下，在高安帮我期间，我还杀回你那儿，咱俩继续合住。"

焦喜荣哈哈笑起来，说："欢迎，你住多久都行。"

杨柳柳又扭头望着高安，说："高同学，在你帮我期间，吃、住、行，都由我负责，你看如何？"

高安说："柳柳，其实住是最关键的问题，我自己住一个便宜的宾馆，没问题的，我自己解决。"

杨柳柳说："还是把住宾馆的钱省下吧！又不是一天两天，说不定遇上天气不好，我这个业务二十天都不一定能完工。所以呢！这间办公室，白天归我，夜晚归你。这洗漱都方便，不比宾馆房间差，就这么办吧！"

高安觉得杨柳柳说得在理，就说："按杨总说的办！"

杨柳柳故意板着脸，瞪了高安一眼。

韩小勇又一仰脖吐了一口烟圈后，觉得事情已商量得有个眉目了，自己和焦喜荣也该撤了，就说："柳柳，京东镇四十五个村的墙体手绘业务咱们今天也谈透了，细节也想到了，并且技术人员和人工也差不多够用了，启动资金也备足了。现在，就等你柳柳一声令下，咱就开工。"

杨柳柳说："小勇，这还不是你操的心，特别是老韩的大力支持。还有焦姐呀高同学等等大家的支持。这样吧！咱们先准备着，再琢磨琢磨看还有什么没有想到的。至于开工的日期，我得等京东镇的通知。"

韩小勇说："好，今天上午就到这儿，我和小焦先撤了。"

韩小勇说着头也不回，也没有和高安打个招呼，就走出了杨柳柳的办公室。

杨柳柳赶紧追了出去，把韩小勇和焦喜荣送到了电梯门口。

当韩小勇和焦喜荣乘电梯下到一楼后，他俩同时走出了电梯，向着小区大门走去。

韩小勇用商量的口气和焦喜荣说："小焦，能不能你自己想办法回公司，我就不送你了。我这会儿要去办点私事，我怕来不及了。"

焦喜荣说："没事、没事，我坐公交回公司也方便，你赶紧忙你的去吧！"

韩小勇说："那不好意思啦！一起来的，却没有把你送回去。"

焦喜荣说："小勇，你太讲究了，没事。"

焦喜荣说着话，和韩小勇告别，去坐公交车了。

焦喜荣走后，韩小勇并没有离开杨柳柳公司的这个小区，他直接进了小区的门卫室，目的是查看今天早上的监控录像，他要彻底弄清楚，杨柳柳那个叫高安的大学同学，到底是昨天晚上还是今天早上来到杨柳柳办公室的。

杨柳柳把韩小勇和焦喜荣送走后，返回了自己的办公室。

高安迫不及待地问道："柳柳，这一男一女和你关系非同一般哦！"

杨柳柳一屁股坐在自己的老板椅子上，说："高同学，你猜对了，他俩是我之前在汉江风广告公司上班时的同事，关系当然铁了。男的呢！叫韩小勇，汉江风广告公司老板韩建国的儿子；女的呢！叫焦喜荣,我在汉江风的时候,和她合住一套房。你今天也看见了,对我的事情,他俩都很支持。"

高安说:"这女的还算正常,男的啊!不好说,有一种不好形容的味儿……哦……算了,不说了,说了怕你生气。"

杨柳柳说:"高同学你心里想什么就说什么呗!我不介意。"

高安说:"柳柳我就直接说了,我是看出来了,那个叫小勇的男的对我不友好呀!有敌意。为什么呢?"

杨柳柳面无表情,说:"怎么说呢!我也不好说,这样吧!你不是要在我这儿待段时间吗?还要和他共事,打交道的机会多,你慢慢观察吧!但是,韩小勇绝对不是一个坏人,这点儿我能肯定。"

杨柳柳没有直接告诉高安韩小勇一直在苦苦追求自己的事情,而是让高安自己观察,这是出于对韩小勇的尊重。杨柳柳心里明白,如果把韩小勇追求自己的事情告诉了高安,她怕高安笑话韩小勇,那样的话就感觉非常对不住韩小勇。

尽管杨柳柳没有给高安明确的答复,高安也能猜到一些。毕竟,在这个世界上,人性是一门学问,人又都是自私的,癞蛤蟆想吃天鹅肉的大有人在。

半天的时间过得挺快,杨柳柳拿起手机看了看时间,都已经是上午十一点了。

杨柳柳就跟高安说:"高同学,我这会儿要出去办点事,你中午饭就自己解决吧!点外卖也方便,拜。"

高安答应道:"好吧!你去忙你的。"

杨柳柳拎了自己的小包,把小包挂在右肩上,出了办公室。当杨柳柳乘电梯下到一楼,来到小区院里,步行从门卫室前经过出小区大门的时候,一个身材矮小的男人正好从门卫室出来,由于这个身材矮小的男人低着头动作过快,险些撞上了杨柳柳。

尽管没有撞上,但是,还是把杨柳柳吓了一跳。杨柳柳定晴一看，这个身材矮小的男人非是旁人，正是韩小勇。

出了门卫室的韩小勇一抬头，见自己差点撞上的人是杨柳柳，顿觉不好意思，憨憨地笑，刺啦一声。

"小勇你不是早走了吗？怎么会在这儿？焦姐呢？"

韩小勇支支吾吾，说："是这样的，我和小焦不是从你公司下来了吗？我一摸兜里，竟然没有了车钥匙，急呀！我翻遍了全身的衣兜也没有。我就开始怀疑是不是我不小心把车钥匙丢在了小区的停车场，或者是丢在了从停车场去你公司的这段路上。于是呢！我就在停车场和路上找，半天也没找到。这不，我就来门卫查看监控，看看是不是被什么人拾到了。结果呢！监控也没什么发现。最后呢！还是我马虎，车钥匙就在我衣服兜里，只不过是和烟放在一起，我真马虎，手只摸到了烟。哈哈哈！"

韩小勇说着，从衣服兜里把一包烟拿出来在杨柳柳眼前晃晃，又把车钥匙拿出来在杨柳柳眼前晃晃。

杨柳柳见韩小勇说话吞吞吐吐，极不自然，先是不全信，后来就信以为真了，杨柳柳觉得，韩小勇做事风风火火，本身就马虎，他没必要编一套假话来糊弄自己吧！

"焦姐呢？"

杨柳柳问道。

"她呀！等不及，就先坐公交车回公司了。"

韩小勇这么随口一说，心里想，回去见到焦喜荣，一定要让她和自己口径一致，别在杨柳柳面前穿了帮。

"柳柳，你这是去哪？"

韩小勇问道。

杨柳柳说："小勇呀！正好，我坐你车吧！你是回汉江风广告公司吗？"

韩小勇说："是呀！"

杨柳柳说："那就好，我去找华杰去。"

韩小勇说："都中午了，你去找他干啥？"

杨柳柳说："走，咱先去停车场吧！上了车我再告诉你。"

杨柳柳跟着韩小勇来到了停车场，上了韩小勇的奥迪A6小轿车。韩小勇发动汽车，边驾驶边问："柳柳，你可以告诉我了，都这个点了，你找华杰干啥呢？"

杨柳柳说："小勇，今天我去找华杰这个事儿，我本打算事先不告诉你的，我想，等事情有个眉目了再跟你讲。这不是遇到你了吗？我就实说了吧！昨天，我就用电话约了华杰，他在电话里问我什么事？我说去了见面再说。他让我今天上午去，我说好。这不，一大早，高同学来了。紧接着，小勇你和焦姐又来了，紧紧张张一晃就半天。我把你和焦姐送走后，一看时间还来得及，就决定去找华杰了，没想到在小区门口遇到了你，刚好坐你的车，还能赶在上午十一点半下班前见到华杰。"

韩小勇再笨，心里也有些明白了，大致能猜到杨柳柳这么急去找华杰为了什么事儿。但还是忍不住问道："这么急去找他干啥呢？"

杨柳柳说："小勇，你，还有老韩，你们都是好人，在我最困难最需要帮助的时候，毫不犹豫，无条件大力支持我，我又不是木头人、石头人不懂得感恩。老韩的事情我一定要先落实好，不然的话我真不好意思就这么开工，万一我开了工，可能大部分的精力都在京东镇，那时就有可能无暇顾及老韩的事，那样的话，我岂不是言而无信，答应了你却没办到。"

韩小勇说："柳柳，非常感谢你，我不得不提醒你，和华杰这个家伙打交道，一定要提防他，要注意安全，始终保持高度警惕，我不希望像歌莱美那种情况再次发生。"

杨柳柳当然知道韩小勇说的是什么事儿，也明白韩小勇的心情。老韩和华杰翻脸，不就是为歌莱美的事情嘛！为此，华杰怪韩小勇嘴不紧，对韩小勇也是恨之入骨。

杨柳柳说："小勇，你放心，我自有分寸。"

说着聊着，韩小勇的奥迪A6驶入了文联院内。车停稳后，杨柳柳从韩小勇奥迪A6车上下车时，专门跟韩小勇说："小勇，你就甭管我了，我和华杰谈完后无论什么情况，我都会及时反馈给你的。"

韩小勇又说了一句："柳柳，你要小心啊！"

杨柳柳说："没事。"

三十四

华杰最近心情特别好，原因是，华杰在文联事业编马上就要批下来了。这样一来，华杰就不是合同制或者是临时用工的身份了，而是成为正式工作人员了。华杰心里明白得很，这多亏文学发烧友银行的包不住借给他的钞票发挥了作用。

"攒了钱就慢慢还吧！"

华杰想，借包不住的钱早晚得还，只不过，是啥时候手头儿宽裕了就慢慢地还，不排除会像挤牙膏一样，反正包不住也不好意思提出要利息。

华杰想，有些时候真是一旦有了好事，好事就跟着来。这不，昨天就接到了杨柳柳的电话，杨柳柳说，有事要说，而且是要当面说。华杰就答应了杨柳柳。不过，华杰说："柳柳，明天吧！"

杨柳柳说："好。"

华杰又说："柳柳，明天上午吧！"

杨柳柳说："好。"

这会儿，华杰焦急地一直在看时间。华杰想："这都快上午十一点半了，咋还没来？"

华杰又想："时间是约定好了的，她应该不会不来吧！退一步，就算她临时有事来不了，也应该来个电话或者是信息吧！现在，没有收到她的电话和信息，就说明她会来。但，华杰很纳闷，杨柳柳她来干吗呢？还一定要当面讲。真是搞得让人丈二和尚摸不着头脑。

这个时候，华杰听到办公室的门被敲响。

"咚，咚咚。"

华杰说："请进。"

门被推开，一个年轻女人微笑着站在门口，正是杨柳柳。

"柳柳，欢迎，欢迎。"

华杰热情地打着招呼，说："柳柳，进来坐。"

杨柳柳轻轻地走进华杰办公室，屁股轻松落座在沙发上。

华杰给杨柳柳倒水，杨柳柳说："华大诗人，甭客气。"

杨柳柳一边接过华杰递过来的杯子，一边："不好意思，上午我公司尽是事儿，刚忙完，我就过来了。"

华杰说："没事，晚点也好，我们部长也下班才走，因此，晚点说事还方便些。"

杨柳柳说："老同学，那我就直说了，我今天来是无事不登三宝殿。"

华杰发现刚才杨柳柳进门后没有关门，便起身走到门口把门关上，然后回到自己座位坐下，说："柳柳，你直说吧！啥事？"

杨柳柳这才说："华杰，让我怎么说呢？我也是受人之托呀！汉江风广告公司的韩建国、韩小勇父子，他们知道我和你的同学关系，我之前在汉江风广告公司上班不是你介绍去的吧！因此，老韩小韩就请我向你打听一下，审批局的韩俊和你什么关系？"

华杰一听，脸就沉了下来，打断了杨柳柳的话，说："他们打听这个干吗？管得着吗？管我和韩局什么关系？"

杨柳柳也没生气，依然笑着说："华杰，我问得直接，你别在意。"

华杰说："柳柳，你能告诉我老韩父子为什么要打听我和韩局的关系吗？"

杨柳柳说："当然会告诉你，接下来我要说的才是重点。"

杨柳柳就把去年韩建国在市区看中两个墙体广告位审批手续至今没有办下来的事情摊开说了。并说："春节走动时，小韩先去韩局那儿，老韩后去韩局那儿，都被韩局拒绝了。"

华杰听到这儿，说："原来为这个事情呀！怎么啦！老韩怀疑我在背后搞他是吗？"

杨柳柳说："老韩的意思是，市区这两个墙体广告位位置很好，他前期工作都做好了，甚至城管部门都勘察了，符合标准，就只差韩局签字审批就可以了，事情却突然发生了变化，老韩只是想把问题搞清楚，好对症下药把事情办好，他倒也没有别的想法。不知老韩听谁说的韩局和你关系不错，才请我来向你打听的，我来就是为了这个事情。"

华杰说："他韩建国不是凶得很吗？不是让我滚吗？这个事情我无能为力，无能为力。"

但是，杨柳柳暗中观察，发现华杰说的话有些口是心非，他嘴上说无能为力，却感觉他什么都知道。他说无能为力应该只是在发泄他心中对韩家父子的不满。杨柳柳想，华杰和韩俊过往甚密，韩俊对有些事情的真实想法他不可能不知道。退一步讲，就算他真不知道，目前来看，也只有华杰在韩俊面前能问出来实话，并且能够说情。

想到这儿，杨柳柳暗下决心，一定要展开攻势，在华杰身上打开缺口，把问题搞清楚，把韩家父子的这个忙帮到底。

杨柳柳看了看手机上的时间，冲着华杰一笑，说："华杰，这样吧！都中午十二点了，找个地儿，我请你吃饭，如何？"

华杰说："柳柳，我都搞忘了，已经中午了，午饭我来请，你来了是客。"

杨柳柳说："什么客呀主的，是我来打扰你，走，先填饱肚子再说。"

华杰说："好吧！"

杨柳柳便跟着华杰下了楼，来到文联院里。华杰说："柳柳，我知道一个吃煲仔饭的位置，挺不错，环境好，安静，适合聊天，要不咱俩就去吃煲仔饭如何？"

杨柳柳说："好呀！就去吃煲仔饭。"

刚才，就在杨柳柳下车去找华杰之后，韩小勇并没有回汉江风广告公司，而是坐在车上抽烟，思来想去，越想越担心。因为，自从华杰在歌莱美那晚的事情发生后，韩小勇是对自己的表叔华杰一点好感也没有了，他担心杨柳柳和华杰独处，同时，这也是韩建国担心的事情。再说，这一次杨柳柳去找华杰，说到底不还是为汉江风广告公司的事情。一定不能让杨柳柳再冒险，一定要防止杨柳柳再次吃华杰的亏。那该如何办呢？韩小勇抓了抓头皮，在心里说了句"有了"。便下定决心，暗中跟着杨柳柳，来保护杨柳柳。

为了把自己弄得不轻易被人认出来，韩小勇把自己简单地打扮了一下，他就地取材，就在车上钓鱼工具包里翻，翻出了一副墨镜，又找出了钓鱼用的遮阳帽。他把墨镜戴上，又把遮阳帽戴上，并且，把帽檐压得很低。如此打扮，还真不容易被认出来。

当杨柳柳和华杰在文联创联部办公室的时候，韩小勇比较放心，他想："华杰这个家伙，就算是色胆包天，也不敢在单位把杨柳柳如何了，虽然已是中午时间，但文联办公楼上的人一定不会走完，华杰应该是有所顾忌的。"

韩小勇就把车挪到偏僻之处，韩小勇判断，已经是中午时间，华杰和杨柳柳不会在办公室待很长时间。他怕待会儿华杰和杨柳柳从办公大楼出来看见自己的车，韩小勇虽然把车停得比较偏，却可以保证自己坐在车上看见华杰和杨柳柳从大楼出来，办公大楼一楼的楼梯出口处在韩小勇的视线范围之内。

果然，时间不久，华杰和杨柳柳从办公大楼一楼楼梯出口处优哉游哉地走了出来。

韩小勇知道，如果华杰和杨柳柳是出去吃午饭的话，一定是步行、坐公交或者是打的士，因为他俩都没有车。于是，韩小勇就弃车尾随在华杰和杨柳柳身后，不过，保持着一定距离，韩小勇戴着墨镜，把头上的遮阳帽檐压得很低。

华杰和杨柳柳全然不知身后有人尾随，两个人有说有笑，神情自若地从院内出来，站在马路边上，杨柳柳在举胳膊招手拦的士。当华杰和杨柳柳坐上一辆出租车的时候，躲避在文联大门处的韩小勇眼睛盯着华杰和杨柳柳乘坐的出租车的车牌，牢牢记住了车牌号。华杰和杨柳柳乘坐的出租车一起步，韩小勇就从文联大门处蹿出来挥手拦出租车。还好，正巧有一辆出租车开过来，停在韩小勇身旁。韩小勇极快地上了出租车，用手指着前方跟司机说："跟上前面的那辆出租车。"

华杰和杨柳柳乘坐出租车，过了几个路口，跑了大约二十分钟，来到了本市的小清河旁，车停稳后，杨柳柳结了车费，两个人就下了出租车。

华杰在前，杨柳柳在后，进了一家叫"欧罗巴"的西餐厅。

杨柳柳进了这家西餐厅，一看，环境还不错，卡座式的，一长排的卡座，门上都挂着门帘。华杰和杨柳柳找了个没有人的卡座，一掀门帘，进了去。正好是一个长条桌子，两个人一左一右，坐在了对面。华杰把窗户打开了些，说："透透气。"

杨柳柳向窗外望去，正好可以看见小清河的河水，还可以看见河堤上的人。杨柳柳在心里说："这地方果然不错，不仅风景秀丽，还僻静。"

这个时候，一名身穿工装的女服务员一掀帘，进了卡座，问道："两位，请点餐。"

杨柳柳便说："华杰，你先来。"

华杰看了看桌上的点餐单，说："我来份澳洲T骨牛排。"

女服务员笑着问杨柳柳："美女，你呢？"

杨柳柳也看了看桌上的点餐单，说："我来份头盘沙拉。"

女服务员说："两位稍等。"转身出了卡座。

过了几分钟，这名女服务员又掀起了华杰和杨柳柳旁边卡座的门帘。里面只有一个年轻男人，身材矮小，怪怪的，鼻梁上架着墨镜，头上戴着遮阳帽，两颗门牙齿着。女服务员笑着说："先生，请点餐。"

年轻男人也不看点餐单，压低声音说："来份特色小吃。"

女服务员应了一声："好，请稍等。"转身出了卡座。

年轻男人就侧耳细听旁边卡座一男一女的聊天，大部分都听不清，只知道是男的在说，或者是女的在说，偶尔的，能听到"韩建国广告位、韩局、烽火台黄老板等等这些人和公司名。"

戴着遮阳帽和墨镜呲着门牙的年轻男人就一直侧耳细听着，同时，嘴里轻轻嚼着那份特色小吃，耐着性子等，直到旁边卡座的一男一女起身走出了西餐厅，自己才慌忙结了账，追了出去。

三十五

杨柳柳回到柳树枝广告公司自己办公室的时候，却不见了高安。

"这个家伙哪里去了

呢？"

杨柳柳又一想，管他呢！这么大个人还能丢掉？她看了看时间，已经是下午两点多了，她决定，立即约见韩小勇，把自己掌握的最新消息告诉他。

于是，杨柳柳顾不得休息，立即拨通了韩小勇的电话。

"小勇吗？你能否来我公司一下，我有事跟你说。"

电话里传来了韩小勇的声音："好，柳柳，我马上到。"

杨柳柳这才找了件外套，就坐在自己老板椅子上，把椅子靠背放低，自己的身子就向后倒，杨柳柳把外套盖在自己前胸和肚子上，打算就这样将就眯一会儿，很快，她就睡着了，并且打起了鼾声。

杨柳柳给韩小勇打电话的时候，韩小勇刚回到文联院内自己的车上。从西餐厅出来，韩小勇觉得已经没有再跟踪华杰和杨柳柳的必要。韩小勇心里清楚得很，华杰下午要回文联上班，杨柳柳最近本身事情就多，京东镇四十五个村墙体手绘的业务即将开工，准备工作千头万绪，更不可能和华杰到哪儿去，一定是急着回柳树枝广告公司。这些都被韩小勇猜到了，韩小勇刚坐上自己的车，正点了支烟在抽。韩小勇当然急着想知道杨柳柳和华杰谈的情况，急着想打电话过去，但韩小勇忍住了。韩小勇想，杨柳柳一定会在第一时间告诉自己的。

果然，韩小勇的烟还没有抽完，杨柳柳的电话就到了。

韩小勇驾着奥迪A6，风风火火地赶到了柳树枝广告公司所在的小区，把车停好，一阵风似的来到了杨柳柳的办公室。当韩小勇进了杨柳柳办公室，站在杨柳柳身边的时候，杨柳柳竟丝毫没有察觉，并且，杨柳柳依然打着鼾声。

韩小勇就没有急着叫醒杨柳柳。

"她太累了。"

想到这儿，韩小勇就坐在沙发上，突然觉得自己也有些困，无意中，韩小勇靠在了一个旅行包上，正是高安的旅行包。

这时，杨柳柳忽然睁开了眼，看见了坐在沙发上的韩小勇。杨柳柳说：“不好意思，小勇你到多久了？”

韩小勇说：“刚到，柳柳你再睡会儿。”

杨柳柳说：“不睡了，这样眯一会儿就可以了。”

说着话，杨柳柳起身要给韩小勇倒水，被韩小勇起身制止了。韩小勇说：“自己人客气个啥？”

杨柳柳就没有继续坚持给韩小勇倒水，而是坐在了自己的老板椅上。

韩小勇又一屁股坐在沙发上，看着杨柳柳。

杨柳柳说：“我上午在文联创联部办公室见到了华杰，我也没客气，就把老韩最关心的市里两个墙体广告位未审批的事情说了。并且说，老韩没有别的意思，就是想把事情搞清楚，广告位至今未能审批，到底问题出在哪儿？并且，我把老韩和你小勇春节去韩俊那碰壁的事儿也说了。我反复讲，老韩就是想把韩俊突然改变主意的原因找到，然后对症下药，目的是把事情办好。”

杨柳柳说到这儿，喝了口水，看着韩小勇。韩小勇张着嘴，听得全神贯注，迫切需要杨柳柳往下讲。

杨柳柳接着说：“华杰开始很反感，说，韩氏父子是不是觉得我和韩俊走得近，怀疑是我在背后搞他们？关于这件事情我是无从知晓，真的无能为力。但是，我观察华杰，他虽然嘴上说什么都不知道，然而，我的直觉却告诉我他什么都知道。我下决心要把事情搞清楚，至少，华杰在韩俊面前可以说话，能够帮忙协调这件事。想到这儿，我就说了要请他吃午饭，他答应了，还说了一个吃煲仔饭的位置。”

说到这儿，杨柳柳停下来，又喝了一口水。

韩小勇装着什么也不知道，就痴痴地看着杨柳柳，迫切希望杨柳柳讲下去。

杨柳柳说：“我和华杰就去了小清河旁的一家西餐厅吃煲仔饭。

我尽可能地和华杰套近乎，同学长同学短的，央求他如果知道内情的话，一定要告诉我。我还说，老韩他再不对，对你发过脾气，但毕竟老韩是你表哥。最后，我激将他，我说，全天下都知道你和韩局关系不错，老韩在市里两个墙体广告位至今得不到审批的真正原因，你神通广大的华大诗人不会真是不知道吧？华杰这才叹了口气，说，柳柳，我实话告诉你，这个事情其实我知道一些，因为，之前在和韩俊聚会时，他无意中透露了一些情况。但是我为什么不愿意告诉韩建国韩小勇呢？还不是我肚子里有股怨气堵得慌嘛！"

杨柳柳说到这儿，突然起身说："小勇你稍等，我去下洗手间。"

韩小勇正张大嘴听着，眼看就要听到最重要的内容了，杨柳柳却去了洗手间，这可把韩小勇的胃口吊足了，韩小勇心里埋怨："这洗手间去得真不是时候。"

办公室里间的一阵水响之后，杨柳柳出来了。

韩小勇痴痴地望着杨柳柳，说："柳柳，你赶紧讲，华杰说了吗？广告位得不到审批的原因？"

杨柳柳说："在我一再央求一再激将而且狂打感情牌的情况下，华杰说了，告诉了我你们汉江风广告公司广告位至今得不到审批的真正原因。"

韩小勇激动得有些失了声，问道："真正原因是什么？"

杨柳柳正准备开口讲出韩小勇最想知道的事情，却见高安高大的身躯一晃进了杨柳柳的办公室。

高安满脸笑容，头上的长发跟着走路的节奏抖。他右手拎着一个塑料袋，里面装着苹果和香蕉。高安说："柳柳，你终于回来了。"

杨柳柳只好暂停了和韩小勇的聊天，答道："是呀！刚回公司一会儿。我还纳闷高同学你去了哪儿？"

高安把一塑料袋水果放在杨柳柳的办公桌上，一屁股坐在沙发上，就挨着韩小勇坐。

高安说："我一个人待着无聊，就去了附近的超市逛。柳柳，我知道你喜欢吃水果，特别是苹果，就去买了些。"

杨柳柳说："谢谢高同学你还记得我这个喜好。"

韩小勇坐在高安身边，像个小孩子那么弱小，眼里却冲着高安射出愤怒的光。韩小勇的这个表情被杨柳柳看见了。杨柳柳当然理解韩小勇此时此刻的心情。杨柳柳就以商量的口气和高安说："高同学，你能否先回避一下，我正在和小勇谈个事儿。"

高安这才扭头看了一下韩小勇，发现韩小勇的眼睛正瞪着自己，极不友好。高安想："这个家伙为什么要仇视我？"但是，看在杨柳柳的面子上，高安表现得很大度，站起身，出了杨柳柳办公室，乘电梯下到了一楼，来到了小区里的健身器材旁，无聊得很，就玩双杠和单杠，猴上猴下，折腾了一会儿，还是无聊，便坐在休闲椅子上，点燃了一支烟，抽起来。

高安就这么在小区健身器材旁的休闲椅子上傻坐着抽烟，过了一会儿，他约莫韩小勇和杨柳柳的悄悄话应该讲完了，韩小勇也应该告退了，便从休闲椅子上站起来，伸了伸胳膊，向杨柳柳公司那栋楼一楼电梯处走去。你说巧不巧？正当电梯门打开，高安准备进去时，却发现一个矮小的男人急匆匆走出来，并且这个矮小男人发现高安在电梯外，狠狠地瞪了高安一眼，然后，扬长而去。

刚才，韩小勇从杨柳柳口中得知了市里两个墙体广告位至今未能得到审批的真正原因后，内心十分激动，毕竟，这个事情让韩建国牵肠挂肚，韩建国春节前就说了，这两个广告位能不能顺利审批，关系到来年汉江风广告公司能不能打个漂亮仗，获得开门红的问题。这时间一晃都已是春节后又几个月了，天都热了，韩小勇总算是通过杨柳柳弄清楚了审批局韩俊变卦的主要原因，能不激动？因此，韩小勇就想在第一时间把这个消息告知韩建国。

高安下楼回避之后，杨柳柳就把从华杰口中探知的情况原原本本地告诉了韩小勇。韩小勇听后，把牙咬得嘎嘣响，拳头握得紧紧的，爆了句粗口："他娘的，原来是他。"

杨柳柳说："小勇，千万别冲动，目前，咱只是了解到了广告位被人暗算，不能审批的原因。但这不是目的，咱的最终目标是发现问题，解决问题。"

韩小勇说："明白。"就慌忙和杨柳柳告辞，转身下楼，在一楼电梯出口处巧遇高安，之后，他驾着奥迪A6返回了汉江风广告公司，直奔韩建国的办公室。

当韩小勇风风火火来到韩建国办公室门前的时候，发现韩建国办公室的门紧闭着，他敲了几下门，韩建国办公室内没有任何反应。他从衣兜里摸出手机看了看时间，正好是下午四点，这才意识到，老爸韩建国一定是出去办事去了。

"怎么办？"

韩小勇想，是直接打电话给老韩报告，还是等老韩回到了公司再当面告知他？韩小勇考虑了一下，决定，也不急这一会儿半会儿的，还是等见了老韩再说吧！免得电话里说不清楚。

韩小勇点上一支烟，慢悠悠地从楼梯踏步走下楼，来到了院里，他原打算坐在自己的车上抽抽烟，听听歌，歇一歇。谁知，正当他走向自己的奥迪A6车的时候，就听见大门口的方向传来了两声小汽车喇叭响。这声音太熟悉了，韩小勇扭头仔细一看，正是韩建国的那辆日产二手车开进了文联院内。

韩小勇看见韩建国的日产二手车停稳后，车的左前门和右前门几乎同时打开，韩建国是从驾驶员位置上下来的；副驾驶位置也下来了一个男人，看上去与韩建国年龄相仿，白白静静的一张脸，穿着一套西装，挺有风度的。韩小勇认识，这个从副驾驶位置下车穿西装的男人正是烽火台广告公司黄老板。

韩小勇边向韩建国走去，边在心里恨恨地骂黄老板："这个混蛋！"

当韩小勇来到韩建国跟前时，黄老板已经和韩建国打过招呼先走了。韩建国见儿子韩小勇走了过来，便问道："有事？"

韩小勇说："有。"

韩建国说："上三楼我办公室说。"

父子俩一前一后，来到了汉江风广告公司三楼韩建国的办公室。

韩小勇还没有等韩建国屁股坐稳，便道："爸，你去哪儿了？怎么和烽火台黄老板在一起？"

韩建国说："今天下午在市广告协会开会，黄老板也参加了会，会后顺便坐我的车回来。咋了？有什么不对吗？"

韩小勇回转身把韩建国办公室门关上，还反锁上，然后才坐在沙发上望着韩建国说："市区两个广告位不能审批的原因搞清楚了，就是今天中午搞清楚的，我也是刚刚得知。"

韩建国一听，脸上的表情立即严肃起来，眼里放着光，盯着韩小勇说："讲。"

韩小勇就把杨柳柳中午找华杰的整个过程讲了一遍，还有自己担心杨柳柳吃亏，偷偷跟踪华杰和杨柳柳的事情也说了。韩建国说："小勇，你做得对！"

韩小勇神秘地说："真是想不到呀！在暗中捣鬼，使我们两个广告位至今得不到审批的人竟然是黄老板，刚刚还坐你车上称兄道弟的那个人。"

韩小勇越说越气，加重了语气，说："小人，这个家伙真是小人。"

韩建国表现得比韩小勇沉着，他点上一支烟，猛吸了一口，然后，把烟雾吐得很远。韩建国说："对于这个结果，我心里早有一种预感，也仅仅是猜测，我早知道黄老板也看上了市区的这两个位置，只是我们下手比他快，先谈好了租赁位置的协议，他慢了半拍。但是，没有想到，他会在韩俊身上动脑筋。真是画龙画虎难画骨，知人知面不知心啦！"

韩小勇一脸迷惑，问道："韩俊为什么会顺从黄老板而选择得罪咱们？"

韩建国苦笑着说："黄老板有人脉，所以呢！韩俊不敢得罪他。可不管怎样，这两个广告位是我们公司手续走在前面，都已经勘察了，韩俊也不好办，就只能先压着不批，看来，事情的来龙去脉就是这样的。"

韩小勇也点上一支烟，吸了一口，问道："老爸，那这个事情该如何应对？难道就这么卡住了？"

韩建国沉思片刻，果断地说："这个事情还得杨柳柳出面找华杰，让华杰出面找韩俊，促使韩俊出来协调此事。"

韩小勇说："韩俊会听华杰的？"

韩建国一笑，说："会听，我都打听了，韩俊这几年迷上了写诗。"

韩小勇问道："老爸，那我们该如何对付黄的？"

韩建国说："至于黄老板，我现在还不想和他为敌，至少在面上不会，恨在心里，见面依然是'兄弟'。"

韩小勇盯着韩建国，佩服得很，心想："姜还是老的辣！"

三十六

韩小勇从韩建国办公室出来，精神沮丧，心情坏透了。为了市区两个广告位的事儿，韩建国已经明确还要韩小勇继续央求杨柳柳再去找华杰。然后，再由华杰去找韩俊，最后，请韩俊出来协调。

韩小勇虽然佩服韩建国遇事不慌，沉得住气，但韩小勇内心不一定完全赞同韩建国的办法。特别是杨柳柳即将再次冒险去找华杰，还不知道华杰会弄出个什么幺蛾子事儿来。

"华杰太不是人，他什么事儿都干得出来。"

韩小勇想到这儿，脊背发凉，几乎动摇了请杨柳柳再次出面去找华杰的想法。但转念又一想："不行，这两个广告位的事情可是老韩的心病，事关汉江风广告公司的发展。目前看，除了让杨柳柳通过华杰请韩俊出来协调这条路，并没有别的什么好办法。"

韩小勇心里倒是闪现过一个办法："找几个小兄弟来硬的，武力解决，逼黄老板知难而退。"但这个办法仅仅是在韩小勇的头脑里一闪而过。韩小勇明白，不能冲动，小不忍则乱大谋；一招棋错满盘皆输。事情如果搞砸了，连韩俊也得罪了，这不是老韩想要的结果。

"明天还是去找柳柳吧！把老韩的意思告诉她。顺便，再和她商量一下京东镇四十五个村墙体手绘技术人员培训的事情。"

韩小勇在心里暗暗决定了。

这天晚饭后，韩小勇没有开车，而是步行来到了柳树枝广告公司所在的小区，偷偷摸摸出现在柳树枝广告公司楼下的不远处，戴着那顶钓鱼用的遮阳帽，把帽檐压得很低。

韩小勇偷偷摸摸来到柳树枝广告公司楼下的目的是，暗中观察一下杨柳柳和高安的情况。看看杨柳柳到底是几点钟离开公司的？离开公司后去了哪儿？是不是像她自己说的那样去和焦喜荣同住。偷盯杨柳柳的梢韩小勇还是第一次。这当然与白天跟踪华杰和杨柳柳不同，白天韩小勇是怕杨柳柳吃华杰的亏。晚上却是怕杨柳柳和高安之间会发生什么事儿。

的确，高安的突然来临令韩小勇措手不及。高安的突然留下，更令韩小勇惶恐不安。韩小勇的第六感觉告诉他，杨柳柳与高安之间关系不简单。因此，当杨柳柳决定让高安住在自己办公室的时候，韩小勇内心是十分抗拒的，但又说不出口。毕竟，韩小勇没有资格来管杨柳柳，因为在目前，韩小勇只是一个可怜的追求者。

这会儿，时间不早了，韩小勇已经在柳树枝广告公司楼下溜达了半天，他嘴里叼着的烟头儿在黑暗中一明一暗。偶尔，韩小勇抬头向上看，十七楼杨柳柳办公室的灯光依然亮着。

"高安和杨柳柳在干吗了呢？他俩在谈工作吗？还是闲聊？还是……"韩小勇不愿往糟糕的地方想，又突然觉得自己好龌龊。

"继续等吧！"

韩小勇又往更黑暗处挪一挪，站着时间长了，腿不得劲儿，便一屁股坐在花坛边沿上，黑暗中两只眼睛放光，死盯着柳树枝广告公司那栋楼一楼的电梯出口处。

又过了一会儿，一楼电梯门开了，一个年轻女人右肩上挂着小包从电梯里走了出来，正是杨柳柳。

在不远处花坛边沿上坐着的韩小勇，黑暗中把遮阳帽檐压得很低，他生怕被杨柳柳认出来。

杨柳柳太累了，这一天的事情太多太烦琐，从一大早高安到来，到中午请华杰吃煲仔饭，再到晚上加强搞京东镇四十五个村墙体手绘技术人员的培训方案。刚刚，她才在自己办公室与高安告别，并且叮嘱高安道：

"高同学好好休息。"

高安也挥挥手，说："柳柳路上小心。"

这会儿，哈欠连天的杨柳柳只急着回到焦喜荣的寝室，恨不得一进门倒头便睡。

韩小勇就轻手轻脚地尾随在杨柳柳身后，保持着一定距离，疲惫不堪的杨柳柳只顾在小区门口拦车打的，对身后的情况浑然不知。当杨柳柳乘坐的出租车停靠在文联大门口的时候，在她身后的马路边，同时也停下了另一辆出租车，车上一个戴着遮阳帽的小个子男人正盯着杨柳柳下车。他见杨柳柳下车后右肩上挂着小包走进了文联院内，才放下心，嘴角流露出一丝满意的表情。

第二天清晨，东边的地平线上升起了一轮大红日头，圆圆的，特别好看。

已经是盛夏了，气温高了，一大早就热得让人喘不过气来。

韩小勇依然是一个人住在自己的大别墅里，早上起来，他把夏季的衣服翻了出来，选择了一件蓝色的T恤衫穿上。然后，开始洗漱，洗漱毕，他一把从茶几上抓了车钥匙，急匆匆地出了门。

韩小勇没有忘记自己的使命，他知道，他今天上午要去见杨柳柳办两件事：一是，老韩交办的请杨柳柳继续帮忙，去找华杰，再请华杰找韩俊出面协调广告位审批的事儿；二是，和杨柳柳商定京东镇四十五个村墙体手绘技术人员培训的方案。关于这件事，韩小勇的任务就是帮杨柳柳请一名老师，当然，这名老师一定是具有权威性的，也一定是有实战经验的。实际上，韩小勇已经在几天前就把老师请好了，就等杨柳柳的培训方案搞好了。

韩小勇边驾车边思考这些问题，不知不觉地就把奥迪A6车开到了文联院内，昨天，他约了焦喜荣今天上午一起去杨柳柳那里。他没有下车，而是拿起手机拨通了焦喜荣的电话。

"小焦起床了吗？"

"起床了。"

韩小勇感觉到焦喜荣在电话里懒洋洋地回答，便断定她应该还是赖在被窝里。韩小勇却故意问了句："杨柳柳呢？她昨晚来你这里睡了吧？"

焦喜荣这回回答得清脆，说："来了，和我睡一张床。"

"哦。"

韩小勇说："你俩速度一些，我在车上等。"

韩小勇知道焦喜荣和杨柳柳不会很快出来，催也没有用，女人的事情多嘛。想到这儿，他便下了车，点上一支烟，边抽烟边在车边晃悠，目的是等焦喜荣和杨柳柳出来。

约摸过了半个小时，韩小勇才看见焦喜荣和杨柳柳有说有笑从寝室方向向韩小勇的奥迪A6走来。

韩小勇立即扔掉了烟屁股，冲着焦喜荣和杨柳柳招手，说："两位美女，早呀！"

焦喜荣马上笑起来，回应道："小勇，你等久了。"

杨柳柳只是微笑，没有说话。

韩小勇说："不碍事，我在这儿伸伸胳膊，踢踢腿儿，正好锻炼锻炼。

说着话，焦喜荣和杨柳柳上了奥迪A6，韩小勇坐在驾驶员位置，等两位美女关好车门，将车一启动，奥迪A6车屁股立即冒出一股青烟，驶出了文联大门。

韩小勇边驾车边说："两位美女，我请你俩去吃早餐，牛肉面得干活儿？"

两位美女一致同意，几乎同时说了声"好"。不过，杨柳柳却补了一句："小勇，我把高安叫上，不介意吧？"

韩小勇愣了一下，见焦喜荣也在车上，不能不给杨柳柳面子，便勉强答道："行，你看着办。"其实，韩小勇的内心对杨柳柳要叫高安下楼来一起吃早餐是极不情愿的。

杨柳柳的想法不是不对，人家高安是从省城来办事，是客人，客人抛开在省城的工作留下来给自己帮忙，喊人家吃个早餐是再正常不过的事情了。于是，杨柳柳直接拨通了高安的电话，说："高同学，起床了吗？赶紧下楼来吃早餐，就是我公司对面这家牛肉面馆，你昨天早上来过的。"

高安在电话里面说："好的，马上。"

当高安从十七楼柳树枝广告公司下到一楼，来到小区门口的时候，正好遇上杨柳柳、焦喜荣和韩小勇从小区停车场走过来，四个人会合了。高安很兴奋，给大家打招呼，包括韩小勇在内。高安说："大家早上好！"

焦喜荣和杨柳柳都冲着高安微笑，并且说："早上好！"

唯独韩小勇却一脸冷漠，对高安视而不见，一个人走在前面，过了马路，直奔牛肉面馆而去。

当四个人吃完了早餐，返回柳树枝广告公司所在小区的时候，韩小勇扯了杨柳柳衣角，说："柳柳，咱俩可否先去车上坐坐，等我先把老韩的意思单独跟你谈谈，之后，咱俩再上十七楼讨论墙体手绘技术人员的培训方案。"

杨柳柳说："当然可以。"

韩小勇便朝小区停车场走去。

杨柳柳扭转身给焦喜荣和高安说："你俩上去，我和小勇聊个事儿就上来。"

焦喜荣和高安应了声："好。"便先上楼去了。

杨柳柳便跟在韩小勇身后，向停车场走去。

两个人来到奥迪A6旁，见车前车后车左车右并无旁人，就觉得没有必要上车，就站在车头处聊。

韩小勇说："柳柳，你昨天告诉我的情况，我都原原本本地跟老韩说了。"

杨柳柳说："老韩的意思呢？"

韩小勇说："老韩真是沉稳，他不打算跟黄老板翻脸，更不想得罪韩俊，只是想把广告位这个事情协调好。"

杨柳柳问："如何协调？"

韩小勇咻咻地笑了一下，不好意思地说："老韩的意思还是要麻烦你呀！柳柳。"

杨柳柳说："小勇你直说，需要我怎么办？"

韩小勇仍然是笑，笑得不明显，仍然是不好意思，说："老韩的意思是，还是请你去找华杰，再由华杰找韩俊，若韩俊肯出来协调老韩和黄老板之间的关系，应该问题不大。怎么说呢？以韩俊的身份，广告公司的老板们都会给他面子。"

杨柳柳沉思片刻，说道："小勇，我问你两个问题。"

韩小勇说："柳柳，你讲？"

杨柳柳说："一，华杰会老老实实听我的安排吗？"

韩小勇说："嗯，还有呢？"

杨柳柳说："二，即使我把华杰哄好了，华杰说的话，那个韩俊会听？"

韩小勇见杨柳柳一针见血地指出了问题的关键，便沉默了一会儿。其实，韩小勇知道怎么说，只是说不出口。但是，杨柳柳既然问了，又不得不说。

"柳柳，我真是说不出口呀！依我的，真是想和姓黄的来硬的，但是，那样做可能不完美，也有可能搞得不可收拾，把事儿办砸了。所以呢！唉！柳柳，要不咱再想想别的办法？说实话，我打内心真不愿意你再去央求华杰，那个道貌岸然的家伙什么事情都干得出来。"

其实，杨柳柳明白得很。韩氏父子清楚华杰一直以来都在打自己的主意。老韩小韩都怕杨柳柳吃华杰的亏，可是为了汉江风广告公司的利益，又不得不打出杨柳柳这张牌。所以呢！杨柳柳是故意抛出这个让韩小勇难以启齿的话题。目的就是，自己冒险帮韩氏父子摆平华杰和韩俊后，接下来，韩氏父子好死心塌地不遗余力帮自己办京东镇四十五个村墙体手绘的业务。

想到这儿，杨柳柳见韩小勇着急又痛苦的样子，便说："好吧！小勇，我豁出去了，再去找华杰。"

韩小勇一听，感激得要哭了，说："既要搞定华杰，还要保护好自己。"

杨柳柳说："明白，第二个问题呢？"

对于第二个问题，韩小勇回答得很轻松，他嗤啦一笑，露出两颗门牙，说："柳柳，你也许是不清楚，其实，我也是不清楚，堂堂的跛子韩俊为什么就会顺从华杰呢？昨天，老韩告诉我的，这几年，韩俊迷上了写诗，拜了华杰为老师，你说，这个学生能不给老师面子？这也就是为什么华杰经常和韩俊，还有一个银行姓包的文学发烧友聚会的原因。"

杨柳柳说："原来如此呀！"

韩小勇的事情讲完后，杨柳柳说："小勇，你告诉老韩，他吩咐的事情，我看准了机会就会尽快落实，不过，是个什么结果我真不敢表态，但，我一定尽力去办。"

韩小勇说："我知道，非常感谢！"

杨柳柳又说了另一个话题，就是京东镇的事儿："小勇，京东镇城建办已经电话催促我两次了，让我尽快施工。"

韩小勇说："走呀！赶紧上十七楼你公司去，看看你的墙体手绘技术人员培训方案。"

三十七

杨柳柳公司组织的墙体手绘技术人员培训会如期举行，具体负责落实四十五个村墙体手绘业务的人是张超主任，一个年龄近五十岁的男人，秃顶，瘦脸，一双大眼喜欢叽里咕噜乱转，给人飘忽不定的感觉。

张超主任主持召开了墙体手绘业务技术培训会。杨柳柳公司方面参加会议的有杨柳柳、韩小勇、焦喜荣、高安等管理人员，另外还有四十五名技术人员。

培训会上，一名叫婷婷、年龄在四十岁左右、面容姣好、衣着得体的女老师给大家授课：墙体手绘已经成为时下最为流行的装饰之一，这得益于墙体手绘本身自带的特点，其艺术性、环保性、灵活性等特点都是时下人们所为之喜爱的。六个DIY手绘墙步骤，每一个都要做好！首先，要在墙面上根据图案大致的形状贴上胶纸，这是为了在上面画图案用的；其次，在胶纸上面用铅笔打稿，再用深色马克笔描出要用的线条，然后，沿着这些线条将图形刻出，这样的话会为以后……再者就是在墙面铺满报纸，以使图案外的墙体不被颜料污染，能保持一个不错的环境；再后来为了使颜料漆出来的效果更好，在图案上先上一层白色的底漆，这样有利于去作画……

女老师婷婷虽然讲得认真，但因为专业性强，让人感觉有些枯燥无味。尽管如此，大部分人还是在认真听、认真记。杨柳柳、韩小勇、焦喜荣和高安坐在第一排，这四个人当中，除了韩小勇面前没本子没笔仰脖傻坐，其他几位都在专心记录。

突然，杨柳柳放在桌上的手机响了一下，微信跳出一条信息："培训开始了吗？情况如何？"

杨柳柳一看，是微信好友"小军"，杨柳柳心口一热，立即回复："开始啦！一切顺利，谢张叔关心！"

张军："我就不过去了，现场有张超主任，有什么情况找他。"

杨柳柳："明白。"

紧接着，杨柳柳发了一个"亲一个"的表情。

张军回复一个"捂脸"的表情，紧接着又回了一个"开心"的表情。

杨柳柳大胆地回复了一个"抱一抱"的表情。

张军："你在开培训会，聊天对你有影响，就聊到这儿吧！"

杨柳柳："不影响，倒是我怕影响您工作呀！"

张军却"唉！"了一下，发出的是一个叹气的表情。

杨柳柳立即写道："咋？"

张军："晚上在城里有个应酬，可是不巧，司机今天偏偏请了假，说他家里有事。主要是，应酬一定会饮酒的，酒后又不能开车。还有就是，饭后还必须从城里赶回镇上，因为明天一大早我要在镇上主持一个会议……"

杨柳柳："张叔，原来为这个事情烦恼呀！这不太简单了，我虽然没有车，但我会开车，有驾照，就看张叔您信不信我的驾驶技术？"

张军："怎么会不信？开得慢些就行。只是，你公司今天全天培训，你走得了吗？培训会一摊子事怎么搞？"

杨柳柳："张叔，不影响，镇上有张超主任；我公司还有三个负责人，我会安排好。"

张军："那行，你把事情安排好，我也再给张超主任交代一下。"

杨柳柳："OK！"

张军："下午五点出发，到了城里天刚好黑。"

杨柳柳："OK！"

张军："拜拜。"

张军结束了与杨柳柳的微信聊天，嘴角一挑，露出了一丝不易察觉的笑。然后，他点燃了一支烟，叼在嘴上，身子向后靠着椅子背，两条腿抬了起来，把两只脚放在办公室桌上。张军吐了一口烟圈……这个时候，一名镇政府办工作人员拿着文件夹向张军走来，说："这个文件需要您的签字。"

张军从美妙意境中回过神来，看着找自己签字的工作人员，准备责怪："怎么不敲门？"突然又想起自己并未关门。便立即纠正形象，撤下腿，身子坐正，龙飞凤舞般地签完了字。

工作人员拿着文件夹走了。

张军立即拨通了自己司机的电话，说："今天你可以提前下班，我自己开车。"

司机在电话里应了一声："好。"

此时，在镇政府会议室，女老师婷婷的讲课已经结束，稍事休息，还有其他的老师讲。杨柳柳便借休息的间隙，把韩小勇、焦喜荣和高安叫到偏僻之处。杨柳柳说："张军晚上在市里有个重要应酬，可是，他的司机请了假。我呢，自告奋勇给他开车。这里的培训结束后，你仨就先把担子扛起来，把人员分为三组，按事先分配好的方案，把技术人员带到村里去，趁着天气好，立即开展工作。"

韩小勇、高安同时答道："好。"

焦喜荣笑着说："柳柳，我只能暂时替你，等你回来就交给你。"

杨柳柳说："理解，老韩不会让你长时间离开公司，小勇可以。"

杨柳柳这么和焦喜荣表态，是因为她知道，韩小勇给自己帮忙，是经过韩建国同意了的。而焦喜荣则不同，她在汉江风广告公司干内勤，如果与公司工作脱钩，像韩小勇一样全力来帮助柳树枝广告公司的工作，同样得经过韩建国的允许。不过，杨柳柳内心已经有一个初步设想，那就是，自己作为柳树枝广告公司的法人，琐事很多，不可能像韩小勇和高安那样各带一个组，吃住在村里。因为，按照分工，四十五个村，韩小勇、高安和杨柳柳各带一组，各负责十五个村的任务。现在，自己因为要临时给张军当司机，焦喜荣只可以暂时顶替自己，那怎么物色一个长期顶替自己的人选呢？杨柳柳心里已经有了想法。

时间真是好混，眨眼的工夫，就到了下午五点。

杨柳柳早已来到了京东镇的十字街口，她穿着一套白裙子，不是连衣裙，是分上下两截的。她细细的腰露在外面，肚皮也露着，连肚脐眼儿都看得清清楚楚。她就这身打扮，右肩上挂着小包，站在京东镇中心十字街口的路边等张军的车到来。

张军真是个心细之人，下午四点半的时候，他已把工作上的事情全都安排妥当。然后，他给市里两个过命之交的朋友去了电话，这两个朋友一个叫李海，另一个叫胡二勇，都在市上工作。张军在电话里直说了："今天晚上我带个美女进城，你俩把酒席安排妥。"随后，张军又拨通了杨柳柳的电话，说："你去镇中心十字街口吧！我五点准时到，帕萨特，黑色的。"

杨柳柳心领神会，她明白，张军这是怕她会授人以柄，影响不好。因此，她在电话里说："我懂。"

下午四点五十五分，张军驾着帕萨特，哼着歌，愉快地把车开出来。

张军有这样的好心情，当然是有原因的。前几天，他的老婆，他最惧怕的母老虎出差了，去了省城学习，母老虎要在省城学习七天。这对长期精神压抑的张军来说简单是天赐良机。张军想："要放松一下，缓解一下工作上的压力。"他第一时间想到了杨柳柳。他不会忘记，那一次，他住在城市便捷酒店的518房，杨柳柳拎着苹果去看他，杨柳柳在他的房间里洗澡，他偷窥……当杨柳柳一屁股坐在他腿上的时候，他木讷了，喘着粗气，脸红了，但是，他却克制住了。那时候，张军想："不可以。"张军以超出常人的抑制力，硬是管住了自己。

现在，情况全然不同，张军不仅把全镇四十五个村墙体手绘的业务给了杨柳柳，而且，也就是马上，自己的好友杨洋河，杨柳柳的老爸，也要开始动手兴建镇政府家属楼的项目了。张军清楚得很，截至目前，杨洋河已办妥了家属楼建筑设计方案、造价、立项及中标之后的全部手续，就要放线开工了。张军想："我对得起他们，现在可以了！"

当张军哼着歌，将车开到镇中心十字街口的时候，杨柳柳正在路边等着他。

张军将帕萨特靠边停稳，冲车窗外杨柳柳挤个眼，让人一看就明白是在传情的意思。杨柳柳又不傻，冲张军努努嘴，一把扯开车门，然后轻快地上车坐在副驾驶的位置，"呼"地关上车门。

张军立即将车起步，又加重了油门，帕萨特开始疯跑起来。

"张叔，不需要我驾驶吗？"

杨柳柳嗲嗲地问道。

张军说："现在不需要，又没饮酒。再说，要赶时间，别让我两位兄弟等急啦！"

杨柳柳继续嗲嗲地问："两位兄弟？张叔，可以告诉我他俩是干什么工作的吗？"

张军熟练地驾驶着车，笑着说："当然可以。我两个最要好的朋友，一个叫李海，在市上工作，有点谢顶。哦，就是头发不多的意思；另一个叫胡二勇，在城管大队工作。他这个职业招人恨，讨人嫌。对了，胡二勇的腿不好，执法中受了伤，留下残疾。"

杨柳柳说："看来，真是好得不能再好的朋友，了如指掌。"

张军说："是呀！谁还没有几个难兄难弟？"

杨柳柳说："那张叔你小心开车，我眯一会儿，最近几天太累了，太紧张了。"

张军说："行，你休息会儿。"

杨柳柳开始闭上眼睛，睡得着也好，睡不着也好，起码可以闭目养神。

这个时候的张军心旷神怡。他愉快地驾驶着帕萨特，偶尔看看车窗外的风景。夕阳西下，西边的天空霞光四射，帕萨特像一匹听话的战马，被张军驾驭着，驰骋在乡下开往城里的公路上。张军斜眼看了一下杨柳柳，她的眼睛紧闭着，他不能断定她是否得到。"身边的这个小可爱！"

三十八

　　韩小勇失落得很。

　　杨柳柳跟着张军进了城，韩小勇的心里不是滋味。他明白，眼下，张军是得罪不起的。当杨柳柳宣布她要顶替张军的司机，随张军进城应酬的时候，韩小勇的内心是坚决反对的。他想："什么司机请假？有这么巧？还张叔长张叔短的，鬼知道镇长搞得什么名堂？"可是，韩小勇又有什么办法呢？如今，自己只是一厢情愿地追求杨柳柳，单相思，杨柳柳的任何事情韩小勇都无权过问。这种憋闷的感受，只有韩小勇自己知道。杨柳柳走后，四十五个村墙体手绘业务培训也结束了。张超主任把队伍分为三组，按事先分配的任务，每组承包十五个村。一组组长韩小勇；二组组长高安；三组组长由焦喜荣临时担任。各组同时展开行动，奔赴自己承包的村。

　　第二天上午，汉江风广告公司，韩建国的办公室。

　　韩建国泡了杯浓茶，点了一支烟，大口吸起来。

　　"小勇随杨柳柳去了京东镇，焦喜荣也去了，小勇可以随杨柳柳待在乡下，焦喜荣可不行。还有，我让小勇请杨柳柳继续找华杰，再由华杰请韩俊出面帮忙协调市区两个广告位审批的事情，不知道小勇这孩子给杨柳柳说了吗？杨柳柳又是个什么态度？不行，得问一下。"

　　韩建国想到这儿，直接拨通了韩小勇的电话。

　　韩小勇正在一个村的施工现场监督技术人员干活儿，衣兜里手机响了起来，他掏出手机来一看，老韩的电话，便直接接听。

"小勇，你们培训结束了？"

"昨天就结束了，我带了一个组，已进村开始施工了。"

"两个广告位审批的事情，你把我的意思给杨柳柳说到了吗？她怎么说？"

"她让我告诉你，看准了机会就去找华杰尽快落实，她一定尽力去办。不过，至于华杰会是个什么态度，她也不知道。看她找的情况吧！"

"小焦今天怎么没有回公司呀？"

"哦！忘了跟你说，焦喜荣暂时顶替杨柳柳，带了一个组。"

"小焦顶替杨柳柳？杨柳柳干什么去了？"

"张军的司机请了假，杨柳柳顶替司机随张军进了城。说是当天去，当天回。也不知道是个什么情况，我一会电话问问她。"

韩建国姜是老的辣，当他听儿子说张军和杨柳柳孤男寡女一块儿进了城，心里就咯噔一下，很不舒服。

韩建国说："杨柳柳回来后，立即让焦喜荣返回公司。"

韩小勇说："好。"

下午的时候，韩小勇带队施工的这个村子里，驶进了一辆皮卡车。开始的时候，就能听见汽车的马达声响，由远至近，直接就开到了韩小勇的施工现场。皮卡车停稳后，从车上下来两女一男。男的正是张超主任，他负责驾车。从副驾驶位置上下来的是婷婷老师。从皮卡车后排下来的正是杨柳柳。三个人下车后，张超主任冲着韩小勇走过来，并且伸手和韩小勇的手握在一起。张超主任说："韩总辛苦啦！"

韩小勇笑着说："不辛苦。"

张超主任又冲着正在干活的技术人员们挥了挥手，说："大家辛苦啦！"

干活的技术人员也都笑笑，算是回礼。

杨柳柳和婷婷老师也上来和韩小勇以及技术人员打招呼。

韩小勇见杨柳柳精神状态很差，脸上黑眼圈，满脸的疲惫。便把杨柳柳衣角一扯，扯到旁边说话。

韩小勇说："柳柳，你昨夜没休息好吗？啥时候回京东镇的？"

杨柳柳一愣，心想："韩小勇问这个干吗？"又不能不回答，随口答道："还好，今天上午回来的。"

韩小勇心里一沉，说："你不是说昨天下午去，昨晚就回京东镇吗？害得我、焦喜荣和高安昨天晚上在镇招待所等你等了一宿都没见到你人，打电话你的手机关机，我们都操心死了。大家都是后半夜才昏昏沉沉睡的。"

杨柳柳听到这儿，脸上显得不高兴了，没好气地说："你们真是事儿多！我是成年人了，又不是小孩子。"

杨柳柳这个态度，把韩小勇搞得很尴尬。

杨柳柳冲动过后，觉得韩小勇正在帮自己，虽然他像苍蝇一样盯着自己让人很烦，但毕竟还是有关心自己的原因，就把不开心不耐烦的表情压了压，补充说："昨天晚上，张军被他朋友灌醉了，身体都喝瘫软了，我驾车把他送回了家。然后，我回到了"柳树枝"公司，我的办公室休息。至于你们打不通我的电话，这很正常，我手机电池没电了。"

杨柳柳这么一说，韩小勇立即心情好多了。对于杨柳柳的话，韩小勇不一定完全信，但至少相信一半。韩小勇心里说："我一定要搞清楚，我也有办法弄清楚。"

想到这儿，韩小勇嗤啦一笑，露出两颗门牙，说："今天上午老韩来电话了，问了两个广告位审批的事情，我把他的意思告诉你了吗？我说，告诉你了，并且，柳柳你的想法我也告诉老韩了，叫他放心；还有，老韩让焦喜荣尽快回公司，我也把焦喜荣没能及时回公司的原因告诉了老韩，我说，柳柳一回京东镇，焦喜荣就回公司。"

杨柳柳听到这儿，心里非常不舒服，心想："你这个韩小勇，真是个大喇叭，我陪张军进回城，你让全天下都知道啦！"

心里恨，表面上杨柳柳还是克制住了，她心里清楚，这个时候，韩小勇也是得罪不起。于是，杨柳柳强装笑脸，说："没有问题，焦喜荣今天就可以回公司。我把婷婷老师带着，就是让婷婷老师顶替我的，待会儿，我们就去焦喜荣的工地。之后，还要去高安的工地看看。"

韩小勇诧异地问："柳柳，你自己决定不守在工地上？"

杨柳柳说："小勇，这个就是我今天来要和你商量的重点。我希望你、高安和婷婷老师多担当一些。我呢！还要兼顾"柳树枝"广告公司的其他业务，所以，我不可能守在京东镇。"

韩小勇问道："婷婷老师如何会答应带一个组工作？"

杨柳柳说："这都是张军做的工作，另外，张超主任也强烈要求婷婷老师留下来帮助咱们。"

韩小勇说："哦。"

这个时候，张超主任笑着走到杨柳柳和韩小勇跟前，说："我们去下一个工地了，韩总你辛苦，再见。"

张超主任、杨柳柳和婷婷老师上了皮卡车，汽车的发动机立即响起来，声音特别大，呼呼地开出了村。

张军的办公室在京东镇办公楼三楼靠右的位置。这天，张军终于闲了下来。他点上一支香烟，吞云吐雾地享受着。抽烟的同时，他掰着手指头算母老虎老婆回来的时间。"明天，明天就是母老虎老婆去省城学习的第七天，她该回来了。"

张军想到这儿，很是赞赏自己能够把握机会的能力。就在母老虎老婆去省城学习这几天，他抓住时机无所顾忌地放纵了一回。

昨天，张军制造了司机家里有事请假的假象，让杨柳柳顶替司机随自己进城赴宴。

　　设宴的是张军玩得死死的两个朋友，李海和胡二勇，这两个人都在市上工作。说起张军、李海和胡二勇的交情，那得追溯到十几年前。那时候，他们仨都还年轻，二十几不到三十，都还是毛头小伙儿，他们是参加工作分配到一个单位才结交的。他们仨干一样的工作，整天形影不离，用他们的话讲，就是"在一口锅里搅勺子把儿"处了许多年。因此呢！他们仨的感情就不是亲兄弟胜过亲兄弟了。年轻人都面临着艰巨的任务，怎样处女朋友？怎样往上爬？在这些方面他们交流得最多。也可以说是"八仙过海，各显神通"。张军脑筋好使，人也帅，就攀上了他们单位局长的女儿，也就是他心目中的母老虎老婆。后来，他的岳父也就是局长，当上了副市长。自然张军就做了镇长；李海是个头发稀少的家伙，相貌不出众，但家有背景，进了市上部门，也找了一个不错的老婆；胡二勇生得虎背熊腰，红脸大汉，没有背景，就凭自己混。因此，混得不如张军和李海，这些年一直在原单位熬。好不容易熬了个城管队长。虽然职务不高，但也还算体面。可是，婚姻不理想，离过两次婚，目前还单身。当然，张军、李海和胡二勇在一起玩的时候，就不论身份高低，只是妥妥的兄弟关系。

　　当张军携杨柳柳来到李海和胡二勇预订的酒店时，李海和胡二勇已经在包房等待半天了。李海和胡二勇冲着张军和杨柳柳笑，那种笑是和颜悦色的笑，是表示热烈欢迎的笑，是发自内心表示认可的笑。于是，杨柳柳跟在张军屁股后头儿，也冲着李海和胡二勇笑，算是回礼。张军却不怎么笑，只是微笑，是一种不易察觉的笑。张军边坐下边观察包房的情况。

　　张军发现，包房里现在除了李海和胡二勇，除了自己和杨柳柳，还有两个女人。包房里现在一共是六个人。

　　张军边抽烟边喝茶边打招呼边观察另外两个女人。他发现两个女人都是生面孔，年龄都不大，都在三十岁左右的样子。一个胖一些，脸圆乎乎的，皮肤白，挨着李海坐。张军心里明白："这个脸圆乎乎、皮肤白的女人一定是李海带来的。"之前每次兄弟欢聚，李海都带着个女人，并且大多都是微胖型的。"李海怎么老是好这一口。"张军想。

张军又扫了一眼另一个女人，瘦，面皮稍黑，看上去比较灵巧干练。这个皮肤稍黑的女人挨着胡二勇坐。张军立即看懂了，明白了，这个瘦黑的女人一定是胡二勇带来的。张军感到很愉悦，想："今天的晚宴成双成对呀！"

大家寒暄过后，包房里的三男三女开始聊，没个头绪，天南海北地聊。聊着笑着，服务生开始上菜，菜陆陆续续端上来，摆了满满一桌。胡二勇开始打开酒瓶给每个人斟酒，看来，今天的晚宴应该是胡二勇做东。

当胡二勇给杨柳柳面前的酒杯也斟满酒时，杨柳柳推辞说："我不能喝，我的任务是饭后驾驶汽车呀！"

胡二勇说："驾车不是理由，今天晚上自己人欢聚，每个人都得喝。"

杨柳柳无奈，看了看张军，意思是自己喝与不喝由张军决定。

张军也是无奈，说："柳柳，客随主便吧！"

杨柳柳这个时候彻底明白了，其实，她早就明白，什么顶替司机，那是骗人的鬼话，借口而已。

酒席上的三男三女开始吃喝起来，吃得带劲儿，喝得疯狂……酒席之后，张军看上去已经醉了，杨柳柳看上去也已经醉了。大家看上去都醉了。胡二勇嘴里结结巴巴，说："上，上去吧！楼，楼上房间里休，休息去。"

杨柳柳便随着张军去房间。杨柳柳瞪着眼问张军："明天上午的会你不开了？"

张军说："会取消了。"

杨柳柳心里明白得很，想："尽是鬼话。"

进了房间，杨柳柳说："全身的酒气，饭菜味儿。"

张军说："去冲洗吧！"

杨柳柳说："有个事情我想请你帮忙协调一下。"

张军一惊，说："什么事儿？"

杨柳柳边撒娇边说："你能否让那个婷婷老师留下，请她替我带一个组，我公司的事情多着哩！"

张军眼里喷火，急迫地说："行。"

三十九

张超主任驾驶着皮卡车，带着婷婷老师和杨柳柳，从韩小勇施工的那个村出来后，直奔第二组高安承包的施工现场。

杨柳柳坐在皮卡车的后排，透过车窗欣赏着乡村的美景。看一眼望不到边的土地，土地之间偶尔出现的村庄，一切都像画儿一样。公路两旁的树木刷刷刷地向着车屁股方向疯跑。突然，杨柳柳觉得困了，累了。

杨柳柳一边想着昨夜的情形，一边眯着眼养神。同时，细心的她早已发现，这个正在驾驶皮卡车的秃顶主任，似乎对这个女老师婷婷眉来眼去的有意思。

"我就闭目养神，给前面的一男一女制造机会。"

杨柳柳这么思考着，在皮卡车的颠簸抖动下，真就睡着了。

也不知道过了多久，杨柳柳的肩膀被婷婷老师摇晃着。

"到了，到了，醒醒杨总！"

杨柳柳睁开眼，发现到了一个陌生的村庄。再仔细一看，是这个村庄的文化广场，杨柳柳便随张超主任和婷婷老师下了皮卡车。

下车之后才发现，高安正带着技术人员在村广场的文化墙上贴胶纸，几位技术人员干得非常认真。这个时候，高安发现张超主任、婷婷老师和杨柳柳向他走过来了，便转身微笑打招呼。

高安笑着对走在前面的张超主任说："张主任好！"

张超立即伸手，和高安的手握在一起，说："高组长辛苦啦！"

高安说："不辛苦，谢谢关心。"

高安和张超主任握手毕，又冲着杨柳柳和婷婷老师笑，说："谢谢两位美女光临指导！"

杨柳柳说："高同学，速度真快，已经在施工了。"

高安说："跟着杨总干，不就是雷厉风行吗？"

杨柳柳知道高安爱耍贫嘴，便假意瞪了高安一眼，瞪眼是真的，可也是带着微笑的。

婷婷老师也向高安问候道："您好。"

高安说："您好，婷婷老师。"

杨柳柳把高安请到了旁边，说："高同学，感谢的话我就不再说了，这段时间，你在乡下要吃苦啦！咱们施工队为了方便工作，往后，吃就在工地；住呢，就由施工所在的村统一安排。条件和城里肯定不能比，大家都克服一下困难。"

高安嘻嘻笑道："有吃有住有活儿干有美女陪，不觉得苦！"

杨柳柳说："你这个组不就几个男技术员吗？哪来的美女？"

高安说："柳柳你在京东镇呀！尽管不在一个组，隔着几个村，每天收工之后想见个面还是很容易的。"

杨柳柳说："高同学，我正要和你商量一下。我就不住在京东镇了。张军关心，做好了婷婷老师的工作，由她顶替我带第三组。"

高安听杨柳柳这么一讲，脸上的表情立即痛苦失望起来，说：

"柳柳，原来你改变了计划呀！"

杨柳柳说："没办法，公司还有其他业务呀！其实也没什么，我一有时间便会来看你和小勇的。"

末了，杨柳柳又说了一些鼓劲儿的话，稳定高安的情绪。高安表示，让杨柳柳放心，他会坚持把工程做完。并且和杨柳柳开玩笑，说："柳柳，想你的时候，我会随时进城去看你。"

杨柳柳说："当然可以。"

张超主任、杨柳柳和婷婷老师在高安负责的工地上待了大约半个小时，把所有的工作对接好后，便和高安告辞，然后，他们乘坐皮卡车，向焦喜荣临时负责工地的村驶去。

焦喜荣按照张超主任的分工，临时负责第三组的工作。她所在的村离高安第二组的村并不远，张超主任把皮卡车的油门踩得很重，也就十几分钟的时间，皮卡车就轰轰地驶入了焦喜荣负责的施工现场。

皮卡车停稳后，焦喜荣立即迎了上来，与张超主任、杨柳柳和婷婷老师互相问候。待了片刻，张超主任把婷婷老师留在了第三组的工地上，并叮嘱婷婷老师说："一定要认真负责啊！这可是上头交办的任务！"

张超主任把婷婷老师的工作任务安排妥当后，便和婷婷老师告别，杨柳柳和焦喜荣也和婷婷老师告别。

皮卡车在张超主任熟练的驾驶下，轰轰地驶出了村。

焦喜荣坐在皮卡车的副驾驶座上，杨柳柳依然坐在皮卡车的后排。

"张超主任，实在是太感谢了！墙体手绘这个事情要麻烦您一段时间呀！"

坐在后排的杨柳柳和张超主任客气地说。

"哪里话？这不都是工作吗？应该的。如果有不到的地方，还请杨总多提意见。"

杨柳柳说："已经很感谢了。对了，张主任，一会儿麻烦您把我和小焦带到镇中心十字街就行，我俩坐公交回市里。"

张超主任说："那怎么行？张军早安排了，让我无论如何也要把杨总你送到市里。"

杨柳柳觉得很不好意思，毕竟，京东镇离城里的路不近。杨柳柳说："这怎么好意思呢？"

张超主任边驾车边说："送你俩回城，也是任务，也是工作嘛！"

张超主任说完，加大了油门，皮卡车立即像一匹脱缰的野马一样，咆哮着向城里驶去。

第二天上午，在柳树枝广告公司杨柳柳的办公室，一段优雅嘹亮的陶笛纯音乐《神话》在播放着。杨柳柳靠在老板椅上，手里端着一只玻璃杯，杯子里是她刚用勺搅匀的速溶咖啡。

杨柳柳美得很，惬意得很。她边听音乐边品尝咖啡。昨天下午，张超主任真够意思，驾驶着皮卡车长途奔袭把她和焦喜荣送回了城里。送到之后，杨柳柳自然是热情挽留张超主任和焦喜荣。杨柳柳说："张主任、小焦留下来吧！我请你们吃烧烤。"

张超主任说："不了，我还要立即返回京东镇呢！"

焦喜荣也说："不了，感觉好累，就想回去睡觉。"

杨柳柳是诚心地留客，说："都这么晚了，怎能不吃饭就走呢？"

张超主任和焦喜荣都说："不了，不了。"

杨柳柳实在是留不住客，只有眼睁睁地看着张超主任、焦喜荣和自己挥手告别。

其实，最感觉身心疲惫的人应该是杨柳柳。还好，经过昨夜的休息，她的身体是基本上恢复了，黑眼圈也消失了。

这会儿，杨柳柳四平八稳坐在自己的老板椅上，显得从未有过的轻松。

杨柳柳又品尝了一口咖啡，眼前仿佛呈现出京东镇三个组村墙体手绘的施工场面。

"韩小勇绝对够意思，人家放下自己公司的业务不管，一心扑在墙体手绘业务的工地上；高安同学也绝对够朋友，人家放下省城自己的工作，也是一心扑在墙体手绘业务的工地上。在这种情况下，自己不去和韩小勇、高安并肩战斗，而是以公司有其他业务为借口，这么做，是不是够意思呢？"

想到这儿，杨柳柳多少有一些愧疚。她感觉自己就像一个打鱼的船老板，而韩小勇和高安，还有婷婷老师就像她撒出去的鸬鹚，都在拼命地帮她捕鱼哩！

前天，她在和张军进城的路上，天南海北地聊了一些话题。从张军的口中，她得知自己的父亲杨洋河最近也很忙，他兴建京东镇政府家属楼的工地也要开工了。杨柳柳得知这一消息的时候，挺开心，多少有些感到"双喜临门"的味道。当时，杨柳柳很想给杨洋河打个电话过去，问候一下，祝贺一下。但考虑到张军在身边，和杨洋河讲话不方便，就没打。这会儿，挺悠闲的，可以给杨洋河打个电话了。

杨柳柳拨通了杨洋河的电话。

"老爸，你工地开工了吧？"

杨柳柳和杨洋河讲话习惯了，直来直去，很没礼貌。

杨洋河说："开工了，闺女，你咋知道？"

杨柳柳说："张叔跟我讲的。祝贺呀老爸！"

杨洋河说："张军也跟我说了，闺女你的墙体手绘业务也开始了，老爸也祝贺你。"

杨柳柳说："前几天我们还在搞技术培训呢？心里想着也许会遇见老爸你，结果也没遇到。"

杨洋河说："没遇到也正常，我兴建的这栋家属楼并不在镇政府院内，距那儿还有半里路，你怎么遇得上？"

杨柳柳说："哦，是这样呀！我还以为家属楼是在镇政府院内呢！"

杨洋河说："没事，都在京东镇做事，早晚会遇上。"

杨柳柳说："好，老爸，你在工地上跑，可要注意安全啊！"

杨洋河说："好的，闺女，你在工地上也要小心。"

杨洋河说："拜！"

杨柳柳说："明白，谢谢老爸，拜！"

和杨洋河通完了电话，杨柳柳继续端起玻璃杯品了一口咖啡，发现咖啡已经凉了。

四十

隔天，杨柳柳突然想起来一件事儿来。

"针对这个事儿，我该如何来办呢？"

杨柳柳分析："韩建国这个人是前辈，脾气又傲，他不可能亲自给我打电话督办他关心的事情。前几天，在京东镇韩小勇负责的工地上，韩小勇就曾经告诉过我，老韩给他打了电话，询问两个广告位审批的事情我是个什么态度。这之后呢！我回到了公司，人家韩小勇把所有精力都放在京东镇的施工现场，也可能是无暇顾及老韩交办的事情，也可能是不愿给我施加压力。因此，韩小勇再也没有就两个广告位审批的事儿催促过我。可是，我不能装憨卖傻呀！做人可不能言而无信，既然答应了韩氏父子，就要尽快帮人家协调。如果再次等人家催促过来，就显得没意思了。"

杨柳柳开始苦思冥想，自己要如何对付华杰。既能达到自己目的，还不能让自己吃华杰的亏。

杨柳柳想呀想呀！终于灵机一动，想到了一个人。

于是，杨柳柳当机立断，拿起电话就打了过去。

"喂喂，银银吗？在干吗呢？"

电话里传来了王银银咯咯的笑声，说："柳柳呀！我在工作，正在辖区内检查卫生呢！"

杨柳柳调侃说："王主任真够忙呀！想见见你王大主任，有没有时间？"

王银银又咯咯地笑，说："柳柳，你说你啥时候有空？"

杨柳柳说："我随时。"

王银银说："那就好，我忙完了信息你。"

杨柳柳说："好呀！银银你最好屈尊来我公司坐坐吧！"

王银银明白，杨柳柳的意思是，社区人多，而且去的人比较杂，不方便聊。于是，王银银说："行，我忙完就去你公司。"

"好。"

杨柳柳挂了电话，就开始边处理公司的琐事，边品茶，耐心等待王银银的到来。

时间真是好混，杨柳柳在自己公司东走走，西晃晃，又把将自己办公桌桌面上整理了一下，一个多小时就过去了。

"咚，咚咚。"

王银银突然出现在杨柳柳办公室门前，出于礼貌，虽然门开着，王银银还是敲了几下。

杨柳柳正低着头，收拾办公桌抽屉里的东西，听到敲门声，抬头一看，是王银银。就见王银银穿一件灰色的裙子，右肩上挂着包，正冲着自己笑。

"银银，快请进呀！"

杨柳柳说着话，热情地迎上去。

王银银笑着走进了杨柳柳的办公室。

"柳柳，你这办公室阔气呀！"

杨柳柳说："别笑我了，我还在创业阶段，办公室将就着用。"

王银银说："我们社区的条件差多了，不能和你比。"

这个时候，杨柳柳已经把一杯热气腾腾的茶水端到了王银银的面前。

王银银接过茶水，放在茶几上。

杨柳柳说："银银你坐。"

王银银便坐在沙发上。

杨柳柳说："我这有事儿麻烦你，应该是我去找你，反而让你来我这儿一趟。"

王银银说："咱俩什么关系，还讲究那么多？柳柳，你一定是有事儿，别啰啰嗦嗦了，直接讲。"

"好吧！"

杨柳柳就打开了话匣子，把韩氏父子遇到的关于"市区两个广告位至今未能审批"的难题从头到尾、原原本本地讲了一遍。还说明了这个事情是韩建国的一块心病，韩建国是势在必得。并且，杨柳柳又把自己为什么要帮韩氏父子的原因也讲清楚了。甚至，杨柳柳把韩氏父子春节前后去找韩俊，韩俊如何态度发生变化；华杰与韩俊之间的关系；自己又是如何从华杰口中打听到，韩俊变卦的原因是烽火台广告公司黄老板从中横插一棒的结果，因黄老板背后有人，韩俊不敢得罪黄老板。杨柳柳把这些事情都一五一十地讲了。最后，杨柳柳说："银银，你看这个事情复杂吧？目前来看，只有华杰适合出面去找韩俊，也只有韩俊适合出来协调韩建国与黄老板之间的关系。"

王银银说："听你讲的情况，应该是这样。"

杨柳柳苦笑着说："银银，事情明摆着，你知道我的性格，老韩小韩全力帮我，人家有困难找到了我，我不能不帮。"

王银银咯咯一笑，说："柳柳，我知道你担心什么了。"

杨柳柳笑着说："银银，你说出来。"

王银银说："还用说吗？我不是曾经提醒过你要防着华杰这个人吗？他爱占便宜吃豆腐。"

杨柳柳说："银银，还是你了解我。今天我请你来，就是要和你商量，咱俩怎么去找华杰帮忙？既要华杰乖乖地找韩俊，促使韩俊出面协调好韩建国与黄老板之间的事情，还不能让他吃咱豆腐。"

杨柳柳和王银银说着聊着，不知不觉，已经是中午的时间了。

杨柳柳说："银银，难得你来我这一回，中午是一定要留下来吃饭，想吃点啥？"

王银银也不谦虚，说："恭敬不如从命，吃什么都可以。"

杨柳柳说："那去吃火锅吧！我公司楼下就有一家火锅店，四川风味儿，辣，不知道银银你合不合胃口？"

王银银说："我怎么都行，没有问题。"

杨柳柳说："那就去吧！咱俩边吃边聊，边想办法。"

王银银诡异地笑了笑，说："我刚才在心里琢磨了一下，已经有了个初步想法，去了火锅店我再细说。"

杨柳柳很开心，说："走。"

第二天上午，社区两委成员王银银穿着红马夹，满脸严肃，带着同样是穿着红马夹的两名社区工作人员，来到了文联院内检查卫生。

文联负责后勤工作的负责人立即得到了来自门卫的报告。这位负责人得到报告后不敢大意，一边把社区领导来检查卫生的消息报告了文联主席，一边亲自下楼迎接王银银一行三人。

王银银正拉黑着脸，带着人在文联院内转悠。那个负责人满脸堆笑地迎了上去，说："欢迎呀！王主任好。"

王银银这次真是摆足了架子，像是没有听见，用手指着院墙边的一小堆生活垃圾说："咋回事？院内怎么能够存在暴露垃圾呢？"

负责人忙解释道："这个，一大早，是不是哪个同志倒垃圾时不小心抖落的，立即清扫，立即清扫。"

可是，王银银仍然黑着脸，像是没有听见这位负责人的话。并且，王银银冲着旁边两名社区工作人员说："记下，这是要扣分的。"

王银银说完，这才对负责人轻轻点了一下头，可是，仍然是一脸严肃。

负责人依然是满脸堆笑，问道："王主任，来检查工作咋不事先通知一下呀？"

王银银原本和这个负责人认识，觉得在人家面前一直端着架子不妥，见他问自己，脸上才有了一些笑意，说："上面有要求，不许提前通知，创卫工作可是大事，今天来就是抽查，结果是要在全区通报的。"

负责人一听说今天抽查的结果要在全区通报，立即又满脸堆笑起来，甚至显得有些低三下四了。

王银银继续带着两名社区工作人员在文联院内转悠，那个负责人在旁边陪着。

转来转去，把文联院内犄角旮旯儿都检查了个遍。最后，两名社区工作人员把文联院内存在的卫生问题全部记录了下来。王银银当着负责人的面，让其中一名社区工作人员把问题念一遍，目的是反馈一下，让负责人及时报告文联主席，以便他们搞好整改。

工作人员念道："一，院内存在暴露垃圾；二，地面上一共发现了七个烟头儿；三，停车棚三车停放杂乱无序；四，食堂后门下水道口有随意倾倒剩饭剩菜现象，而且油污遍地，招致苍蝇满天飞……工作人员念完之后，王银银严肃地给负责人说："你们机关院内的卫生问题十分严重啊！这样怎么得了，如果不能及时整改，会拖全市创卫工作后腿的。就今天这个检查结果，你们文联机关不仅仅是要在全区通报的问题，而是要上黑榜。"

就是王银银上"黑榜"这两个字，把负责人吓得一哆嗦。负责人心里清楚得很，真要是上了黑榜，文联主席就要被市"创卫办"约谈，如果那样的话，自己这个负责后勤工作的负责人肯定会被文联主席严厉批评了。

负责人立即跟王银银说起了好话。

"王主任呀！我马上去报告主席，我们一定整改，并且，我们一定会把整改的情况以书面形式向社区汇报。"

王银银说："这个态度不错，就看你们的行动了。"

负责人说："那是，那是。不过，王主任，您看能不能先不通报，更不要上黑榜，能不能通融一下呀！"

王银银面无表情，冷冷地说："这个我可当不了家。"

负责人开始苦苦哀求了，说："王主任，我们工作不认真不负责，我们知错便改嘛！给个机会。"

王银银心想："这个机会肯定给，但不是你，也不是你们主席，是留给华杰的。"想到这儿，把心一横，斩钉截铁地说："不行，创卫工作是大事儿，是要按上级规定办的。"

说完，王银银带着两名社区工作人员头也不回地走了，把文联管后勤的负责人晾在原地儿。

四十一

王银银带着两名社区工作人员前脚刚走，文联那个管后勤工作的负责人便急匆匆地去找文联主席汇报检查的情况了。

文联主席是个五十多岁的小老头儿，圆乎乎的一张白脸，短发，正坐在自己的椅子上抽烟，吞云吐雾，办公桌上泡了一杯热乎乎的茶水。

负责人冷不丁地闯进了主席办公室，因为慌张，连门都忘了敲，还有些上气不接下气。

主席一愣，对负责人的慌乱极不满意，抽了一口烟，问道："怎么啦？"

负责人就站在主席的面前，像个做错了事儿的小孩，苦着脸说："报告主席，不好了，检查的情况很不好。"

主席问道："怎么不好？"

负责人便把刚才王银银检查发现的问题一一做了汇报。

主席说："问题确实不少，布置下去，挨个儿整改。"

负责人继续苦着脸，说："整改是一定的，这个我刚才已经当着社区王主任的面表了态，并且，我说我们整改之后把整改情况以书面形式给社区回复。"

主席说："是呀！这样安排不是很好嘛！"

负责人说："可是社区王主任说，本次检查的结果不仅要在全区通报，而且还要，还要……"

主席问道："还要什么？"

负责人说："还要上黑榜！"

主席一听，脸上的表情立即不轻松了，严肃起来。主席清楚，在全市争创卫生城市这项工作中，市政府出台了一系列硬性规定。其中，在日常检查中，每个社区每个月都会向区"创卫办"申报一个在检查中评分最高的单位上"红榜"；申报一个评分最低的单位上"黑榜"。上了黑榜的单位主要负责人是要被市"创卫办"约谈的。作为文联主席，如果搞到单位上黑榜，自己被约谈那个地步，确实丢人。

主席的脸色更难看了，突然，主席用手敲打着办公桌的桌面，发出"砰砰"的响声。

"你们后勤工作是怎么搞的？"

主席怒气冲冲地吼道。

负责人吓得站在原地儿轻微哆嗦，说："工作没做好，我检讨。"

主席发泄了一下，见负责人态度不错，还一直认错，就收起了脾气，大声说："你还愣着干吗？去，把华杰找来。"

负责人猛然醒悟，像是得到了特赦令，转身向创联部跑去。

主席端起茶杯，用嘴吹了吹，嘴唇轻轻接触到茶水，感觉茶水已经不烫了，便咕咚灌了一口，然后，靠在椅子背上，寻思："等华杰来，把这个艰巨的任务交给他，还像以前一样，社区的难题交给他去摆平！"

时间不久，就听见有钥匙摇晃的响声，由远及近，原来是华杰腰间挂着一串钥匙。就见华杰和负责人一前一后，小跑着来到主席的办公室。

刚才，负责人去创联部找到华杰，就把今天早上社区王银银带着人来检查的前前后后过程都讲了，把主席担心被通报上黑榜的事情也说了。因此，华杰心里已经明白主席为什么找他。华杰想："就因为自己和王银银是高中同学关系，每次遇到社区的难题，主席都是派我去办。"不过，华杰暗自高兴，他明白，体现自己价值的机会又来了。

当主席见华杰来到自己办公室的时候，竟然冲着华杰满脸堆笑，说："华杰，坐。"

华杰连忙点头，唯唯诺诺，并没有坐，继续站着，说：

"主席，有什么指示，请吩咐。"

主席坚持说："急个啥？坐吗，坐下再说。"

华杰便坐下，不过，毕恭毕敬地，把两只手放在自己的膝盖上，说："有什么指示，主席请吩咐！"

主席却不着急，竟然从烟盒里掏出一支烟来递给华杰，说："来一支。"

华杰受宠若惊，双手接过烟，但是没有点着抽，而是拿在手上。华杰说："谢谢主席。"

主席这时一扭头，立即拉下脸，冲着负责人说："你把检查的事情给华杰讲讲。"

负责人依然站着，说道："刚才我已经把今天检查的事情给华杰讲了。"

主席说："哦，你说今天带队来检查的是王主任吗？女的？叫什么名字？是不是华杰那个同学？"

负责人说："正是，那个王主任名字叫王银银。"

主席这时候又扭头看着华杰。

华杰立即说："是她，王银银，我同学。"

主席微笑着跟华杰说："那今天这个事情该如何办呢？"

华杰说："主席您放心，我这就去找她，我想办法把事情协调好，并且，我尽快回来向您汇报。"

主席很满意，说："好，去吧！"

华杰从主席办公室出来，突然觉得自己肩上承载着千斤重担。刚才，当着主席的面，华杰是立功心切，可是，天知道这一次王银银会不会给自己面子。

但是，既然已经夸下海口，就没了退路，只能硬着头皮上了。

华杰回到了创联部办公室，操起电话就给王银银打了过去。

"喂，银银主任吗？我是华杰呀！"

电话里传来了王银银的声音，不冷不热的那种口气："哦，华杰，有事？"

华杰迫切地说："当然了，王大主任，你在哪？我来当面汇报。"

王银银平静地说："有什么重要的事儿？这么急？"

华杰说："我们主席布置的事情，你说急不？"

王银银说："我在外面检查呢！什么事儿不能在电话里说？"

华杰知道王银银一定清楚自己为什么找她，她这是在卖关子。但，人在矮檐下，不得不低头。想到这儿，华杰说："王大主任，电话里说不清，必须当面说。"

王银银说："那这样吧！我现在还在一个单位检查，你来我这不方便。一会儿我检查完，还要去杨柳柳公司找她有事。也不知道几点能够忙完？华杰，你看要不下午再约时间见面如何？或者明天？"

华杰说："王大主任，下午肯定不行，明天更不可能。就一会儿见，我去柳柳公司等你。"

王银银说："你去柳柳公司等我？方便不方便？"

华杰说："有什么不方便的，咱们仨都是同学嘛！我找你说事情不用背着她！"

王银银说："那就这样吧！"

说完，没等华杰说话，王银银就挂了电话。

华杰和王银银通完电话，看了看时间，上午十点。

华杰想："王银银说她在一个单位检查，检查完，她会去杨柳柳公司，这一定是真的，她完全没有必要骗我。别听她推辞说下午，或者明天再找她。那样的话，黄花菜都凉了，主席要是催问我该怎么办呢？不行，我必须立即去杨柳柳公司等她，我先赶去，守株待兔。"

想到这儿，华杰把办公桌上的资料简单收拾了一下，关上了办公室的门，急匆匆下了办公楼，到了院内停车棚，用手把自己两轮电瓶车车座上的灰尘拍了拍，骑上去，启动。两轮电瓶车便嘟嘟地驶出了文联大门，向右一转，奔着杨柳柳公司的方向驶去。

杨柳柳的柳树枝广告公司在开业的当天，华杰来过，因此，他轻车熟路，直接把两轮电瓶车嘟嘟地骑进了杨柳柳公司所在的小区。

其实，杨柳柳早已接到了王银银的电话，王银银把自己一大早带着人去文联院内检查卫生的情况大致上和杨柳柳说了，并把华杰受了文联主席的委派正焦急地找自己的事情也说了。王银银提醒杨柳柳，说："华杰听说我一会儿要去你公司，他已决定先去等我了。"

杨柳柳说："明白。"

可是，当华杰敲响杨柳柳办公室门的时候，杨柳柳却表现得很吃惊，一副意想不到的模样。杨柳柳说："华大诗人，你怎么得空来我这小公司？欢迎，欢迎。"

杨柳柳说着话，起身招呼华杰坐。

华杰并不客气，一双眼睛盯着杨柳柳的脸蛋儿，说："老同学，我是无事不登三宝殿。"

说完，华杰一屁股坐在沙发上。

这时候，杨柳柳已端上一杯热茶递给了华杰。华杰接过茶杯，放在茶几上，然后从衣兜里掏出一包烟，抽出一支，问道："柳柳，不介意在你办公室抽烟吧！"

杨柳柳说："不介意，你抽。可是我这儿可没有烟招待你。"

华杰点上烟，抽了一口，说："知道你不抽烟，女同志抽烟得少。"

杨柳柳就问："华大诗人，你这突然光临，应该是有事儿，有事儿你就尽管吩咐吧！"

华杰一双火辣辣的眼睛把杨柳柳从头到脚看了个遍，听杨柳柳问，便说："柳柳，我真是有事儿，不过不是找你，我是借你的宝地儿，等一个人，然后，我找这个人有事儿，事儿还比较急。还有，柳柳，话说回来，我可不仅仅是借你宝地儿喝茶等人说事儿，我还需要你帮我说话，并且，我敢断言，你出面帮我说话，这个人一定会给你面子。"

杨柳柳又表现得很惊讶，问道："这个人是谁呀？你说的又是什么事儿？这个人为什么会给我面子？"

华杰边抽烟，边喝茶，边把一大早王银银带人去文联检查的事情如实说了。华杰还强调说："我们主席慌得很，怕被通报，更怕上黑榜。"

杨柳柳装着才明白过来，故意说："原来如此呀！这个银银工作也是太认真了。华杰，你咋知道她会来找我？"

华杰吐了一口烟圈，说："银银电话里告诉我的，说她忙完来你公司，还说要我下午，或者明天再找她，怎么可能？我这可是十万火急的事情。"

杨柳柳说："理解。"

华杰这时却强调说："柳柳，一会儿银银来了，你一定要帮我说话。"

杨柳柳笑着说："华杰，咱们仨都是同学，有什么区别呢？"

华杰说："真不一样，我心里其实虚得很，一点底气也没有。"

杨柳柳十分纳闷，问道："为什么？"

华杰叹了口气，说："柳柳，难道你真的忘了？你还记得有一次文友包不住请咱们吃饭吧？席上，我也是喝尽兴了，竟然指责王银银，说她不喝酒没有发言权，她不是很恼火吗？后来摔门就先走了。柳柳你不是还追出去了吗？就那次。事后搞得我和她一直别别扭扭的，唉！我真是酒后无德呀！"

杨柳柳说："那次呀！差点忘了，你一说我就想起来了。华杰你莫担心，银银没有那么小心眼儿。"

华杰说："柳柳，话虽如此，这次你一定要帮我。"

杨柳柳说："放心，我一定帮。银银今天来找我呢！是为了她房子装修的事情，我把她房子装修的方案搞出来了，她今天就是为这事儿来的。"

华杰说："原来是这样啊！"

华杰就这样和杨柳柳聊着，偶尔看看时间，快上午十一点了。但是，还没有见到王银银的到来。

"耐心等着吧！她既然说了，就一定会来，她不会把我和杨柳柳都骗了吧？"

华杰这么思考着，继续无聊地抽着烟，喝着茶。该和杨柳柳聊的话题已经聊完了，再聊的话就只有找话说了。

当一间房内两个人都无话可说的时候，气氛是比较尴尬的。杨柳柳开始刷手机，专注手机上的某些内容；华杰除了抽烟就是喝茶，再就是装着若无其事地盯着杨柳柳的胸部，以及杨柳柳的大腿处看，一旦发现杨柳柳无意中抬头的时候，就立即把自己贪婪的目光移开，装着看墙上的一幅地图。

时间又过去了十几分钟，已经是上午十一点多了。

华杰开始沉不住气了，担心地问道："柳柳，银银是不是确定上午来你公司？"

杨柳柳说："她是这么说的。"

华杰焦虑不安地又看了看时间，说："那我就等。"

这个时候，华杰最担心的倒不是见不到王银银，而是怕主席突然打电话来问他事情办得如何了。假设，主席真的打电话来问，我该如何回答呢？我不能说主席，不好意思，我现在连王主任的人都没有见到呀！那样的话，主席会怎么看我华杰？还用问吗？主席一定会觉得我是个笨蛋！想到这儿，华杰更加焦虑，额头上已经冒出细汗了。

华杰想："不行，不能这么傻等。"

于是，华杰掏出手机直接给王银银打了过去。

电话里"嘟，嘟"有节奏地响着，一直响到自然停，就是没人接听。出现这种情况，华杰的内心就极不平静了，开始慌了。华杰想："都上午十一点多了，又联系不上王银银，如果中午还见不到她，下午社区把上午检查的结果上报到区里的话，那可就完蛋了，如果真的被通报，或者是上了黑榜，那算是彻底玩完，自己今后在主席跟前混得什么都不是了。

这时，杨柳柳却把手机放在办公桌上。看样子，杨柳柳也是等王银银等急了，又好像是耍手机耍得不耐烦了。杨柳柳揉了揉眼睛，还叹了口气。

华杰觉得纳闷，也是无聊，就找话说。华杰问："柳柳，银银不接我电话，一定是不方便，或者是人机分离，等就等呗！叹什么气？"

还没有等杨柳柳回答，华杰紧接着和杨柳柳开了句玩笑，说："老同学，是不是觉得我在这儿时间长了碍你事呀！"

杨柳柳又叹了口气，说："华杰，你想多了。俗话说得好，人人都有一本难念的经嘛！我叹气，是因为最近，我心里也烦着呢！"

华杰一听，来了兴趣，说："柳柳，那就说来听听，反正这会儿也是闲着无事。"

杨柳柳说："是呀！我也是因为这会儿闲着无聊，才想起这烦心的事儿。"

华杰有些好奇，说："柳柳，说来听听，咱边聊边等银银。"

四十二

杨柳柳见华杰对自己的"烦心事儿"充满了好奇，就不慌不忙拿过手机，在微信上给王银银发了消息："银银，你甭着急上来，华杰这会儿正难熬，可是，火候还未到。"

王银银回消息："明白，我就在你楼下停车场，在我自己车上坐着，等你信儿再上去。"

杨柳柳回复消息："好。"

然后，杨柳柳装着若无其事，不紧不慢地说："华杰，是这样的，我在京东镇接了四十五个村墙体手绘的工程，这个活儿分布广，工作量大，同时展开的话，需要组建三支队伍。需要技术人员、人工，至少三个组长。可是，你是了解我的，以我目前的实力，对于这个工程是难以消化的。别看现在我陪你坐在办公室聊天，像个没事儿的人一样。其实呀！我的内心焦虑着呢！还好，在最关键时刻，我的大学同学高安从省城来帮助我；还有京东镇张军安排婷婷老师帮我带一个组；再就是华杰你表哥韩建国，你表侄儿韩小勇对我全力支持。不然的话，我真是不能安安稳稳地坐在办公室处理公司的业务。"

华杰说："是呀！这么多朋友帮忙，说明了柳柳你人缘好啊！朋友多了路好走嘛！"

杨柳柳说："嗯！华杰，因此我觉得每个人都有遇到困难的时候，也都有需要朋友帮助的时候。"

华杰抽了一口烟，说："是呀！就像今天我的事情一样！不也需要柳柳你帮我搞定银银吗？"

杨柳柳却没有接华杰的话，只是又轻轻叹了口气。

华杰说："柳柳，说了半天，你遇到了什么烦心事儿？"

杨柳柳说："这不，昨天，韩建国亲自电话我，还是为他两个广告位审批的事情在苦恼。他说，这事儿只有审批局韩俊出来协调，才有可能彻底解决好。可是，韩建国说，又有谁能说服韩俊呢？只有华杰了。韩建国心里清楚得很，他是不好意思找你，韩小勇也不好意思找你。韩建国在电话里就跟我直说了。韩建国说，柳柳，无论如何你都要帮我，你和华杰是同学，当初，你来汉江风广告公司上班，还是华杰推荐的。唉！我能说什么呢？别说韩氏父子现在正全力帮我，就是不帮，我之前的老板找到了我，我也没理由推辞呀！是吗？华杰？"

华杰盯着杨柳柳，一边听一边在心里琢磨。认为，这些事情真够复杂，怎么都赶到一起来了。华杰觉得，杨柳柳说得不是没有道理。

现在，全天下人都知道我华杰和韩俊的关系，韩建国当然也知道。如今，韩建国找到了杨柳柳，杨柳柳又在这个关键节点提了出来，那我该怎么回答杨柳柳呢？

华杰喝了一口水，并没有立即答复杨柳柳。

杨柳柳说："华杰，作为老同学，我有个建议，不知道该不该讲？"

华杰说："柳柳你直说。"

杨柳柳说："我觉得呀！你和你表哥韩建国之间，其实并没有什么天大的仇恨。毕竟，他是你亲表哥，你是他亲表弟。如果你有能力帮他，就帮帮他。这不正是一次化解你们表兄弟之间矛盾的机会吗？你帮他解决难题，然后你们关系和好如初，何乐而不为呢？"

华杰听杨柳柳这么一说，两只眼珠转了转，同时心里也在盘算："杨柳柳说得有道理这是其一；其二，自己眼前的事情也是火烧眉毛，还得杨柳柳帮助呢？"

华杰猛吸了一口烟，把烟雾吐出去，说："有道理，柳柳你分析得透彻，高。"

华杰说完，还冲杨柳柳竖起了大拇指。

杨柳柳笑笑，说："华杰，你是个聪明人。"

华杰说："我今天下午就去找韩俊。"

杨柳柳说："那最好。"

杨柳柳的烦心事儿讲完了。

华杰再一次看了看时间，已经是中午十二点了。

华杰实在是没有耐心了，便说："柳柳，你看都中午十二点了，要不，你给银银打个电话试试？"

杨柳柳说："当然可以。"

随后，杨柳柳先用微信给王银银发"可以上来了。"消息发出之后，才把电话打给王银银。

这一次，王银银很快就接听了。

"喂，柳柳，不好意思，刚才有事，被拖住了。现在我已经到了，就在楼下，马上上来。"

杨柳柳说："王大主任，人家华杰等了两个小时了，打电话你也没有接。"

王银银说："不好意思，那会儿人机分离，上来再说吧！"

杨柳柳和王银银通电话的时候，王银银的声音从杨柳柳手机里传出来，华杰能够听到，因为华杰和杨柳柳面对面地坐着，距离近。当华杰听见王银银说到了，就在楼下，马上上来的时候，华杰的心才踏实一些。

杨柳柳挂了电话，给华杰挤了一下眼，说："她就上来。"

华杰点了点头，还不忘给杨柳柳强调一句："帮我说话。"

杨柳柳又俏皮地给华杰挤了一下眼。

这个时候，听到了外面电梯门打开的声音。随后，听到了高跟鞋走路的响声，越来越近，王银银的身影终于出现在门口。

华杰和杨柳柳都站起来迎接。华杰说："王大主任，可算见到你了。"

杨柳柳一边倒水一边说："银银坐；华杰也坐。"

王银银和华杰都坐在沙发上，杨柳柳也坐在自己老板椅子上。

王银银是个急性子，先给杨柳柳说："柳柳，装修设计方案先不看，华杰等了这么久，我先听华杰有什么吩咐！"

华杰满脸堆笑，就把主席派给他的任务说了。华杰同时不忘打感情牌，强调说："银银，我们单位在你的辖区内，这两年我们主席搞习惯了，一遇到社区的难题，就派我找你，谁让我和你，还有柳柳，咱们仨是亲亲的同学呢？今天上午，我在主席跟前夸下了海口，说一定完成任务！唉！没有办法，又给银银你添麻烦了！"

王银银听华杰讲完后，面无表情，甚至可以说是有一些严肃。沉默了一下，王银银说："唉！华杰、柳柳，你们可能对这一次创卫工作不是很了解，这一次行动来硬的了，出台了一系列奖惩措施，并要求在工作中相互监督，严格兑现。就比如今天在各单位检查，都是三个人一组，检查完后，三个人都签了字，你们单位的检查结果已经更改不了了。所以呢！华杰，你说的这个事情还真不好办。"

华杰一听，脸上的表情难堪极了，已经是一张苦瓜脸了。华杰无奈地看着杨柳柳，眼里充满了祈求和哀求，意思是："柳柳你赶紧帮我说话呀！"

杨柳柳呈现出满脸同情华杰的样子，问王银银："银银，咋搞这么严。"

王银银说："现在越来越严，这碗饭不好吃呀！华杰在文联工作，他对如今的要求比我更了解。"

华杰继续用眼睛死盯着杨柳柳，意思是："柳柳，赶紧说话呀！"

杨柳柳继续说："王大主任，规矩都是人定的，事在人为嘛！华杰在单位混也难，今天这个事情办不好，肯定难交差。文联的领导都知道华杰和你是同学关系，再说，之前也习惯了，每次都是派华杰找你。我觉得呀！银银你这回再难也要想想办法，不能不管。"

王银银有些不高兴了，冲着杨柳柳说："怎么管？"

杨柳柳笑着说："我知道银银你人缘好，在社区，你不仅是和上级关系好，还能和手下人打成一片，你就想想办法。"

华杰也说："是呀！银银你想想办法。"

华杰说完，用感激的眼神看着杨柳柳。

王银银态度这才软下来，说："唉！你们俩呀！真是拿你俩没有办法。你俩这是逼着我去求人啊！"

华杰这个时候悬着的心又踏实了一些。尽管王银银的话说得有些重，但是，毕竟她是答应帮忙了。

王银银补充道："华杰，说真的，咱们仨关系都不错，特别是柳柳从来没有在我这儿给人说过情，柳柳的面子我不能不给。还有就是这个事情我会尽力，退一步讲，万一办不理想，你也别怪。"

杨柳柳一听王银银这么说，心里非常感激，她当然知道，这是王银银在华杰面前给足自己面子，目的是好让华杰毫不吝啬地帮自己办韩建国的事情。

华杰再次看看时间，已经是中午十二点半了，肚子也咕咕叫了，自己见王银银的目的也基本达到了，便说："两位美女，这可是吃午饭的时候了，中午饭我请。"

杨柳柳一听，却显得不高兴，说："华杰，你啥意思？在我公司，我就是主人家，我来做东，都别争。"

王银银恢复了爱笑的样子，咯咯地笑，幽默地说："华杰，你就别请了，今中午这个饭要是你请了，我真的有压力。"

华杰知道王银银是半开玩笑半认真的，就不再坚持自己请了。

杨柳柳说："还愣个啥，走，楼下吃火锅去。"

四十三

几天后的一个下午，杨柳柳忙完了手里的事儿，看看时间，才三点。

"时间还早呀！我应该去京东镇墙体手绘的工地上看看，刚好下午是个空，去给小勇、高安还有婷婷老师他们鼓鼓劲儿。"

杨柳柳又一想："出门得有个伴儿，约谁呢？约焦喜荣，对。约焦喜荣还有一个好处，就是可以解决车的问题。"

想到这儿，杨柳柳毫不犹豫地拨通了焦喜荣的电话。

"喂，亲，在公司？"

焦喜荣回答："在，柳柳有事你说。"

杨柳柳说："下午不忙吧？有空儿的话，陪着我去一趟京东镇，看看老朋友们去，慰问慰问他们。"

焦喜荣说："下午还好，我可以去，但是要给老韩请假。"

杨柳柳一笑，说："焦姐，你找他请假，顺便提出借一下公司的车用。"

焦喜荣说："明白。柳柳你在公司等我，我快到时信息你，你下来到小区门口等我。"

杨柳柳说："OK。"

半小时后，杨柳柳收到了焦喜荣的微信信息："我几分钟到，赶紧下来。"

杨柳柳回复："马上。"便关了办公室的门，急匆匆来到小区门口。正好，一辆日产二手车停在她面前。

杨柳柳一看车就熟悉，这是韩建国的车。焦喜荣右手扶着方向盘，左手挥舞着正在和自己打招呼。杨柳柳冲焦喜荣笑着伸手拽开了门，坐在副驾驶的座位上，"呼"地关上了车门。

焦喜荣边启动车边说："速度挺快呀！没让我等。"

杨柳柳说："焦姐你也不慢，怎么把老韩的车开出来了？"

焦喜荣这时候已经驾驶着车驶入了大马路。她一边熟练地驾着车，一边说："柳柳，我去找老韩请假、借车的时候，当他听说你约我是为了去京东镇慰问韩小勇，他非常高兴，主动说开他的车。并且，老韩说我可以多陪陪你。以你的时间为准，不必急着回公司。我觉得老韩好反常啊！"

杨柳柳听焦喜荣这么说，心里美滋滋的。杨柳柳在心里说："这才正常。"嘴上却答道："嗯，和以前比，是有些反常。"

其实，杨柳柳明白得很，老韩这个态度，焦喜荣说反常，是因为焦喜荣不知道内情。前天，在杨柳柳的柳树枝广告公司，华杰承诺去找韩俊，请韩俊出来帮忙协调韩建国与烽火台广告公司黄老板的关系，也就是为韩建国市里两个墙体广告位审批的事情。华杰总算说话算数，真就去找了韩俊。韩俊虽然考虑到黄老板上边有人，不敢轻易得罪黄老板。但自己与华杰的关系很铁，华杰既然说了就不能不管。韩俊立即按华杰的意思找到了黄老板，不过，韩俊和黄老板讲话比较客气。真没想到，黄老板自知理亏，已经开始说软话了，如果不出意外，再过几天，只要华杰继续努力，韩建国好好地配合华杰，先把韩俊弄得满意，韩俊再使把劲儿，就一定能够促使黄老板放弃自己的无理要求。华杰把这个结果第一时间告诉了杨柳柳。杨柳柳也在第一时间电话告诉了韩建国。韩建国自然开心得很，终于不再压抑。韩建国想："这就是事在人为，关系运用得当就易如反掌；不会利用关系就寸步难行。"

当然，华杰的努力也得到了回报。王银银一句话，"创卫"检查卫生的问题就不再提通报了。华杰回到主席跟前邀功自不必说。

这个时候，焦喜荣已将日产二手车开出了市区，直奔京东镇方向驶去。

杨柳柳坐在副驾驶座位上看车窗外的人，也看村庄，公路边的树齐刷刷地倒着跑，发出"叉叉叉"的声音。

焦喜荣突然问道："柳柳，京东镇施工工地三个组，咱先去哪个组？"

杨柳柳一听焦喜荣这么问，觉得是呀！先去哪个组呢？

说是来慰问他们，出来时匆匆忙忙，也没去超市买个啥？该怎么慰问呢？唉！有了，不如请小勇、高安和婷婷老师在镇上吃一顿，他们在村里辛苦，给他们打打牙祭，不也算慰问吗？这样也不用把三个组跑遍了。一会儿，我在镇上定个好馆子，通知他们过来，就这么决定了。

杨柳柳这时候有了一个大胆的想法，那就是邀请张军和张超参加。这样一来，如果张军和张超能够参加的话，那自己在众人面前多有面子呀！

想到这儿，杨柳柳先拨通了张军的电话。

"喂，张叔好！在开会吗？"

张军说："没，在办公室，有事？"

杨柳柳说："没啥事？就是今天晚上想请您吃个饭，不知道能赏脸不？"

张军在电话里"嗯，这……"没有说行，也没有说不行。

杨柳柳肯定懂，请张军吃饭的人多了去了。自己又没有提前说，所以，导致了张军很难表态。

片刻，张军问道："晚上我是有安排的。不过，柳柳你说你那什么情况？重要的话，我一定到。"

杨柳柳听张军这么说，心里高兴，要不是顾忌身边有个焦喜荣在开车，她早就在电话里给张军一个吻了。杨柳柳耐心地说："是这样的张叔，我不是回市里了一段时间吗？这期间，我在京东镇的三个组长，当然，也包括婷婷老师，他们辛苦啦！我觉得怪不好意思。今天下午刚好我有时间，便约了焦喜荣一起来工地上慰问一下他们。可是，三个工地都跑到，时间来不及了。我就决定晚上在镇上找个像样的馆子，请他们大吃一顿，也就算是慰问了。如果您和张超主任能来参加一下，那就更圆满了。嘿嘿！"

杨柳柳笑了两下，是有些不好意思，她已经把话挑明了，今天晚上主要是请三个组长，请您和张超主任来出席，一半是真心，另一半是为了面子。

没有想到，张军却在电话里对杨柳柳大加赞赏。张军说："柳柳，你做得对，当老板就该这样关心下属，你这样关心他们，他们才会用命给你办事。"

这话杨柳柳听着当然高兴，但杨柳柳嘴上却说："哎呀！老大，别笑话我，您是大咖，我要多向你学习。"

张军说："甭谦虚了。这样吧！一呢！我坚决参加，支持你工作；二呢！既然在京东镇请客，柳柳你什么都不用管了，我来让张超主任安排好，柳柳你只负责通知三个组长今天晚上准时参加就可以了。饭馆具体位置我让张超主任定好后发给你，就这么办。"

杨柳柳的心里一阵激动，说："老大，这怎么可以呢？"

张军坚定地说："就这么办。"

日产二手车继续向京东镇方向行进，焦喜荣见杨柳柳电话打完了，随手打开了收音机，正好是音乐频道，车里有了歌声，人也仿佛增加了活力，杨柳柳觉得浑身都得劲儿。

又过了会儿，杨柳柳手机响了一下，她打开手机一看，是京东镇城建办张超主任发来的一条信息："杨总，今天的晚宴安排在镇北'小安子'酒店，888包房，期待你的光临。"

杨柳柳立即回复："收到，非常感谢。"

之后，杨柳柳把张超主任的信息文字作了修改了，大致的意思是："小勇、高安、婷婷老师你们好，大家辛苦啦！我和焦喜荣下午出发赶到京东镇看望各位，晚上在镇北'小安子'酒店888包房请大家聚餐，晚上见。"

随后，杨柳柳把信息给韩小勇、高安和婷婷老师转了出去。

日产二手车离京东镇越来越近，其间，韩小勇、高安和婷婷老师已先后给杨柳柳回了信息，大致的意思都是"收到，谢谢！"就是韩小勇回信的文字长一些，其中有一句："今天晚上有好吃的喽！谢谢老板！"后面一个伸舌头的表情！

终于在五点半的时候，日产二手车稳稳地停在京东镇北"小安子"酒店。

杨柳柳和焦喜荣下了车，关了车门，焦喜荣一按遥控器，车身发出一声尖叫，锁了门。

杨柳柳和焦喜荣一前一后进了酒店，

正准备问吧台服务人员888包房在几楼时，一个年龄近五十，秃头瘦脸的男人向杨柳柳和焦喜荣走了过来。

杨柳柳一看，是张超主任。便说："张主任好！"

张超主任笑着说："路上还顺利吧？张军安排我先来恭候各位。"

杨柳柳心里佩服张军是个心细之人，说："谢谢张军和张主任。"

张超主任说："走呀！上楼。888包房在二楼。"

杨柳柳和焦喜荣便跟在张超主任屁股后面，上了二楼，进了包房。杨柳柳坐定后，环顾了一下房间，心想，还行，这个应该是京东镇条件最好的饭店了。

张超主任热情地倒水，临时客串服务员的角色，边倒水边说："张军是个大忙人呀！今晚原计划有三场酒席要去应酬，这三场酒席可都是提了几天预定的。这些请吃饭的人可都是人物。"说着话，张超主任把一杯茶水递给了杨柳柳，盯着杨柳柳说："杨总，你面子真大！你能够临时打电话约定张军，让他把其他饭局推掉，这种情况我第一次见。"

杨柳柳接过茶水，竟然接不了张超主任的话，只能笑笑，把话岔开，说："张主任，工地还顺利吧？"

张超主任又给焦喜荣递过一杯茶水，然后，自己才坐下来，说："工地一切顺利，杨总，我真佩服你，手下几个组长都是干将，年龄都不大，却都能吃苦。"

杨柳柳一笑，说："关键是张主任您支持。"

这时，张超主任拿着手机看了看时间，说："两位美女，你们先坐着喝茶，我去接下婷婷老师。"

说完，张超主任转身出了门。过了不一会儿，就听见外面皮卡车发动的声音，特别响。后来，那声音由近至远，渐渐消失了。

杨柳柳觉得好笑，她坚定地认为，张超主任对婷婷老师有意思。

杨柳柳突然想到，婷婷老师有人接。韩小勇自己的奥迪A6在工地上用。那么，高安同学如何来镇上呢？有心让韩小勇顺路接一下高安吧！考虑到韩小勇一直敌视他，杨柳柳就没有给韩小勇打电话。杨柳柳明白，如果自己打了电话，韩小勇一定不情愿，有可能勉强去接高安。但，何必让高同学看他脸色受他气呢？高安也不是个受气的性格；杨柳柳如果打电话请张超主任顺便接一下高同学，张超主任也不会说二话。可是，张超主任的心情一定不爽。为什么呢？这还用问吗？也许张超主任想趁着接婷婷老师的机会，要和婷婷老师接触一下呢！打情骂俏虽然不至于，给婷婷说几句肉麻的话还是有可能的。如此的话，高同学坐在皮卡车上不是严重影响张超吗？可是，总不能不管高同学吧！杨柳柳想，实在不行，也只有请焦喜荣开车去接这个办法了。

杨柳柳拨通了高安的电话。

"喂，高同学，收工了吗？你打算如何来镇上。"

高安说："杨总，还行，够意思，还知道操心我怎么去。看来，我给杨总这个工没白打。"

杨柳柳说："正面回答，实在不行，我和焦姐来接你？"

高安说："说真心话，俩美女来接我肯定开心。但是，没必要，最近，我去镇上，都是借房东的摩托车，挺方便，我这个村离镇不远，骑着摩托车，十分钟就到了。就这么说，待会儿见。"

高安先挂了电话。

接下来，杨柳柳和焦喜荣开始等韩小勇、高安、婷婷老师、张超主任，还有张军。两个女人无所事事，就开始闲聊。

焦喜荣冲杨柳柳笑笑，说："羡慕你呀！柳柳。"

杨柳柳不解地问道："羡慕个啥？"

焦喜荣说："柳柳，你请客，啥心不用操，东西都不用自己掏钱。真厉害！"

杨柳柳又一笑，说："焦姐，你羡慕这个呀！这有啥？我张叔，他和我爸是几十年的兄弟；再说了，我们大家在京东镇做工程，还不是为了京东镇美丽乡村建设做贡献？他招待咱们一下也是应该的吧！"

焦喜荣竖起大拇指，说："有道理。"

正聊着，听见屋外传来皮卡车嗡嗡的响声，由远至近，杨柳柳和焦喜荣猜测，一定是张超主任和婷婷老师到了。

杨柳柳和焦喜荣判断得果然不错，时不多久，张超主任和婷婷老师说说笑笑进了包房。

杨柳柳赶紧起身给婷婷老师打招呼。焦喜荣也起身冲着婷婷老师微笑。

杨柳柳说："婷婷老师，这段时间您辛苦啦！"

婷婷老师谦逊地说："哪里，都是工作嘛！"

这个时候，张超主任热情地把一杯茶水递给了婷婷老师。婷婷老师接过茶水说："谢谢！"

就在这时，一个矮个子年轻男人走进了包房。大家一看，这个人短发，秃眉毛，小眼小鼻子，两颗门牙齿在外面，正是韩小勇。

韩小勇笑着给房内的人挨个儿打招呼，点头。房内的人也都冲着韩小勇笑，表示欢迎。

当然，还是杨柳柳表现得更加亲近。杨柳柳亲自给韩小勇端了杯茶水，递到韩小勇手里。然后，杨柳柳把自己的椅子挪了挪，挨着韩小勇坐。杨柳柳说："小勇，最近辛苦啦！"

韩小勇深情地看着杨柳柳，说："柳柳，哪里话，应该的。"

没等杨柳柳回话，韩小勇接着说："柳柳，你怎么瘦了？"

杨柳柳说："天热，饭量减少，瘦很自然。"

韩小勇说："柳柳，广告位的事情，韩俊正在协调，太感谢了！那可是老韩的一块儿心病呀！"

杨柳柳说："小勇，谢什么呀！八字还没有一撇，过几天看结果吧！

韩小勇和杨柳柳这么聊着，坐在一旁的焦喜荣听得似懂非懂。

"咚、咚咚"。

大家正喝着茶，聊着天，听见敲门响，都扭头一看，一个大个子年轻男人站在门口冲着大家笑。这个大个子男人黑脸大眼睛，鼻直口方，留着长发，阳光帅气，正是高安。

高安这一进门的表现，很有涵养，尽管门是开着的，高安却文明地敲了几下门。这就无意中把韩小勇比下去了。依然是杨柳柳率先热情地打招呼，倒水。杨柳柳把一杯茶水递到高安手里，说："高同学，辛苦啦！"

四十四

高安进了包房后，和大家寒暄一番，包括韩小勇。尽管韩小勇对高安有些敌意，但高安还是大度地伸出了自己的手，众目睽睽之下，韩小勇无奈，只得抬起手来，被高安的大手紧紧握住。

接下来，就差张军还未到来。

杨柳柳悄悄地问张超主任："我这边人都齐了，张军啥时候到？"

张超主任小声说："甭急，他事务缠身，把事情处理完了就来。"

张超主任很务实，办事认真，就拿今天晚上这顿饭来说吧！张超主任早已把菜点好，酒、烟、茶水，早已安排得妥妥的了。

这时，杨柳柳手机响了一下，收到了一条微信信息，杨柳柳一看，是张军发来的："我马上到，可以上菜了。"

杨柳柳立即把张军的信息给张超主任看。张超主任看后，起身走出包房，找服务员去了。

张军终于到了。

就在张军进入888包房的那一刻，大家都站起身来，都冲着张军笑。

张军很谦虚，满脸笑容，说："大家坐，大家坐。"

随后，张军掏出烟来，给高安递过去一支，给韩小勇递过去一支，却没有给张超主任。张军知道，张超主任不抽烟。

韩小勇把烟点着，看了一眼烟屁股上"1916"标志，心里暗自骂了一句："娘的，腐败的家伙！"

韩小勇对张军有成见，起因就是上一次杨柳柳顶替张军司机，随张军进城应酬开始的。当时，韩小勇想："什么司机请假？有这么巧？鬼知道搞得什么名堂？"

为那次的事情，韩小勇心情压抑，一直憋闷到现在。韩小勇把当天的时间记得很准，并且暗下决心，等京东镇墙体手绘工地完工后，他一定要去杨柳柳公司小区门卫查看一下当晚的监控，因为杨柳柳告诉韩小勇说，当晚饭后她把张军送回了家，而她自己回到了柳树枝公司自己的办公室休息。但是，韩小勇对杨柳柳的话一直持怀疑态度。

服务员在陆陆续续上菜，大家仍然在喝茶，聊天，说笑。杨柳柳见菜还未上齐，突然想起一件事来。便起身把高安扯到包房外的走廊上。

高安觉得纳闷，问道："咋啦？"

杨柳柳一笑，说："高同学，我记得你给省城表叔武术学校只请了半个月假。现在从墙体手绘工程进度看，至少还得半个月工期。我还需要你继续帮我呀！怎么办？"

高安一听，原来是为了这个事情，就感叹杨柳柳心细。高安笑笑，说："柳柳，你这个墙体手绘工程不彻底完工，我是不会撤的。至于请假的事情，你甭操心，我自有办法。"

杨柳柳说："那就好，非常感谢！"

这个时候，张超主任在包房门口喊："杨总，菜齐了，赶紧进来坐。"

杨柳柳冲着张超主任一笑，说："张主任，好的，就来。"

杨柳柳和高安进入包房后，发现大家已经入席了。张军居中而坐，靠在张军的右手空着两个座位，杨柳柳和高安一看就明白，这一定是张军的意思。

张军微笑着招手，杨柳柳心里清楚，张军的意思是让杨柳柳挨着他坐，而另一个位置是留给高安的。

大家都坐定后，张军问了句："都有酒了吧？"

张超主任答道："婷婷老师不喝，小焦说饭后要驾驶车，不喝。"

张军挨着看了每个人面前的酒杯，果然，婷婷老师和焦喜荣面前的杯子斟满了饮料。其他人，杨柳柳、高安、韩小勇、张超主任面前的酒杯都斟满了酒，当然，也包括张军自己。

张军说："今天晚上，非常感谢杨总请我们大家一聚，这是其一；其二呢，我要感谢各位对我们工作所做的努力。来，大家干杯。"

张军的开场白讲完后，率先端起酒杯给大家敬酒。

晚宴正式开始，大家说说笑笑，吃起来，喝起来，互相敬酒。

张军是个非常幽默的人，也没有一点架子，三杯酒过后，就和大家彻底融入了，同时，大家也都放开了。看得出来，张军在酒席场上是个老手，幽默笑话总是讲得恰到好处，引大家哄笑，的确也是提起了大家的酒兴。大家也能看出来，张军酒量惊人，与人碰杯从不偷奸耍滑，把自己杯子斟得满满的，挨个儿敬。

酒过三巡，菜过五味之后，婷婷老师却突然提出要先告退。不过，婷婷老师说得客气，婷婷老师说："各位，我要回家管孩子，不好意思，你们接着进行，不扫大家的兴。"

众人都看着婷婷老师，都没有接话。

张军说："嗯，可以理解，照顾孩子是大事。"

张超主任见张军表了态，就说："没事，大家继续，我去送一下婷婷老师。"

说完，婷婷老师在前，张超主任在后，出了包房。

来到了酒店门口，婷婷老师跟张超主任说："你喝酒了，别送我，不能酒驾！"

张超主任说："没事，这不是在京东镇吗？你住镇南，我送你也就几分钟。"

婷婷老师坚持说："还是不要酒驾！我步行回去。"

张超主任显得有些不高兴了，趁着酒劲儿说："你真啰嗦。"

婷婷老师拗不过去，只好上了皮卡车。张超主任把婷婷老师送到镇南后，先是和婷婷老师聊开了情话，后又打情骂俏了一阵儿，才把婷婷老师送到了她居住的小区门口，然后，依依不舍离别。

当张超主任回到镇北小安子酒店888包房的时候，酒席正在热闹进行中，应该是已经达到了高潮。但见，韩小勇已喝得晕了头，几次趴在桌子上，都是被焦喜荣扯了衣服角才坐直了身体；高安也喝得两眼发直，一张脸涨得通红通红；杨柳柳好像也喝多了，但一直坚持着说笑，也许是为了不扫张军的兴吧！张军看上去有些醉态，但是说话及抬手端杯还算稳当。全桌只剩下一个头脑清醒的人，这个人就是焦喜荣。

张超主任入座后，正准备继续端杯敬酒。不料，张军却先说了话。

张军眼睛直盯着张超主任，口气有些严肃，说："你没找代驾？你是不是酒驾了？"

张超主任没有想到张军会突然冒出这句话，一时不知道如何回答。"这，这个……"张超主任嘴里木讷着，支吾着。

张军接着说："你明白吗？刚才你如果酒驾有个闪失，会影响我们全桌的人。"

张超主任连忙点头认错，说："是，是的。我今后一定小心，一定小心。"

杨柳柳见气氛有些尴尬，急忙出手化解。杨柳柳端起酒杯冲着张超主任说："张主任，这是关心呀！我敬你一杯。"

张超主任是个聪明人，见状，立即端起酒杯说："谢谢杨总，我当然知道是对我的关心。"

杨柳柳和张超主任一饮而尽。

张军又说："一会儿，散席后，你们有车的一律请代驾。"

韩小勇和张超主任都答道："好。"

张军见酒席已经尽兴，也热闹过了，就端起酒杯，站起身来说："来，大家喝个团圆酒。"

众人都起身，都端起酒杯。当然，焦喜荣端的饮料。大家杯子碰在一起，发出"砰砰"的响声，然后，大家一饮而尽。

酒席散了，张超主任找了代驾，请示了张军，和大家告别之后，走了。韩小勇尽管有些依依不舍，他深情地看着杨柳柳，可是人多，不方便和杨柳柳多说话，无奈之下，韩小勇也请了代驾回村里去了。高安一摇一晃地去骑摩托车，被张军发现了。张军关切地问高安："你可以骑吗？"

高安嘴里唔啦着说："行，没事儿。"

高安向大家挥了挥手，随着摩托车的"突突"声远去了，消失在黑暗中。

小安子酒店门口就剩下杨柳柳、焦喜荣和张军了。

张军说："刚才饭前司机送我来的，到了酒店我让他走了。现在，我坐你们车回吧！"

杨柳柳说："好，我和焦姐一定把你送到。"

三个人上了车。

杨柳柳坐在了副驾驶位置上，张军坐在后排杨柳柳身后的位置。

焦喜荣启动了车，二手日产车慢慢地驶入了街面。

这个时候，杨柳柳突然觉得后肩膀被人用手指轻轻戳了几下。

杨柳柳一下子就明白了，背后的张军偷偷用手戳自己肩膀，一定是暗示什么。

果然，张军说："两位美女，今天太晚了，你们就别赶夜路了，不安全。"

焦喜荣没有发言，继续开车。

杨柳柳说："也好，一是不赶夜路；二是，明天我还是要亲自到工地上看看。"

焦喜荣还是没有发言。

杨柳柳扭头问道："焦姐，你觉得呢？"

焦喜荣说："柳柳，我听你的。老韩不是交代了吗？要我以你的时间为准。"

杨柳柳说："好。"

坐在车后排的张军说："走，我安排你俩去条件最好的一家宾馆吧！我朋友开的，免费。"

杨柳柳立即接过张军的话，说："果真免费？"

张军打了一个酒嗝，说："这还有假？"

杨柳柳："不是不相信你，我的意思是，既然免费，还是帮我和焦姐各开一间房，我呢，还是喜欢单独睡。"

张军说："这还是个事儿吗？"

随后，张军掏出手机，直接打了个电话出去。电话打完后，张军说："两位美女，安排好了，一会儿到了宾馆，你俩去前台，报我的名字就可以了。"

杨柳柳说："谢谢！可是，你怎么回镇政府？"

张军说："到了你就知道啦！宾馆就在单位后面，下车后，我走回去，也就两分钟。

焦喜荣按照张军的指引，很快就将车开进了宾馆院内。

三个人都下了车。张军说："两位美女，晚安。"

杨柳柳和焦喜荣也说："晚安。"

张军像是酒喝多了，冲着杨柳柳和焦喜荣挥了挥手，晃晃悠悠走了。

杨柳柳和焦喜荣来到宾馆一楼前台，一报张军名字，果然，连手续都没有办，只出示了一下身份证，进行了登记，就各自领了房卡。

前台服务员说："在三楼，三零六，三零八。"

杨柳柳说了声"谢！"就和焦喜荣上了三楼。

焦喜荣说："房间挨着呢！来我这儿坐会儿吧？"

杨柳柳说："不了，我喝酒了，想早点睡，焦姐，晚安！"

焦喜荣说："好，柳柳晚安。"，就进了自己房间。

焦喜荣进房间后，换了拖鞋，洗漱完，刷了一会儿手机，觉得开始瞌睡了，就关灯昏昏沉沉地睡着了。

半夜，熟睡中的焦喜荣却被隔壁房间发出的一种激烈碰撞声惊醒。焦喜荣揉了揉眼，再一细听，隔壁房间的声音像是床撞墙，又像是人过度兴奋发出的声音。

焦喜荣一下子明白了，紧紧地抱着一个枕头，合上眼，强迫自己睡去。可是，无论如何，就是无法再睡着。

四十五

几天之后，华杰给杨柳柳来了电话。

华杰说："柳柳，干吗呢？"

杨柳柳心里想，他这个时候来电话，一定是韩俊那儿有了消息。杨柳柳说："哦！华杰，我在公司，你有什么吩咐？"

华杰说："岂敢有什么吩咐！我是跟你说个好消息。"

杨柳柳说："好消息呀！说来听听。"

华杰说："这样吧！如果不打扰你的话，还是到你公司来说，我先留个悬念，到了再告诉你。"

杨柳柳想了想，说："行，华杰你过来，我这随时欢迎你。"

华杰说："那好，一会儿见。"

杨柳柳说："一会儿见。"

杨柳柳挂了电话，在心里琢磨，华杰这个家伙又搞什么名堂？假设，他是说韩俊协调韩建国和黄老板之间的事儿，电话里也就说了，何必跑这么一趟呢？真是猜不透他葫芦里卖的什么药？管他呢！一会儿听他如何说。

大约过了半个小时，华杰到了，看上去风尘仆仆的样子。杨柳柳很热情，端了杯茶水说："华杰，我这可是没有烟啦！"

华杰说："我自带香烟。"

说完，华杰掏出烟来，点上一支，津津有味地抽起来。

杨柳柳就观察华杰，但是不先开口问话，等待着，看华杰有什么话讲。

华杰一仰脖，吐了个大的烟圈儿，说："柳柳，抽个空，我请你和王银银坐坐。"

杨柳柳说："同学之间客气个啥？"

华杰压低声音说："柳柳，告诉你，上次你和王银银帮了我们一个大忙，文联没有被通报，我们主席可开心啦！大会上表扬我。功劳全记在我的头上。你说我高兴吧！兴奋吧！所以呢！我要请你和王银银吃饭。"

杨柳柳听华杰这么一说，也觉得兴奋，说："事儿呢！可喜可贺，可是，请吃饭就算了，同学之间互相帮助不是应该的？请吃饭倒显得生分！"

华杰见杨柳柳这么说，显得很不高兴，纠正说："柳柳，我说请你们吃饭不是感谢你和王银银，而是咱们同学一起庆贺一下，庆贺主席对我华杰高看一眼。"

杨柳柳说："嗯！这个可以有。"

华杰端起茶杯，吸了一口茶水，继续说："柳柳，这第二件事，也是喜事儿，好消息。"

杨柳柳说："华杰，你可真会制造悬念，有好消息就讲呀！别婆婆妈妈的。"

华杰说："老韩，我表哥两个广告位的事情搞定了。"

杨柳柳一听，眼睛放起光来，问道："如何搞定的？"

华杰说："这么讲吧！韩建国到底是个老江湖，关键时候，他终于抹下了脸，低下了高傲的头。他主动找到了我。我也就不计前嫌！为什么呢？不是有你柳柳吩咐过我嘛！我就带着老韩，先把韩俊摆平，促使韩俊尽心尽力办事。韩俊得到了好处，就开始全力操作。最终，黄老板答应退出。当然，韩建国也私下和黄老板会面了，谈妥了，化干戈为玉帛。眼下，就差老韩去审批局找韩俊办审批手续了。"

杨柳柳说："这的确是个好消息，也可喜可贺。"

华杰说："柳柳，你前几天是不是去了京东镇的工地？去看望慰问韩小勇？"

　　杨柳柳说："是，你咋知道？"

　　华杰说："你说我咋知道的，当然是韩建国告诉我的，你不是借用了他的车吗？"

　　杨柳柳说："这你都知道？看来，亲戚就是亲戚，说好就好，无话不谈。"

　　华杰说："韩建国说这个事情都是你柳柳操的心，让我把这个好消息早点告诉你。这不，我就专程来你公司一趟，就为这。"

　　杨柳柳说："华杰，今天的两个好消息都值得庆贺。要不，你帮我联系一下韩俊，我来请你们吃饭。"

　　华杰说："这又为什么？"

　　杨柳柳说："华杰，不瞒你，我京东镇的工地马上就要完工验收了。我不能不拓宽业务吧！我们广告行业，离了韩俊玩不转。我也想像老韩一样，找几个好位置，设置几个广告位，发展业务呀！"

　　华杰说："为这个事情呀！行，我来约韩俊，你等消息。"

　　华杰又喝了口茶水，坐了会儿，就起身告辞，可是，华杰刚走到杨柳柳办公室门口，却站住了，回过头来看着杨柳柳，嘴唇动了动，像是有什么话要说。

　　杨柳柳正在华杰身后相送，见华杰异样的表情，十分纳闷，问道："华杰，还有事儿要说？"

　　华杰犹豫了一下，说："改天吧！"

　　这下把杨柳柳搞得丈二和尚摸不着头脑。因为华杰既然说"改天"，就说明的确有事，只不过，华杰现在拿不准，是说还是不说。

　　就这样，华杰也没有继续挪步，就和杨柳柳站在门口处，互相观察对方脸上的表情。

　　杨柳柳估摸，华杰欲言又止，他要讲的事情八成与自己有关，说不定，这才是他今天专程来找自己的目的。

想到这儿，杨柳柳从华杰面前走过去，轻轻把门掩上，回过头看着华杰的眼睛。杨柳柳轻声说："华杰，到底有什么事，说出来，我最不喜欢婆婆妈妈的人。"

华杰无奈，退了几步，又到了沙发旁，却没有坐。

杨柳柳也回到了自己的老板椅子旁，也没有坐。

华杰说："柳柳，没有别的，我原本不打算说的，可是，咱不是同学吗？既然知道了，听到别人议论了，还是觉得告诉你为好。"

杨柳柳说："快讲。"

华杰压低声音，说："外面传言，你和京东镇的张军关系不一般呀！说是墙体手绘的工程咋就给了你……你事先去宾馆会过张军。"

华杰说话的时候，不仅是压低了声音，脸上的表情也神神秘秘的。

杨柳柳听得脸上红一阵儿，白一阵儿。没等华杰说完，杨柳柳就气呼呼打断了华杰的话。杨柳柳提高了调儿说："华杰，你听谁说的？"

华杰说："这个我不会告诉你，我只是好意提醒你。我原本不打算说的，说实话，我一点也不信。可是，外面就是这么传的。"

杨柳柳双眼狠狠地盯着华杰，说："背后说我的人晓得个屁，张军和我爸杨洋河是多年兄弟啦！再说，我中标的流程是合规的。"

华杰赶紧赔着笑脸，说："柳柳，这些我都信。你分析一下，是不是与你竞争，没能中标的这些人在散布谣言呢？"

杨柳柳听到华杰这句话，情绪才平缓下来，说："有道理。"

华杰说："是呀！我也是内心经过了激烈斗争，才决定告诉你的。至少，你可以防范一些。现在的世道，坏人多着呢！"

杨柳柳说："华杰，谢谢你啦！"

华杰说："我走了啊！"

杨柳柳说："好！华杰，我请韩俊吃饭的事情你可当回事儿。"

华杰说："OK啦！"

又过了几天，杨柳柳终于等来了京东镇四十五个村墙体手绘完工验收的通知。

电话是张超主任打来的。张超主任在电话里说："杨总，终于完工了。按照合同规定，要验收之后才能办理其他手续。"

杨柳柳说："好的，张主任请放心，我一定按合同办。"

张超主任说："那好，就明天下午吧！明天下午三点，我们在单位门口见，然后下村里去。"

杨柳柳说："好。"

杨柳柳挂了张超主任电话，稍作考虑，立即拨通了焦喜荣的电话。

"焦姐，又要麻烦你了。"

焦喜荣在电话里说："没事，柳柳客气个啥！有事直说。"

杨柳柳说："京东镇城建办通知我说，明天下午搞工程验收。我想你一起去，你懂的。"

焦喜荣当然明白，杨柳柳的意思是让她仍然借韩建国的车，并且陪着她一起去。焦喜荣二话不说，就答应了。

第二天午饭后，焦喜荣驾着韩建国的日产二手车，车上坐着杨柳柳，于三点钟准时到达了京东镇政府门口。

日产二手车刚在镇政府门口路边停稳，张超主任就迎了过来，身后还跟着两名工作人员。

张超主任热情地打着招呼，说："两位美女，真够准时。"

杨柳柳下了车，走到张超主任跟前，说："不敢耽误呀！张主任指定的时间，我·定会按时到。"

张超主任说："那好吧！我已经通知工地上三个组长了，他们都等着呢！"

杨柳柳说："张主任，我这儿就两个人，我和焦姐。"

张超主任说:"我身后这两位,等会儿验收时,一个记录,一个拍照。还有一个镇上的监督员,在皮卡车上坐着,就这些人。"

杨柳柳说:"张主任,先去哪个工地?"

张超主任说:"杨总,你的车跟着我的皮卡车就可以了。我们到每个组抽查两个村,就行。"

杨柳柳一想,张超主任说得有理。试想,如果把四十五个村跑遍,怎么跑得过来。说是验收,也就是个形式,每个组抽查两个村,拍拍照,做个记录,有镇上监督员在场参与,也就完成验收任务了。

杨柳柳说:"好吧!"就上了日产二手车。

就这样,皮卡车在前,日产二手车在后,两辆车快速出发,跑完了街面,驶入了通往村里的水泥路。

十分钟后,来到了高安负责的工地。

高安早已和村主任在现场迎候了。因工程已完工,所以现场已经看不到技术人员和工人,能看到的是高安及技术人员这段时间以来的成绩。但见,一幅幅构思巧妙、主题鲜明、栩栩如生的彩绘画作,跃然墙上,让昔日朴素的村庄平添一份艺术气息,成为一道道美丽的风景线……

一个点位查看完后,大家在张超主任的带领下,又抽查了另一个村。发现这个村更是创新思路,充分利用自身的区位和产业优势,规划了1000平方米的闲置墙体,将扮靓墙面作为点睛之笔,移步易景,做到"一墙一故事""一街一景观","天蓝、地绿、水清、人和"形成立体式综合景观。

张超主任带着大家在高安的工地查看之后,又先后去了韩小勇和婷婷老师负责的工地抽查。效果都不错,生动形象的文化墙,充满了乡村风情,使一面面墙壁间有了温度,变成美观又会"说话"的"宣传员"。

婷婷老师负责的工地也很有特色,村委会将农耕和民俗文化作为壁画主题，注重原创性、文化性、互动性、共鸣性。突出了田园风光。

张超主任率领大家把三个组的工地都抽查完了，从张超主任的脸上表情看，他很满意。最后，张超主任把参与验收的所有人员召集起来，这些人员包括，杨柳柳、焦喜荣、婷婷老师。高安和韩小勇的工地抽查完后，他俩也跟过来了。镇政府一方有张超主任、两名作记录拍照的工作人员，还有镇政府工作人员。另外，婷婷老师负责的村里干部也在。大家就站在文化墙边，站成一个圆形，听张超主任总结。

张超主任说："今天，对本镇四十五个村墙体手绘工程进行了检查验收。总的来看，工程是成功的，可以说是保质保量，按期竣工了。该工程从前期立项，招标开始，我们都是按程序办理的，现在，如果各位没有异议的话，我宣布，验收合格。"

张超主任讲完后，大家鼓起了掌，拍掌声响成一片。

四十六

随着京东镇城建办对四十五个村墙体手绘工程的验收结束，杨柳柳和她的团队也偃旗息鼓，鸣金收兵。

回城之后，作为柳树枝广告公司的法人，杨柳柳自然是选择了一个好日子，摆上了庆功宴。

杨柳柳这一次很重视，专门在市里一家高档酒店订了一桌酒席。应邀参加宴席的有韩小勇、焦喜荣、高安，柳树枝广告公司的小美女刘倩。另外，还特邀了文联的华杰、社区的王银银。杨柳柳考虑到婷婷老师住在京东镇，就没有通知她。张军和张超主任更是不在受邀的人员之中。

酒席上，不知道怎么回事，华杰表现得很活跃，他挨个儿敬酒，表现出了拼命给杨柳柳捧场的架势。

华杰这么表现，杨柳柳也是求之不得。哪个请客的不希望酒席氛围搞得热闹些？因此，有华杰这个角色在前面拼命敬酒，杨柳柳也就省了许多事儿。酒喝到一半以后，杨柳柳、王银银、焦喜荣和刘倩，四个女人就在一旁聊天了。

王银银挨着杨柳柳坐。就逗杨柳柳说："这回，京东镇的工程大功告成，恭喜你捞了一瓢。"

杨柳柳一笑，说："哪儿的话，其实，也赚不到什么，这里面开支大，有些方面只可意会，不能言传。钱肯定是要赚点儿，可是不多。"

王银银对杨柳柳这么圆滑地敷衍自己，极不满意。假装生气，板了脸说："柳柳，赚就赚了，我又不找你借钱？"

杨柳柳一看王银银表情，又想到王银银前些天帮过自己，就不好意思地笑笑，但没有说话，只是用手拍了拍王银银的肩膀，以肢体动作代替语言，意思是："别生气。"

王银银本来只是假装生气，她当然明白杨柳柳拍打自己肩膀的意思，脸上表情随之平缓了下来。王银银接着问道："柳柳，这回有了钱，该考虑买个车了吧！别老是太低调。"

杨柳柳这下回答得很爽快，说："买，等京东镇的工程款结完了就买。这次全靠自己，就不再剥削老爸杨洋河了，他正在兴建的京东镇家属楼还缺钱呢！"

王银银说："打算买个什么款式什么牌子的车？国产的还是进口的？"

杨柳柳没有明确回答，只是说："银银到时候陪着我去车市转转逛逛再说吧！"

王银银和杨柳柳咬着耳根儿小声聊天的时候，焦喜荣和刘倩也在唠叨着什么，听不清。

却在这时，喝酒的华杰和韩小勇之间起了冲突。原因是，华杰考虑到自己已经和韩氏父子和解，并且自己是帮了韩氏父子的。辈分还比韩小勇大，表叔总是主动端起酒杯敬表侄儿，表侄儿应该积极迎合才对，却不料韩小勇心里有事儿，十分烦躁。再加上打心眼里看扁了华杰，就不怎么端杯迎合华杰。华杰看出来了，也是喝上了头，无意中冲着韩小勇来了句："瞧你不待见的样儿，不开心不愿意就滚，在这儿愁眉苦脸影响大家情绪。"

这要是在平时，华杰作为表叔开玩笑说一句"滚"，韩小勇也不会介意。可是，今天晚上韩小勇内心真藏着事儿，就以歪就歪，说："滚就滚！"然后，韩小勇起身离席，头也不回地走了，把众人都撂在酒席上。

韩小勇出了酒店，还气鼓鼓的，自从华杰那次在歌莱美歌厅的事儿之后，他是打心眼里看不起华杰这个人。不过，今天晚上他是借华杰嘴里说出来的"滚"字，脚底下抹油溜出来干自己惦记的事情。

韩小勇招手拦了辆的士，一上车，满嘴酒气，把的士司机熏得身子一个趔趄。在韩小勇的指引下，的士车直接开到了杨柳柳公司所在的那个小区门口。下了车，直奔小区门卫室。

在小区门卫室值班的保安是一个五十岁左右的男人，长得胖胖的，眼睛很小。保安见韩小勇奔自己走来，仔细一看，这是个小个子男人，秃眉毛，小眼小鼻子，长得很难看，满嘴酒气。

"你干吗？"

保安不屑一顾地问道。

韩小勇也是酒喝多了，忘了礼数，没有给人家保安发烟，甚至没有微笑，客气话也没有说，就板着脸说："我来查下某月某天晚上的监控。"

要知道，这个监控让不让查，这个权力可是握在保安手里。一个矮个子男人突然冒出来，不发烟，不说好话，还板着脸要求查看监控。这可把保安气坏了，这不是挑战自己的权威吗？保安没有好脸色，阴沉着脸，说："查不了，监控坏了。"

这可直接扫了韩小勇的兴。韩小勇这才想起来发烟，他从兜里掏出香烟，抽出一支递给保安，赔着笑，说："大哥，我刚才失礼了，您抽烟。"

保安铁着脸，用手一推，说："不会。"

韩小勇只好把烟收回，叼在自己嘴上，用打火机把烟点着，深深地抽了一口，一仰脖，把烟雾喷向空中。

吐完烟圈儿，韩小勇继续说："保安大哥，那天晚上我自行车丢失了，我要求查看一下监控，请帮帮忙。"

保安这时好像才想起来什么，问道："你哪儿来的？是不是本小区的人？身份证拿出来看看。"

韩小勇一愣，不过，韩小勇反应也快，一抬头，用手往上指了指，说："就这栋楼，十七楼，柳树枝广告公司，我单位。"

保安无言以对，愣了愣，说："身份证拿出来登记下。"

韩小勇人在矮檐下，不得不低头，乖乖摸出自己身份证，登了记。

韩小勇说："保安大哥，这下，我可以查看监控了吧？"

保安面无表情，说："跟你说监控坏了，过几天修好了再来。"

就在韩小勇和保安僵持不下之时，也巧，杨柳柳和高安从小区门口步行往里走，进出小区，门卫室门口是必经之路。杨柳柳酒喝得少，眼睛好使，一扭头，正好看见韩小勇醉醺醺的，在门卫室内和保安大哥争吵着什么。

"小勇。"

杨柳柳止了步，叫了一声。

韩小勇往门卫室门口一看，一男一女正站着看自己呢！正是高安和杨柳柳。韩小勇不想让杨柳柳发现自己来查监控的事情，就随口说："噢！没有事儿，在这玩呢！"

保安和杨柳柳谈不上熟，但是认识，杨柳柳从小区门口出出进进的，经常见面。

保安和杨柳柳说："美女，这个人是你同事吧？喝多了，硬是要查某月某日晚间的监控录像。监控坏了，美女你劝劝他，改天再来。"

杨柳柳听保安一讲，愣了愣，立即就明白了。

保安说的时间不就是自己顶替张军司机进城吃饭的那一天吗？杨柳柳心里面立即怒火中烧了，杨柳柳想，我的事儿你韩小勇管得着吗？不过，杨柳柳克制着，尽量不表现出来。

杨柳柳面无表情地冲着韩小勇抛了句："那请继续吧！"说完，故意牵着高安的手，几乎是靠在高安高大的身躯上，回公司去了。

就是杨柳柳故意采取的这个举动，几乎让韩小勇绝望了，疯狂了，咆哮了。

韩小勇的痛苦无法形容。他想："我怎么喜欢上了这么一个女人，水性杨花的女人。还没有弄清楚某月某日她和张军的事情；这又当着我的面给我添堵，八成，今天晚上她要和省城来的老情人在一起。"

韩小勇再也没有心思继续要求保安查监控了，他内心受到的冲击太大，几乎是摇晃着出了小区。

韩小勇走到马路边，蹲下，从衣兜里摸出烟来，点上一支，狠命地抽。在昏暗的路灯下，韩小勇嘴上叼着的烟头儿如萤火虫一般，一明一暗，不停闪烁。

韩小勇蹲了一会儿，觉得腿麻，索性后退几步，一屁股坐在花坛边沿上，继续抽烟、默默地伤心、脸颊上还滚落了几颗泪珠。

韩小勇突然想喝酒了，酒能解忧。

"一个人去吃宵夜吗？没有意思，至少得有个说话的人吧！"

韩小勇想："这个点了，约谁呢？"

韩小勇突然想到一个人，一个女人，同事，这个女人和自己关系不错。并且，如果自己坚持让她出来，她一定会。

韩小勇拨通了这个女人的电话。

"喂，小焦，还没有睡吧？"

焦喜荣从酒店和杨柳柳等人分开后，直接回到了寝室，刚洗漱完，在床上躺着，刷了会儿手机，正准备关灯睡觉，韩小勇电话打来了。

焦喜荣觉得很纳闷，想，这个韩小勇今天特别反常。在酒席上，和华杰闹翻，独自先走了，害得大家都坏了心情。这会儿，又打电话来，这可是从未有过的现象。

焦喜荣接通了韩小勇的电话。

"小勇，这么晚了，有事儿？"

"小焦，还没有睡觉呢！出来吃宵夜。"

焦喜荣用商量的口气说："小勇，我能不能不去？这么晚了，我要休息啦！"

"不行，你必须出来，你开公司的车出来。我在杨柳柳公司这个小区门口的马路边上等你，我坐在花坛边沿等你。"

焦喜荣能感觉到韩小勇的情绪不好，从韩小勇说话上，能够感觉到此时此刻，韩小勇应该是痛苦的。一定发生了什么？焦喜荣并没有因为韩小勇和自己说话态度生硬，蛮不讲理而怪他。相反，焦喜荣萌生了怜悯之情，去看看吧！免得发生什么意外。

焦喜荣说："好吧！小勇，你就原地待着，我马上到。"

焦喜荣用最快的速度穿衣，出门，开了公司的微型小货车，风驰电掣，一路狂奔。夜晚了，大街上车少人少，焦喜荣极快地赶到了韩小勇待的地方。

焦喜荣把车停稳，急匆匆走到韩小勇跟前，一看，韩小勇甫提多狼狈了，矮小的身体坐在花坛边沿上，像个小孩，并且，两眼发直，五官都有些挪移了，呆呆的、傻傻的样儿。

焦喜荣见韩小勇看着自己不说话，心里又气又好笑。想，这家伙不是要吃宵夜吗？咋不说话？

焦喜荣只有先开口了。

"小勇，你怎么啦？这么晚了，咋会在这儿？"

韩小勇有气无力地说："先别问，走，吃宵夜去。"

韩小勇说着，起身晃悠悠向小货车走去。

焦喜荣没有办法，只有走到车旁，上了车。韩小勇也上了车，坐在焦喜荣旁边。

小货车重又驶入了大马路。

焦喜荣没有征求韩小勇的意见，直接把车开到了一个吃夜宵的夜市。这地方韩小勇经常来，并且，有一家四川风味儿是韩小勇最喜欢的。焦喜荣和韩小勇直接来到了四川风味儿这家。

老板对韩小勇很熟悉，热情地打招呼，"小韩总、小韩总"地叫着。

韩小勇心里难受，但还是冲老板点了点头。

不一会儿，菜上来了。荤素加起来，共有四五个菜。

焦喜荣试探着说："小勇，酒就甭喝了吧？吃点菜，聊聊，挺好的。"

"喝，一定要喝！"

韩小勇提高了声调说："不喝酒来干吗呢？"

这个时候，老板拿过来一瓶白酒，是韩小勇爱喝的酒。

韩小勇把酒瓶盖儿拧开，给自己面前的一次性塑料杯倒了半杯。然后，韩小勇把酒瓶重重放下。端起酒杯，望着焦喜荣说："小焦，我敬你一杯。"

焦喜荣无奈，只得端起茶水和韩小勇干。

韩小勇将半杯白酒一饮而尽。

焦喜荣放下杯子，问道："小勇，酒就甭喝了，喝多了伤身。你说说，发生了什么。说出来也许就释放了。"

韩小勇刚才抽了半杯白酒，开始上头了。韩小勇几乎是带着哭腔儿，双手抱了一下头，自言自语道："我该如何说呢？"

焦喜荣不接话，就看着韩小勇。她知道，他一定会说出来。"

果然，韩小勇开口了。

韩小勇先是说："小焦，我把我心里苦闷的事儿说出来。"

焦喜荣"嗯"了一下。

韩小勇又说："我不说出来憋着难受呀！"

焦喜荣又"嗯"了一下。

韩小勇继续说："小焦啊！有些事儿我只能当着你说，我信得过你，你一只耳朵进一只耳朵出，权当我啥也没讲。可是，千万要保密。"

焦喜荣继续"嗯"了一下。

韩小勇这才倾诉心里话。

"一段时间了，我心里憋闷。具体说，就是从某月某日杨柳柳顶替张军的司机之时开始的。那天晚上，她不是没有回京东镇吗？事先说好了的，饭后就回。我们不是都没有见到她回京东镇吗？第二天下午，她来到了我负责的工地。我见她一脸疲惫，黑眼圈。便问她啥时候回到京东镇的。她说，上午才回。我又问，不是说好了当天下午去，当晚回吗？她说，当晚，张军喝多了，她把张军送回了家。然后，她自己回柳树枝公司了。"

"然后呢？"

焦喜荣问。

韩小勇说："鬼信！我真是怀疑，怀疑她和张军……"

"然后呢？"

焦喜荣问。

韩小勇说："小焦，你知道昨晚我为什么提前离席吗？"

"为什么？"

焦喜荣问。

韩小勇说："华杰让我滚，我早就想滚！我一直惦记着这事儿。我离开酒店，直接就去了杨柳柳公司小区门卫处。我要查查当天晚上的监控，就是某月某日杨柳柳顶替张军的司机那天晚上的监控录像，看她是不是真的回到了柳树枝广告公司。"

"然后呢？"

焦喜荣问。

韩小勇说："倒霉呀！遇到一个不通人情的保安。我和这个保安搞僵了，这个家伙就是找借口，不让查。"

焦喜荣说："原来，今晚情绪低落，就为这个？"

韩小勇说："没完，还有。"

"还有啥？"

焦喜荣问。

韩小勇说："今儿也是背，我正和保安纠缠着，杨柳柳突然来了，和他一起的还有高安。我一看就明白了，他俩是刚从酒店回来，就这样和我撞上了。我肯定不想让他知道我在查监控的事儿。不料，那个保安嘴贱，把我查监控的事儿全抖搂出来了。"

"再然后呢？"

焦喜荣问。

韩小勇说："杨柳柳一听我在查某月某日当晚的监控，像是很生气，丢了句，请继续吧！就走了。而且，她还牵住省城那个傻大个儿的手，靠着那个傻大个儿的身体走。"

听到这里，焦喜荣终于明白了。

四十七

韩小勇在焦喜荣跟前把心里话倒了出来之后，顿时，觉得胸闷的感觉减轻了许多。

焦喜荣两眼盯着韩小勇，基本上是面无表情。

韩小勇再次给自己斟了半杯酒，突然又开口了。韩小勇说："说句不该说的话，杨柳柳她这是有些卸磨杀驴的味道儿。"

焦喜荣问道："小勇，你讲清楚点，我听不明白。"

韩小勇说："试想一下，如果京东镇四十五个村墙体手绘的工程还没结束的话，她敢对我这个态度吗？这不明摆着就是活儿干完了，我对她没有用了吗？"

焦喜荣还是两眼盯着韩小勇，没有说话。

韩小勇端起酒杯，就想一下子干了。

"别喝了。"

焦喜荣说话，制止了韩小勇。

韩小勇把酒杯举在嘴唇边上，没有把酒往嘴里灌。

"小勇，你把酒杯放下，听我说几句话。"

韩小勇乖乖地把酒杯放下。

焦喜荣说："小勇，请允许我问你几个问题，怎样？"

韩小勇说："当然可以，别说几个，几十个都行。"

焦喜荣说："那好。第一，小勇，你和杨柳柳是个什么关系？"

韩小勇立即回答："朋友啊！最好的朋友。几乎所有人都知道，这一年多，近两年了，我一直在追求她。"

焦喜荣说："对呀！小勇你自己都知道你和杨柳柳只是好朋友，而不是男女朋友关系。尽管，全天下的人都知道你在追她，但是，没有结果呀！人家没有承认是你女朋友吧！这是不争的事实。"

　　韩小勇没有说话，沉默，等于认了。

　　焦喜荣又问："小勇，我的问题尖锐，你不要多想。二呢！既然不是男女朋友，而仅仅是好朋友，请问，小勇你有没有权力干涉人家杨柳柳的私生活？"

　　韩小勇被问得不知如何回答。

　　焦喜荣接着说，这回提高了些声音："三呢，小勇你有没有权力在背后查人家杨柳柳的私生活？每个人都有隐私，谁愿意暴露自己不为人知的一面！"

　　韩小勇呆了，傻傻坐着，更是无言以对。

　　焦喜荣说："小勇，今晚我话说得直，不然的话，你不会清醒的。你是一直以来，都把杨柳柳当成了自己女朋友，一厢情愿的那种，你是入戏太深。"

　　韩小勇身体激灵了一下，一句话也没有，哑了。

　　焦喜荣态度缓和了下来，说："小勇，咱俩是多年的朋友，又是同事，你信任我，我才如此斗胆问了你。其实，说句实话，我也希望你早一点心想事成，把喜欢的人追到手。"

　　焦喜荣说的这句话，韩小勇爱听，因此，情绪稍微好了点儿。

　　对于杨柳柳，韩小勇是不会死心的。对杨柳柳的怀疑，韩小勇是不会停止的。这会儿，韩小勇突然想到了一个人，就觉得胸部又开始闷了，心也疼。韩小勇想："不行，一定要去，再晚也要去，搅黄杨柳柳和傻大个儿的好事儿，不能眼睁睁着见自己喜欢的女人和省城来的傻大个儿独处，都夜里了，这孤男寡女待在办公室，能有什么好事儿？对，就这么办。"

　　想到这儿，韩小勇果断地说："小焦，经过你这几问呀！我算彻底清醒了，我肯定是错了，错了就要给人赔不是。而且是说干就干，不然的话，回到家我也睡不着。"

　　焦喜荣说："什么？你要干吗？"

韩小勇说："去给杨柳柳道歉啊！走，你陪着我一起去。"

焦喜荣说："算了吧！道歉，什么时候都可以，一定要现在吗？太晚了，不能打扰人家休息。"

韩小勇又拧上了，说："不行，今晚非去不可。"

其实，焦喜荣都忘了刚才韩小勇说杨柳柳和高安一起回公司这个细节，她只是担心这么晚了会打扰杨柳柳休息。而韩小勇明明知道高安有可能还在杨柳柳的办公室，现在去，等同于去"捉奸"。

焦喜荣拧不过韩小勇，就只有答应。她想韩小勇早点去给杨柳柳道了歉，早点完事儿，自己也早点回寝室休息。

焦喜荣结了饭钱，驾着车，和韩小勇一起来到了杨柳柳公司。焦喜荣看了看时间，已经是夜里十二点多了。当焦喜荣和韩小勇来到杨柳柳办公室门前时，发现杨柳柳办公室内没有灯光。

焦喜荣心里想，这多不好，柳柳已经睡了。

"咚、咚咚。"

焦喜荣轻轻敲了几下门。

"这么晚了，谁呀？"

韩小勇屏住呼吸，心里忐忑不安，他怕门一开，会出现尴尬的一幕。

焦喜荣说："我是焦姐呀！柳柳你开下门。"

办公室内杨柳柳一听是焦喜荣的声音，就不再多问，开了灯，穿着睡衣，走到门口处把门打开。一看，果然是焦喜荣，焦喜荣身后还站着一个矮小男人，醉醺醺的，站都有些站不稳，正是韩小勇。

杨柳柳很纳闷，问道："焦姐，这么晚了，你俩这是？"

焦喜荣也不客气，进了办公室，坐在沙发上，指着醉得不省人事的韩小勇说："柳柳，你问他，他硬是要来。"

韩小勇虽然醉得几乎站不住，但是心里清醒得很，他这是拽着焦喜荣来"捉奸"的。他顾不得和杨柳柳搭话，东瞅瞅，西看看。怎么没人呢？傻大个去哪儿了？韩小勇挪动着步子，来到洗手间门前，打开了门，往洗手间里面一看，空无一人。这怎么可能呢？我可是亲眼看见杨柳柳和高安上来的。

这个时候，谁也不用回答，杨柳柳就看出韩小勇的来意了。

焦喜荣好像也明白过来了，她突然想起来韩小勇说过的"杨柳柳牵着高安的手，靠着高安的身体回公司"的话来，不由得打了个寒战，心想，又被韩小勇利用了。好在，人家杨柳柳办公室就自己一个人。

出乎焦喜荣和韩小勇意料的是，这一次，杨柳柳并没有恼火，而是选择了装憨，和焦喜荣、韩小勇聊上了。

聊天中，杨柳柳有意无意地透露出了高安的情况。

杨柳柳带着讽刺意味儿，说："你们呀！真是我最好最铁的朋友。这么晚，还要来看看我。你像高安同学，也是如此。今晚散了席，他非要来我办公室坐坐，一来，说是告别。二来，人家来取自己的旅行包，他呀！坐晚间的高铁，回省城去了。"

焦喜荣和韩小勇一听，相互对视，面面相觑。

过了几天，柳树枝广告公司负责办公室、财务工作的小姑娘刘倩欣喜万分，她急匆匆地走进了杨柳柳办公室，向杨柳柳报告说：

"老板，好消息呀！"

杨柳柳正在低着头整理一份资料，听见刘倩说话，抬头一看，刘倩脸上表情异常兴奋，就知道真的是有喜事儿。

"什么情况？"

杨柳柳冲着刘倩微笑着问道。

"老板，就在刚刚，京东镇墙体手绘的工程款已全部汇到我们公司账号上了。我是一分钟也没耽误，立即就来向您报告。"

"好的，我知道啦！"

杨柳柳依然是微笑着说，她向来在公司职员面前都没有架子。

刘倩走后，杨柳柳不再压抑自己，她起身走到办公室门口，轻轻把门关上。然后，她回过身，走到办公室中间的位置，狠狠地挥了一下右手，喊道："我成功啦！"

她怕别人听见，本想在心里面默默地喊，但最终还是喊出了声儿。

的确，这才是杨柳柳最开心的时刻，京东镇打来的这笔工程款，是杨柳柳独自创业以来攒取的第一桶金。

眨眼间，到了星期五的下午，又是一个周末。

不知道是为了什么？杨柳柳觉得自己近来心情特别好。心情好的时候就特别想唱歌呀跳舞呀，总之，想动，哪怕是伸伸胳膊踢踢腿都行。杨柳柳突然心血来潮，想干一件事儿。

"约个伴吧！约谁呀？"

杨柳柳想："王银银吧！非她莫属喽！这事儿之前和她讨论过。"

杨柳柳拨通了王银银的电话。

"喂，王大主任，今天周末，能不能提前点下班？"

电话里传来了王银银咯咯的笑声："杨大老板呀！有何吩咐？"

王银银是故意称杨柳柳"杨大老板"的。王银银心想，谁让你称我"王大主任"呢？这叫，有来无往非礼也。

杨柳柳继续逗："王大主任，岂敢吩咐？早点遛，陪着我逛逛车市，之前咱俩不是约定好了吗？"

王银银说："这个事情呀！你终于下决心了？好，你在公司等我。"

杨柳柳挂了王银银的电话，想要不要把公司的小姑娘刘倩叫上？因为买车的话会有一些手续，让刘倩去办。杨柳柳又一想，等会儿见到王银银，和王银银商量一下再决定带不带刘倩。

杨柳柳上了下洗手间，刚转身出来，王银银的电话就打来了。

杨柳柳刚接通，就听见王银银说："快下来，速度，小区门口哦！"

杨柳柳答应一声"好"，便以最快的速度关办公室门，进电梯。

杨柳柳来到小区门口，一看，王银银的白色小轿车就靠路边停着。杨柳柳走到车旁，拉开车门，一屁股坐在副驾驶的位置上。

王银银正准备将车起步，杨柳柳问道："银银，就咱俩，我要不要把公司的小姑娘刘倩带着？"

王银银说："带着干吗？"

杨柳柳说："如果车看好了，价钱谈妥了，不是有些手续嘛！保险呀什么的。小姑娘去办。"

王银银说："柳柳，你真是个急性子。慌个什么？你一定要看几次，多跑几个车市，比较比较。车型看准后，价钱也重要。看朋友圈有没有资源？可以帮你压压价。因此，今天没有必要带着刘倩，咱俩就行。"

杨柳柳觉得王银银说得有道理，开玩笑说："银银，你啥都懂，真是个人精儿！"

王银银咯咯地笑着，将车起步，向着一条最热闹的车市街驶去。

四十八

杨柳柳和王银银一共逛了三回车市，几乎把全市大点儿的车市逛完了。最后一次，杨柳柳在一家宝马店里止了步。

"不逛了，就它了。"

杨柳柳站在一辆银白色的五系宝马小轿车旁，用手拍了拍宝马车的前车盖儿说。

王银银说："比较来，比较去，你还是看中了这一款。"

杨柳柳说："对，像找男朋友一样，一定要情有独钟，心为所动嘛！"

王银银说："那价格呢？"

杨柳柳说："我已经砍不下来了，接下来就用你的办法喽！"

王银银说："好吧！咱先回去。"

杨柳柳回到公司后，就开始行动，采用王银银说的办法。第一次逛车市的时候，王银银就说了，如果认识税务、城管方面的朋友，可以试着找一下。

杨柳柳后来就思考了，税务方面，没有资源；城管嘛，有。有个城管大队长叫胡二勇的，他不是张军最铁的哥们儿吗？嗯，就找胡二勇。

杨柳柳和胡二勇大队长只一面之交，当然不可能贸然打电话请胡二勇帮忙。杨柳柳直接把电话打给了张军。张军一听，哈哈哈笑起来。张军说："先祝贺你呀！提了宝马车可要让我先坐坐。"

张军这是和杨柳柳先开了个玩笑，后来，切入了正题。

"柳柳，你想到找胡二勇大队长，算你聪明。告诉你，这些开车市的经常要把车摆出来做活动促销！但是，这是占道的行为，违法。他们经常被胡二勇的城管队伍撵。占道情节严重的车辆还要被拖走，扣押。所以呢！开车市的都求着胡二勇大队长呢！不信的话，你试试，胡二勇的话绝对好使！这样，我立即给胡二勇打电话，然后，我把胡二勇的电话发给你，把胡二勇的微信也推给你。半小时后，你就可以找他。"

杨柳柳一听，激动地说："张叔，我肯定信呀！都知道城管厉害，我咋不知道呢？"

张军说："好吧！但是柳柳，你也要会来事儿，不要让人家白帮忙。比如，请人家吃吃饭呀！花点小钱，省的却是大钱。"

杨柳柳说："明白。"

当杨柳柳和王银银结伴儿而行，来到城管大队找到胡二勇的时候，胡二勇果然给足了杨柳柳面子。

胡二勇说："张军亲自打了电话，我一定不会马虎，我尽力去办。不过呢！人家车市买不买账，就不好说了。"

胡二勇是个老江湖，不仅没有把话说满，还给自己留了后路。

杨柳柳是个聪明人，立即说："胡大队，晚上出来坐坐吧！许久没有见，咱叙叙旧。"

胡二勇推辞说："坐就算了吧！忙还没有帮上呢！"

杨柳柳说："胡大队，你说这话就见外了。不都是张军的朋友吗？张军也嘱咐我了，一定要先请您坐坐。"

胡二勇心动了，问道："张军真是这么说的？"

杨柳柳说："这还有假？当然是真的。"

王银银在旁边补了句："帅哥队长，你们上班紧张，下班后抽点时间放松一下，也是应该的呀！再说，工作上，我也经常和你们城管合作呢！"

胡二勇这才开始注意王银银，他发现，王银银的皮肤好白，问道："这位美女，你在哪上班呢？"

王银银说："我在社区工作，也就是管文联那一片儿。并且，我分管我们社区的城管业务呢！"

胡二勇一听，顿时觉得杨柳柳和王银银这两个女人亲近了许多。

杨柳柳办事儿心切，就想早点通过胡二勇把车价砍下去，早点提车。因此，杨柳柳说："胡大队，爽快点吧！咱吃过一次饭，也是老朋友了。"

胡二勇其实内心很想被两个女人请出去吃饭，只不过，他要卖卖关子。这时候，觉得火候差不多了，便说："恭敬不如从命，行，我再约几个吧！人多热闹。"

杨柳柳说："好，我俩先回公司，晚上吃饭的位置定好了发给您。"

胡二勇说："好，晚上见。"

告别了胡二勇，杨柳柳和王银银一起回到了柳树枝广告公司杨柳柳的办公室。

王银银无所事事，就刷手机，自己打发时间。而杨柳柳则一刻也没闲下来。她先是订好了酒店，然后，编辑好信息，用微信给胡二勇大队长发了过去，同时，也给胡二勇大队长发了定位。忙完后，杨柳柳想："要不要邀请张军呢？晚上请的可是张军的朋友，再说，这个事儿也是张军出面帮忙的。说到底，人家胡二勇大队长还不是看在张军的面子上，才肯出面帮我。"

想到这儿，杨柳柳直接给张军打了电话。张军说："来，我一定来，再忙也来。"

杨柳柳非常感动，随后，杨柳柳把吃饭的位置及信息也发给了张军。

时间过得好快，杨柳柳刚用电话把烟呀酒呀这些东西落实好，差不多就到了下班的时间了。

杨柳柳和王银银商量道："出发吧？我们请客的人应该比客人先到吧！"

王银银说："有道理。"

两个女人立即下楼开车前往酒店，途中，在杨柳柳刚才联系好的一家超市停下，取了烟和酒，直奔目的地。

杨柳柳和王银银到了酒店，先把烟和酒弄进包房，又让服务员泡了一壶茶水，后来把菜也点好了，一切都安顿好后，就等客人们光临了。

慢慢地，客人陆续到来。

第一个到来的竟然是晚宴的主宾胡二勇。城管大队长胡二勇下午在办公室闲着无聊，就想早点来酒店。他觉得王银银皮肤白，简直没看够。后来，他觉得吃饭人少不热闹，就用电话约了铁兄弟李海，让李海晚上也参加。可是李海说："正好有两个朋友在一起，能否带着？"

胡二勇问："谁？"

李海说："这两个人，之前也在纪委工作，现在是工作需要，调走了。"

胡二勇有些不耐烦，说："这两个叫啥名？我认识吗？"

李海当然了解胡二勇，胡二勇不喜欢和陌生人在一起吃饭。李海说："你好像认识，一个老同志，退休手续都办了，叫明海；另一个年轻一些，叫方志。"

胡二勇一听，感觉有些印象，心里埋怨李海喜欢带人，嘴上不好说什么，只好答应了李海。

就这样，胡二勇下班后，老早就来到了酒店。杨柳柳和王银银见到主宾第一个到，当然高兴，热情倒茶递烟自然不在话下。

第二个到来的是张军，这又让杨柳柳和王银银没有想到。张军今天没有在京东镇，他早上就进城了，全天就在城里办事。当张军下午接到杨柳柳邀请电话的时候，很开心。张军想，又可以和李海、胡二勇老兄弟欢聚了，特别是杨柳柳请客。因此，张军办完事儿，马不停蹄就来了。张军进了包房，刚和杨柳柳、王银银、胡二勇打过招呼，坐定。就听见包房外面有人说话，张军想，莫非又来人了？

果然，有三个人走进了包房，老朋友李海走在前面，他身后还跟着一老一少两个男人。胡二勇、杨柳柳和王银银对李海身后的两个人都不熟悉。

李海就赶紧给大家介绍。

李海指着年龄大些的男人说："这位是明海主任。"

李海又指着年轻一些的男人说："这位是方志主任。"

随后，李海又把胡二勇、杨柳柳介绍给了他的两个朋友。李海一看王银银，自己不认识，就没有介绍。

张军说："我和明海、方志两位主任认识，就不用介绍了。"

李海身后的两个男人都微笑着冲张军点点头。

杨柳柳见王银银和李海，及李海带来的两个男人都没见过。就出面介绍了王银银，这样一来，大家都认识了。

可是，包房里的氛围始终没有热闹起来，总是觉得哪儿有些别扭，却又说不出口。大家喝着茶，聊天，始终话题都放不开。

对于这个情况，张军早感觉到了。他只是揣着明白当糊涂而已。张军心里说："李海呀！这两位不是一路人，怎么可以往一起带呢？"

胡二勇当然也感觉到了不爽，他好后悔自己下午没有拒绝李海带人的要求。

李海也不傻，也感觉到了气氛不对。李海为了调节氛围，便邀了他带来的两个朋友明海和方志，三个人打起了麻将。

这样一来，包房里感觉和谐多了。张军、胡二勇、杨柳柳和王银银四个人在一旁闲聊，和打麻将的互不影响。

过了会儿，服务员提醒说，各位，菜上齐了。

胡二勇是晚宴的主宾，李海是他叫来的。他便冲着李海喊："别打了，吃饭。"

张军是给杨柳柳帮忙请客的人，因此，他就把自己当成了主人家，替杨柳柳招呼，示意大家坐。

当胡二勇作为晚宴的主宾居中坐定后，其他人都好办，就随便坐下，席上五男二女共七个人，围坐了一席。

张军替杨柳柳简单讲了几句开场白之后，酒席正式开始。

喝酒是有讲究的，学问很大。

杨柳柳请胡二勇吃饭的这一次晚宴就是个典型。原本，由张军出面帮杨柳柳请客，其目的相当明确，就是想请胡二勇帮忙搞定车市，把杨柳柳买车的价格砍下去。晚宴如果只是张军、胡二勇和李海的话，那会很热闹，因为没有外人，说话、劝酒、开玩笑都很随意。不料，因为李海临时带着明海、方志这两个外人参加，晚宴就规矩了，说话得小心，动作放不开，欢声笑语则减少了许多。

随着酒宴的进行，无形中，张军、胡二勇、李海、杨柳柳和王银银，这五个人无师自通，形成了一条战线。而外人明海和方志则被孤立了。

五比二，明海和方志肯定不是对手，张军、胡二勇、李海、杨柳柳和王银银，轮番给明海和方志敬酒，几轮过后，方志说话开始跑调了，年龄大的明海更是语无伦次。

再往下喝，戏剧性的一幕出现了，年龄大的明海竟然趴在桌上痛哭流涕起来。

李海一看，怕出事儿，就给了张军和胡二勇一个眼色，意思是，别灌了，再灌就出事儿了。

张军一看李海带来的两个朋友丑态百出，已不适合再待下去，就把李海扯到旁边说："你最好把这两人先打发走，不然的话，麻烦。"

李海觉得有理，就出门叫了一辆的士，把明海和方志请出去了。之后，李海才回席入座。

李海入席后，席上才变成了清一色的自己人。张军和胡二勇心情立即好多了。

胡二勇嘴快，问李海："刚才，那个年龄大的明海，咋哭了，真是没出息。喝个酒应该高高兴兴才是，哭个屁！真是败兴。"

李海压低声音，说："有原因的，我说了大家可要保密。"

胡二勇说："搞这么神秘！快说。"

李海说："前几天，明海他老婆出轨了小鲜肉，因此，心情不爽。"

张军、胡二勇、杨柳柳和王银银，几乎同时都惊叫了出来。胡二勇说："还有这事儿，真是世界之大无奇不有啊！"

张军说："对于这个人，我早有耳闻，这个家伙爱整人，有个外号叫石灰布袋儿，到哪儿都留下个印记。估计，他老婆出轨小鲜肉这事儿对他打击不小，也是报应。"

胡二勇说："算了，不聊别人了，现在没了外人，咱兄弟们放开喝吧！"

张军说："好呀！柳柳的事儿还要靠你胡大队关照呀！"张军说完，端起酒杯，邀了李海、杨柳柳和王银银一起，向胡二勇敬酒。

四十九

华杰上一次在柳树枝广告公司杨柳柳办公室说事儿，临走的时候，杨柳柳叮嘱华杰，要华杰帮她约一下韩俊，她要请韩俊吃饭，目的是要拓宽自己的广告业务。

这个事情华杰满口答应了，并且一直记在心上。

可是，这之后发生了一件事儿，把华杰弄得声名狼藉，他暂时根本无暇顾及帮杨柳柳请韩俊吃饭的事儿。

杨柳柳不知道内情，还以为是华杰事情多忙忘了，又或者是华杰没有把请韩俊吃饭的事情当回事儿，便打电话催了华杰两次。

华杰在电话里说："柳柳，你交办的事情我岂敢不放在心上，我一直记着呢！可是，最近几天我出了点状况。等我把自己的事情摆平了，我一定帮你把韩俊约出来吃饭。"

杨柳柳是出于关心，便问道："华杰，你是出了什么事儿呀？不要紧吧？"

华杰说："没有事儿，柳柳，谢谢你的关心。"

杨柳柳仍然追问道："华杰，是单位有事儿还是你个人有事儿呀？不要紧吧？要不要我和银银来看看你？"

华杰在电话里支支吾吾，倒想不说个原因出来，可是，看样子杨柳柳会穷追不舍地问下去。华杰便说："柳柳，是这样，前几天呢！我骑摩托车出门吃饭，酒后骑摩托车回家，不小心人和摩托车都摔倒了，脸在地面上划破了，搞得没有形象。所以，我打算脸恢复了再帮你联系韩俊。"

杨柳柳说："啊！摔得严重吗？我约银银来看看你。"

华杰说："没事儿，已经结痂了，过几天就好了。"

杨柳柳见华杰坚持不让去看他，只好作罢。

可是，半月后，韩小勇来柳树枝广告公司串门，见到了杨柳柳，却告诉了杨柳柳关于华杰受伤的另一个版本。

前几天，汉江风广告公司的老板，韩小勇的老爸，华杰的表哥韩建国在外应酬，酒席上巧遇了多年的好友，也就是在纪委工作的方志。原来，韩建国和方志关系不错，无话不谈。

方志也是喝多了酒，他像是突然想起了什么，把韩建国一把拉到背处，嘴就把不住门了。方志问道："韩哥，我要是没记错的话，你是不是有个表弟在文联工作？还会写诗？"

韩建国说："是呀！有这个人。叫华杰，怎么啦？"

方志压低声音说："你表弟这回摊上事儿了，纪委正在查他。"

韩建国觉得不可思议，心里想："华杰是个什么级别，纪委怎么会查他？"因此，对方志的话满脸不信。

方志看出来韩建国不相信，便强调了一下，说："是真的，千真万确。"

韩建国问道："他这个小人物，纪委怎么会查他？"

方志说："我说简单点，韩哥你一听就明白了。事情是这样的，你表弟华杰不是个诗人吗？文联不是有个诗人协会吗？诗人协会不是在文化馆办了夜校吗？华杰不是经常晚饭后去文化馆给文学爱好者讲课，传授如何写诗吗？你说巧不？我师娘，也就是明海主任的老婆子，五十多岁的老妇女了，偏偏喜欢写诗……华杰经常给我师娘开小灶，单独辅导。天长日久了，我师娘对华杰这小子有了好感，慢慢地喜欢上了华杰这个人……一个五十多岁女人，一个二十几岁小鲜肉，怎么想，也是八竿子打不到一起。可是偏偏这两个人之间产生了火花儿。也是你表弟华杰和我师娘不小心，一次在宾馆房间里单独'辅导'，被公安查房查到了，丢死人了。两个人在房间里虽然没有干了见不得人的事儿的直接证据，但毕竟是在房间里被'逮'住了。这种事儿是跳到黄河也洗不清呀！事情暴露后，我师娘的儿子恼羞成怒，带了几个人追到单位办公室把华杰摁在地上揍得鼻青脸肿……唉！"

韩建国听方志讲完，差点惊掉了下巴，后来小声问方志："这一次，我表弟华杰会得到怎样的处分？工作能否保住？"

方志说："只要你表弟坚持说在房间里是给我师娘辅导写诗，其他的什么也没做，保住工作应该是问题不大。"

韩建国很感激方志的肺腑之言，别看韩建国和华杰之间曾经发生过不愉快，但是，一旦华杰有事儿，韩建国还是向着华杰的，真是亲表兄亲表弟，打断骨头连着筋。韩建国心想："也只有方志他们知道该如何应对调查人员才有效。"韩建国把方志的意见原原本本告诉了华杰，并要求华杰在应对调查人员时按方志说的办。"华杰自然是心领神会。

韩建国作为华杰表哥，在华杰"走麦城"的时候，的确是伸手拉了华杰一把。韩建国从方志口中得知华杰的事情后，可以说是动用了自己的所有关系，请客花钱自然不在话下。华杰按照韩建国的办法，是王八吃秤砣铁了心，一口咬定自己在房间里是辅导对方写诗，其他什么也没干。其实对于这种不光彩的事情，双方都不愿声张，都想息事宁人。后来，这个事情也就大事化小，小事化了。

当杨柳柳从韩小勇口中得知华杰受伤的真正原因后，直接的感觉就是华杰这个人的人品的确不敢恭维。其次，也有些同情华杰。杨柳柳想："华杰这么年轻，说不定是上了他人的当呢！还有，尽管目前看来，华杰是把事情摆平了，但是后患无穷啊！想一想，华杰在单位如何能抬起头？华杰的老婆又如何能够善罢甘休？唉！华杰最近过得一定是很艰难！"

近来，华杰的确活得不容易。

自打自己和被逮着这种倒霉的事情发生以来，华杰经历了一段人生最艰难、最暗淡的日子。

那天晚上，事情来得相当突兀。华杰酒后去文化馆授课，授完了课，正准备离开课堂的时候，一个女人站了上来。华杰一看，眼熟呀！这不是一位经常来听课的积极分子嘛！有几次，下课之后，华杰还单独为这位她辅导过。但是，这位女人叫什么名字，华杰不记得了。华杰只是觉得，女人虽然五十多了，看上去却还有几分姿色。并且，这位女人经常用怪怪的眼神看自己。

这会儿，老妇女冲着华杰笑笑，眼神仍然是怪怪的，说："华杰老师，你讲的写诗要有韵脚，一首诗可以只有一个韵脚，也可以有多个……我还没有听够！"

华杰说："大姐，你没有听够也只有等下回了，这个点，文化馆要关门了。"

老妇女笑笑，咬着华杰的耳朵说："华杰老师，咱找个僻静的地方接着讲。你看你喝了酒，嗓子也干了。也需要喝点水，歇歇……"

华杰也不知道自己为什么没有拒绝，就鬼使神差地跟在女人屁股后面走。文化馆旁边就是一家宾馆，华杰像中了邪，跟着老妇女就进了宾馆的房间……

华杰这一次"走麦城"，能够风平浪静，特别是能保住工作，自己的表哥韩建国功不可没。

又过了几天，华杰脸上的伤早好了，心情也平缓了些。他想起了答应帮杨柳柳请韩俊吃饭的事情，果然将韩俊约了出来。

那天，杨柳柳驾驶着自己刚购买还未上牌的银色五系宝马小轿车，来到了小清河旁的布谷鸟酒店，在二楼布谷厅请韩俊和华杰吃了饭。并且，因为这一次吃饭，在席上谈起了杨柳柳刚买的新车需要办车牌的话题。韩俊当场表态，帮杨柳柳办一个尾数888的好车号。

杨柳柳在布谷鸟酒店宴请过韩俊之后，算是正式接触了韩俊。

杨柳柳想，找韩俊帮忙办个尾数888的好车牌，那只是歪打正着，并不是目的。自己真正的目的其实是要拓宽广告业务。之前，对于韩俊这个人可以说是如雷贯耳，但是接触不到。这下好了，在布谷鸟酒店吃饭时，杨柳柳加了韩俊微信，留了韩俊电话，今后自己可以随时联系韩俊，再不需要华杰牵线搭桥了。

韩俊自从在布谷鸟酒店认识杨柳柳后，可以说是魂不守舍。那天，在布谷鸟酒店二楼布谷厅，当韩俊看到杨柳柳第一眼时就惊叹："天呀！我们市里还有这样的美女？"

失魂落魄的韩俊就把华杰请到了自己办公室，喝茶聊天，打听杨柳柳的情况，并向华杰倾诉了自己的真实想法。

韩俊说："这个小女子身材不错，皮肤也好。"

华杰一本正经地说："这个恐怕我帮不了你。兄弟之间我不瞒你。一，我和杨柳柳是同学，缺德事儿我不能干。二，韩建国的儿子韩小勇你认识吧？也是我的表侄儿。韩小勇这几年一直在追求杨柳柳，说不准呀！以后这个杨柳柳会变成我侄儿媳妇呢！这两个原因，我帮不了你。"

韩俊一惊，问道："韩小勇？就是韩建国那个丑儿子？他追杨柳柳？"

华杰说："是呀！"

韩俊觉得不可思议，摇摇头说："那不是一枝鲜花插在牛粪上吗？"

华杰脸上没有表情，也许，华杰是感激韩建国在自己"走麦城"时不遗余力帮了自己吧！华杰后来劝阻韩俊道："兄弟，该谨慎时需谨慎，天下好女人多了去了，我提醒你一下，韩建国那个人可是不好惹的！"

韩俊一笑，再没有往下聊。

柳树枝广告公司的业务面开始拓展了。随着时间推移，杨柳柳在发展自己公司业务的过程中，不可避免地同韩俊进行了单独的交往。

一天上午，杨柳柳为了公司新建广告位审批的事情独自一人去找韩俊。杨柳柳驾驶着宝马小轿车，心情相当好。她来到韩俊办公室门前的时候，轻轻叩响了韩俊办公室的门。

"请进。"

一个男人的声音从办公室内传出来，这个声音杨柳柳熟悉，正是韩俊。

杨柳柳轻轻推开了门，进了韩俊办公室。按理说，杨柳柳进了办公室后，应该随手把门再关上，因为是夏天，办公室开着空调呢！可是，杨柳柳并没有把门完全合上，而是半开着。

韩俊当然明白杨柳柳为什么要把门半开着。韩俊想："孤男寡女的，门留一半也好。"

杨柳柳也正是这个意思，笑着说："要不要把门完全关上？"

韩俊说："没必要，留一半好，透透气。杨总你坐。"

杨柳柳一屁股坐在沙发上。

韩俊问道："杨总无事不登三宝殿，今天来一定是有事了？"

杨柳柳说："是呀！来就给韩局添麻烦！"

韩俊说："客气个啥？你直说。"

杨柳柳从包里拿出一沓资料，放在韩俊的办公桌上，说："韩局你看，这个广告位城管已经勘查了，符合市容管理标准，就差您签字了。"

韩俊心里明白，资料一定是齐了，不然的话程序走不到自己手里来。韩俊装模作样翻了翻资料，发现资料果然齐全，便说："好，先放我这儿，等下周开会集体研究吧！"

杨柳柳不理解，问道："韩局，这个还要等到下周吗？"

韩俊说："当然，一定要按规矩办！我们现在监督管理都很严，可不能搞特殊。"

杨柳柳一脸茫然，心想："现在不是提倡便民服务吗？他怎么还要拖到下周？"

杨柳柳心里疑惑，脸上并没有表露出来，随口问道："韩局，还要集体研究？"

韩俊脸上已经有一些不悦的表情了。韩俊说："我这么跟你说吧！一呢，是集体研究。也就是业务科室经办人员、科长、分管领导，大家坐下来开会，集体通过，共同担责；二呢，就是我们每周只开会研究一次，一次把分布在不同地点需要审批的广告位研究完，而不可以对你一个人申报的广告位单独审批。"

杨柳柳对韩俊的解释半信半疑，但是又不能和韩俊僵持下去。心里突然觉得，真是人在矮檐下，不得不低头。

杨柳柳说："好吧！韩局您先忙，我先告辞啦！"

韩俊暗中观察了一下杨柳柳的脸部表情，心里想："这个小女子，不会是真不懂吧？"

五十

杨柳柳从韩俊办公室出来，驾驶着宝马小轿车往柳树枝广告公司返回。此时此刻，杨柳柳的心情有些糟糕，与来时的心情完全相反。杨柳柳想，还是自己把问题想得简单了。她原本以为，自己的资料手续齐备，韩俊应该是啥话也不会说就把字签了，真没想到的是事与愿违。

回到了公司自己的办公室，杨柳柳冲了一杯速溶咖啡，然后坐在自己的老板椅子上，身子使劲儿往后靠，半躺着，闭目养神。杨柳柳的眼前仿佛又出现了韩俊的影子。时间仿佛又回到了杨柳柳在布谷鸟酒店布谷厅请韩俊吃饭的那会儿。杨柳柳还清楚地记得，那个时候，韩俊在观察自己时尽管是在控制他的脸部表情，但韩俊的那双眼睛是藏不住自己内心想法的，当时，韩俊的两只眼睛是冒火了。杨柳柳还清楚地记得，当她的眼睛无意中与跛子韩俊的眼睛四目相对时，杨柳柳身子不由得激灵了一下。眼下，再联想到刚才在韩俊办公室的时候，他尽管是看上去一本正经、一副公事公办的模样儿。但是，一个人的内心如果藏着事儿，最终还是藏不住的。杨柳柳在韩俊办公室的时候，就有一种强烈的感觉："他在打我主意！"

基于这个判断，杨柳柳更不可能相信韩俊所说的，关于自己广告位暂时不能审批的理由。

"他是有企图！"

杨柳柳坚定地认为。

怎么办呢？如果真傻乎乎地等到下周韩俊所说的"研究"，他将还会有其他理由拖下去。不行，我至少要找懂行的人咨询一下，商量一下，然后再做打算吧！

找谁呢？杨柳柳第一个想到了华杰，但立即又觉得不妥。杨柳柳琢磨："华杰和韩俊可是穿一条裤子的。我若向华杰打探韩俊的真实意图，华杰有可能心里明白也不会和我讲实话。"再说，刚让华杰出面帮自己请韩俊吃了饭，也不好再麻烦他。实在不行再考虑找华杰，这只能作为预备方案；杨柳柳第二个想到了韩小勇，但经过考虑也否定了。杨柳柳知道，韩小勇一直以自己的男朋友自居，一听到韩俊在打自己主意，还不闹翻天？杨柳柳第三个想到了省城里的高安，但是最后也没有采纳。一来，高安人在省城，远水解不了近渴。二来，高安对于应付韩俊这种人，这种事情应该是没有什么经验的。三来，高安在京东镇的乡下帮了自己近一个月的忙，在村里吃了苦，受了罪。事后，自己拿出一沓钱来感谢高安，高安死活不要。后来，高安匆匆忙忙回省城去了，自己怎么好意思再打扰高安呢？杨柳柳第四个想到的是张军。当想到张军的时候，杨柳柳眼前一亮，她当然知道，这下算是找对了人。杨柳柳为什么会认为自己找对了人呢？试想一下：一，张军虽然说只是一镇之长，也了解各级单位的管理要求，更了解一些职能部门的行业特点。二，张军从政多年，积攒了很多人脉，更知道怎么对付有些人和有些事儿。三，杨柳柳认为就凭自己和张军的关系，他能不管？所以呢！杨柳柳坚定地认为，应该是找张军。

当机立断，说找就找。这才是杨柳柳的性格。杨柳柳拨通了张军的电话。

"喂，张叔吗？你在哪忙？"

张军在电话里说："柳柳侄女呀！我在上班。咋这么久不联系我？"

杨柳柳有些撒娇，说："看你说的，人家这不正在联系你嘛！"

张军说："我知道，你现在忙，没事儿是不会轻易电话我。"

杨柳柳说："张叔，恭喜你猜到啦！我今天找你真是有事儿。"

张军说："有事就说吧！看看我能不能帮上你？"

杨柳柳就在电话里，不紧不慢地把去找韩俊的事儿说了。连在韩俊办公室的一些细节也说了。还把之前让华杰帮忙请韩俊吃饭的事情也讲了。

张军见多识广，一听就明白了八成。

杨柳柳继续撒娇，说："你帮我分析一下，我这个事情该如何办？"

张军问道："柳柳，你讲完了吗？"

杨柳柳说："就这些，没了，我不知道接下来该咋搞？"

张军像是在咬着牙说话，反正是提高了声调。杨柳柳只能在电话里听到张军说话的声音，却看不见此时此刻张军脸上的表情。可是，杨柳柳能感觉到张军很生气，并且还有些吃醋的味道儿。张军说："一，他是没安好心。二，什么研究？这不瞎扯淡嘛！柳柳我跟你说，他也只能糊弄你们。现在，柳柳，要我说，你谁也别找，你明天就去告诉韩俊，如果他无故拖下去，不批，你就去上级单位反映，举报他，就这么办。"

杨柳柳听到这儿，觉得张军讲得肯定正确。但是，话说回来，如此一来，不是把自己和韩俊关系搞僵了吗！不利于今后发展业务呀！杨柳柳在电话里把自己的担心讲了出来。

张军把情绪稳定下来，说："从长远看，你是最好别得罪他。"

杨柳柳认真地说："张叔，那咋弄？要不真像韩俊讲的，等到下周他'研究'后再说？"

张军说："别急，你让我想想，我想一想。"

杨柳柳右手举着手机，时间长了胳膊有些僵硬，便换了左手拿着手机，把手机贴在左耳朵上静静地等着张军说话。

就这样，杨柳柳左手一直拿着手机举在左耳朵边，耐心等着张军想对付韩俊的办法。此时此刻，杨柳柳虽然看不见张军是个什么模样。但是，杨柳柳可以想象得到张军的样子。张军一定是也像自己一样举着手机，把手机贴在耳边，张军一定是很焦虑，甚至有可能是满头大汗，他的脑子一定是在飞速运转。其实，杨柳柳手里拿着手机等，她也急，不过，杨柳柳更多的是替张军着急。

"有了。"

约摸过了大半分钟时间，张军终于说话了，不过，就说了两个字。

杨柳柳迫切地问道："有了？办法想好了？"

张军大声说起话来，显得信心十足。这个时候其实张军是坐在办公室的沙发上，用抽纸一边擦额头上的汗，一边说："是的，有办法了。"

杨柳柳对张军的能力是深信不疑的。一听说办法想好了，杨柳柳欣喜若狂，撒娇道："办法说来我听。"

张军问道："你先告诉我，你这个事情急不急？不急的话，可以试试等到下周你再去找韩俊，看他说话算不算数。急的话，就另当别论。"

杨柳柳说："当然急呀！我等着施工呢！"

张军说："既然如此，你就不必等到下周再去找韩俊了。因为，事情明摆着，你若不采取措施，傻傻地等到下周，不出意外的话，韩俊同样有借口让你再等下去。"

杨柳柳说："既然如此，就不能傻傻地等了。"

张军说："对呀！我首先要和侄女儿你在时间上商量好，等有等的办法，不等有不等的方法。这个确定了才能决定接下来如何办。"

杨柳柳说："那就决定不用等到下周。"

张军多年养成的习惯，从不把话说满，总是给自己留下退路，即使在杨柳柳面前也不例外。张军说："既然你事情急，也不愿傻等，那么，你明天就去找韩俊，你可以这么这么办，你觉得如何？试试看吧！我让我的好兄弟李海和你对接。"

杨柳柳说："好，谢谢。"

和张军通完了电话，杨柳柳就像是吃了"顺气丸"，又像是吃了"定心丸"。觉得气也顺了，事情办好也有把握了，因此，顿时觉得眼前敞亮了许多。接下来，就等一个人的电话了。

果然，半小时后，杨柳柳的手机响了。杨柳柳一看，是一个陌生的电话号码，应该是他，杨柳柳在心里暗自猜测。电话接通了，是一个男人的声音，嗓音有些嘶哑："喂，杨总吗？张军让我联系你的。"

杨柳柳心里有数，但还是问道："请问您是？"

嗓音嘶哑的男人说："我是李海呀！纪委的，张军的兄弟。杨总，我们在一起吃过两次饭。"

其实，张军在电话里早已告诉了杨柳柳，一会儿，在纪委工作的李海会联系自己。杨柳柳没有李海的电话号码，她见到一个陌生电话号码打来，只能猜测，不能确定是李海。所以，杨柳柳问对方是谁，目的是让李海自报家门。

当确定对方是李海后，杨柳柳态度热情起来。毕竟，人家李海是受张军之托，是给自己帮忙的。

杨柳柳笑着说："李海主任啊！我听出来了，咱们是吃过两次饭。"

李海问道："杨总，张军让我配合你，和你去审批局办手续，啥时候去？我听你的。"

杨柳柳说："我先谢谢啦！李主任，明天上午吧！你看如何？"

李海说："我听你的，张军嘱咐我了，要我都听你杨总的。"

杨柳柳说："李主任，您太客气了，行，明天上午我联系您。"

李海说："好的，杨总，明天上午见。"

第二天上午，杨柳柳主动电话联系了李海。杨柳柳觉得，自己有求于李海，就应该主动联系人家。

当杨柳柳拨通李海的电话后，客气地说："李海主任，您这会儿在哪儿？我开车来接您。"

李海原本打算自己开车的，一想，还是坐一辆车方便，坐一辆车行动也一致。李海就告诉了杨柳柳自己的位置。

杨柳柳说："李海主任，你等着哦，你那儿离我公司不远，我估计十分钟也就到了。"

果然，杨柳柳把宝马车开到一个中年男人跟前时，也就刚好十分钟的样子。

杨柳柳把车停稳后，仔细一看，中年男人正是李海，李海谢顶，头发稀少，好认。

"李海主任，请上车。"

杨柳柳热情地喊道。

李海一拉车门，猫腰上了车，坐在杨柳柳旁边副驾驶的位置上。

李海嘿嘿笑了两下，用嘶哑的嗓音说："杨总，还麻烦你来接我。"说完，砰的一声关上车门。

杨柳柳边启动车边开玩笑说："李海主任，您说反了吧？是我麻烦您好吧！"

李海说："事情我都清楚了，张军都跟我讲了。我算是服了这个跛子韩俊，竟然利用手中权力作威作福。我真是无法形容。"

杨柳柳说："李海主任，我主要是等着施工，要不然，等几天也不碍事。"

李海说："杨总，你大概不了解我们行政单位的情况，今年是作风建设年，我们正愁抓不到反面典型呢！像韩俊这样对老百姓的诉求拖着不办，找借口卡着、压着，正是作风腐败的反面典型，也正是我们纪委整治的对象。"

杨柳柳一边开车，一边和李海聊，她不知道张军是如何与李海商量的。张军在电话里告诉杨柳柳该如何办，同时告诉杨柳柳自己在纪委工作的好兄弟李海会配合她。但见到韩俊之后，李海如何表现，怎么配合，张军并没有告诉杨柳柳。因此，杨柳柳心里没底，可以说是七上八下的。其实，杨柳柳真实的想法是，既能把事儿办成，还不得罪韩俊。这样的结果才算圆满。

杨柳柳终于忍不住问道："李海主任，一会儿，见到了韩俊，咱们该如何办？"

李海说："杨总，你该咋办就咋办。"

杨柳柳干脆把话挑明，说："李海主任，我是问您该如何办？"

李海主任笑笑，说："我啥也不用干，张军说了，我只是陪着你去就算完成了任务。"

杨柳柳吃了一惊，问道："这么简单？"

李海笑笑说："张军是这么安排的。"

杨柳柳心里更没底了，心里想："这唱的是哪一出啊？"

李海看出了杨柳柳的担心，说："不过，杨总，虽然我是跟着你去，我啥也不用说，啥也不用做。可是张军还嘱咐了，让你给韩俊介绍一下我是纪委的，叫李海，就可以了。"

杨柳柳说："这太容易了，也很正常，你跟我一起去的，我应该介绍啊！这也是礼貌啊！真的就这么简单吗？"

李海一笑，说："真的就这么简单。"

五十一

杨柳柳驾驶着宝马车，和李海主任聊着待会儿如何对付韩俊的话题，不知不觉，已将宝马车开进了审批局门前的停车场。

杨柳柳把车倒在车位上，停稳，然后和李海主任一起下了车。杨柳柳在前带路，直奔韩俊的办公室走去。

李海主任突然问道："杨总，你来之前和韩俊预约了吗？"

杨柳柳说："没。"

李海主任说："你不预约好，要是他不在呢？"

杨柳柳说："瞎碰呗！撞上就撞上了。韩俊万一有事儿出了门，遇不上也没有办法。"

李海有些不理解，继续问道："为啥要这个样子？预约一下不白跑路，不浪费时间呀！"

这时候杨柳柳和李海主任已经接近韩俊办公室门口了，杨柳柳放慢了脚步，压低声音回答李海，说："不提前预约他，目的就是给他来个突然袭击嘛！让他没有思想准备，您说呢？"

李海主任连连点头，小声说："是、是。"李海打心里佩服杨柳柳这个小女子是有些心计的。

杨柳柳站在韩俊办公室门前，定了定神，然后，抬手"咚咚"敲了两下门。

"请进。"

办公室里传出来一个男人的声音。

杨柳柳立即给身边的李海主任挤了挤眼，意思是，办公室里说话的男人是韩俊，瞎撞还撞上了。

杨柳柳推开了门，自己在前，李海主任在后，走进了韩俊的办公室。

韩俊正坐在自己的老板椅子上，右手拿着笔，桌上放着几个文件夹。看样子，韩俊是在批阅文件。韩俊见门一开，进来的是杨柳柳，杨柳柳身后还跟着一个头发稀少的中年男人，便有些愕然。韩俊愕然的表情已写在脸上。韩俊想："这人咋今天来了？昨天不是告诉她下周吗？怎么还带着一个谢顶男人？"

韩俊没有说话，愕然的表情消失后，就是面无表情。后来，韩俊冷冷地说："请坐。"

杨柳柳和李海主任落座在沙发上，杨柳柳礼貌地面带微笑看着韩俊。李海则是一脸严肃地望着正前方的墙，都没有正眼看一下韩俊。

杨柳柳开了口。

杨柳柳面带微笑望着韩俊说："不好意思，又来打扰您。"

韩俊依然是面无表情，韩俊在心里嘀咕，看来，这个开广告公司的小女子真是脑子不开窍，提前来不是不行，干吗还带着一个谢顶男人？

韩俊冷冷地说："杨总，有事儿请讲。"

杨柳柳谨慎地说："韩局，今天来找您，还是为我公司新建广告位手续审批的事情，我们急着施工，因此还要麻烦韩……"

"昨天不是告诉你了吗！"

韩俊很没礼貌地打断了杨柳柳的话，而且是提高了声调。

杨柳柳一愣，停止了诉求。

"不是告诉你要按规矩办吗？不是下周'研究'吗？"

韩俊又来了两句，依然是提高了声调。

杨柳柳坚持着控制自己情绪，又努力微笑着说："韩局，这不是我公司遇到了困难吗？来向您反映问题吗？"

韩俊大声说道："你有困难就不按规矩办吗？单位是有规章制度的，你难道让我犯错？再说，我凭什么为了解决你的困难而犯错？"

韩俊最后说的"我凭什么为了解决你的困难而犯错"这句话，有些重，杨柳柳有些受不了了，脸上的笑意全消失了。

这个时候，空气都有些凝固了，韩俊和杨柳柳都不再说话，僵住了。

一直没有发言的李海主任轻轻咳嗽了两下，脸上表情依然严肃，用嘶哑的嗓音说："韩局，这坐半天了也不给杯水喝，不是待客之道呀！"

听到李海主任说话，韩俊这才发现办公室里还有李海这个人存在，心里纳闷，这个谢顶男人满脸严肃，半天不吭声儿。这会儿，他不阴不阳地开了口，都忘了问他是搞啥子的？这得搞清楚。

于是，韩俊望着李海主任问道："你是干吗的？杨总公司的？"

李海主任还是没有正眼看韩俊，只是用手捂着嘴，又咳嗽了一下。

　　杨柳柳一看，韩俊既然问了，没有人接话不行，如果没有人接话，韩俊将会更恼火。李海来时不是说过，希望我来给韩俊介绍他是哪儿的，干什么的吗？现在韩俊问李海，李海不接话，不是正希望我来介绍嘛！于是，杨柳柳说："这位呀！我表哥，在纪委工作，叫李海。"

　　韩俊一听，立马警觉起来。说实话，韩俊见杨柳柳带着一个谢顶男人来，根本就没有把这个谢顶男人当回事儿。韩俊想，这个谢顶男人跟在杨柳柳屁股后面，一定是杨柳柳公司的人，或者是杨柳柳的熟人顺便一起出来办事儿什么的。但是，听杨柳柳这么轻描淡写的一介绍，说是纪委的。韩俊真的警觉了，不敢怠慢，想，管他哪儿的，先把礼节搞到位，先莫得罪这个秃脑壳儿。观察一下再说。

　　李海这个时候又突然说了话："是的，我是纪委的，今天顺路坐我表妹车。不好意思，韩局，打扰啦！"

　　韩俊一听，心里咯噔一下，有点怵了，但脸上没有表露出来。韩俊当然明白，看这个秃脑壳儿的年龄，中年人，职务不会低，估计，他不是个主任也是个副主任，看他沉得住气的样子，应该是个真家伙。既然是个真神，就真的不能得罪了。

　　这个时候，戏剧性的一幕出现了。韩俊竟然脸上赔笑了。不仅如此，韩俊还从老板椅子上站了起来，一走一颠，来到了李海跟前，伸出手，说："不好意思，我真不知道是李主任大驾光临。这要怪杨总。"

　　韩俊冲杨柳柳笑笑，接着说："对，是李主任表妹。李主任，你表妹没有介绍。"

　　李海也站起来，面带笑容，和韩俊象征性地握了一下手，就又坐下。

　　韩俊这时给李海倒了一杯水，也给杨柳柳倒了一杯水，说："李主任刚才批评得对，一杯水都不倒，不是待客之道，我的错。"

　　韩俊的态度发生了一百八十度的变化，做出了倒水认错的举动，是他经过深思熟虑的。韩俊倒不是怕眼前不给杨柳柳批广告手续这件事儿，说实话，这不算个啥事儿。关键是，别因为不给杨柳柳批广告手续这个事情牵扯出其他的事情。就像人们常说的"拔出萝卜带出泥"。

　　这才是韩俊最担心的。但是，眼前，杨柳柳和这个秃脑壳儿就坐在这儿，而且就是为广告审批手续而来，该如何办？总不能立即就办了吧！那也太没有尊严和面子了。再观察一下，看杨柳柳和秃脑壳儿咋说。实在不行，拖到明天再处理，反正今天不行。再说，自己也需要再打听一下，李海这个人是真是假？

　　韩俊给李海和杨柳柳倒完水之后，一颠一颠回到自己的老板椅子前，一屁股坐下。

　　李海看了杨柳柳一眼，示意杨柳柳继续。

　　杨柳柳说："韩局，你看，我的事儿能不能照顾一下……"

　　韩俊想了想，说："杨总，说实话，如果按规定，是一定要等到下周的。但是，这不你表哥李主任都亲自来了吗？给点时间，我想想办法，李主任的面子我是要给的。"

　　杨柳柳内心一阵狂喜，但是压抑着，尽量不表现出来，只是说："韩局费心，韩局费心。"

　　韩俊说："杨总，这样吧！明天你等消息，我得做一下工作，让手下人心服口服才行。"

　　杨柳柳拿不定主意，看看李海。李海微微点了一下头。

　　杨柳柳明白了，李海对今天的事情还算满意，也同意明天等信儿。

　　于是，杨柳柳说："好吧！韩局您费心啦！明天等信儿，我们先告退了。"

　　韩俊站起来，在杨柳柳和李海主任身后一颠一颠走着，说："两位慢走。"

送走了杨柳柳和李海，韩俊回到了办公室，一屁股坐在沙发上，感慨万分，真没想到……真没想到会是这个样子。

杨柳柳和李海主任从韩俊办公室出来，下了楼，来到了审批局门前的停车场。

刚坐上车，李海就说："不好意思啊！杨总，今天没能把你的事儿办好。没能完成张军交给我的任务呀！"

杨柳柳并没有启动车，而是坐在车上与李海聊。杨柳柳说："李海主任，你甭谦虚了，你看韩俊之前什么样子？之后什么样子？"

李海说："什么之前？之后？"

杨柳柳说："就是咱们刚一进韩俊办公室，我没有介绍您的时候，你看韩俊什么样儿？是不是板着脸，说话像吼，话也难听？我介绍您之后呢？你看他活像变了个人。脸上也笑了，还端茶递水认错。可以了，李海主任，我觉得咱今天有面子。虽然没有当天给咱办手续，韩俊不是说了吗！明天通知我。"

李海说："他这是抹不下脸，如果当天给咱办，他觉得没有面子。"

杨柳柳说："是呀！我也看出来了。"

李海说："走吧！方便的话，麻烦送我回单位。"

杨柳柳说："李海主任，看你说的，是我麻烦您了好吧！李海主任，你给我帮忙辛苦啦！要不，中午我请你吃饭？"

李海说："不了，我回单位。"

杨柳柳说："那还是等事儿办好了，我来约张军，您，城管的胡二勇大队长，你们三个老友聚一下。"

李海说："这个可以有。"

杨柳柳启动宝马车，驶入大路，直接把李海主任送回了单位。

杨柳柳回到公司自己办公室，冲了杯速溶咖啡，靠在自己的老板椅子上，喘了几口气，闭上眼睛，在头脑中捋了捋头绪，最后决定，还是要把今天上午李海主任陪着自己去找韩俊的情况向张军报告一下。

杨柳柳把手机拿在手上，先看了看时间，十一点多了，这个点应该还没有吃午饭。既然是这样，就给张军打个电话，报告一下。

杨柳柳拨通了张军的电话。

"喂，大叔好，准备吃饭了吧？"

张军说："柳柳，你真聪明，你怎知道我准备吃饭了？"

杨柳柳嘿嘿地笑，张军通过杨柳柳的笑声判断，李海今天上午随着杨柳柳去找韩俊，情况应该还行，知道杨柳柳这会儿电话来，也一定是说这个事情。

果然，杨柳柳说："张叔，这个点，只要是不傻，不都是在准备吃午饭吗？"

张军一笑，说："柳柳，你够聪明。可是，你能猜到我是在哪儿吃饭吗？我又是和谁一起吃饭吗？"

杨柳柳好像对猜"张军和谁在一起吃饭"兴趣不大。杨柳柳说："大叔，咱书归正传好吧！我把上午的情况给您汇报一下，你分析分析。"

张军说："好。"

杨柳柳就一五一十、仔仔细细、认认真真地把上午去找韩俊的情况向张军做了汇报。等杨柳柳汇报完毕。

张军问道："就这些？"

杨柳柳说："就这些。"

张军说："主任是我嘱咐他了，不多讲话，也不说狠话，从长远看，没必要和姓韩的弄僵。我的目的，是要让姓韩的彻底死了心。"

杨柳柳脸一红，嗯嗯了两下。

张军又说："韩跛子是个老狐狸，他很狡猾。他说明天回复你，是要给自己腾出时间来搞清楚李海这个人，甚至还会调查柳柳你背后有谁撑腰？让他去折腾吧！我对付他的办法多，看明天的情况。柳柳侄女儿，总之，广告手续审批这个事情你不要放在心上。实在不行，你别忘了，还有胡二勇大队长呢！他让你施工你就先施工，手续日后再补。"

杨柳柳很惊讶，问道："还可以这么操作？"

张军说："是呀！他韩俊只是审批，胡才是现场管理，执法。不过，不到万不得已，不这么办。"

杨柳柳说："大叔，你办法真多。你才是只狐狸呢！"

张军知道杨柳柳说自己"狐狸"是开玩笑，因此，并不生气。张军说："柳柳，话接前言，你猜猜今天中午我和谁在一起吃饭吧！"

五十二

张军在电话里一定要杨柳柳猜，猜一猜张军中午和谁在一起吃饭。杨柳柳的脑子就飞转起来。杨柳柳想，张军让我猜这个和他在一起吃午饭的人，这个人一定是和我的关系非同寻常。不然的话，是我也猜不到，猜也没有意义。杨柳柳这么一思考，心里已经猜到八成了。杨柳柳又联想到张军上午在单位，这会儿是午饭时间，也一定是在京东镇。那么，京东镇自己还能认识谁？熟悉的人只有张超主任，其他没了。但是，如果是张超主任的话，张军是没有兴趣儿让杨柳柳猜的。还有谁呢？杨柳柳眼前一亮，只有他了。杨柳柳现在有九成的把握能猜到了。

张军问道："柳柳，能猜到吗？猜不到的话，我告诉你。"

杨柳柳说："别呀！你说的这个也太简单了吧！"

张军说："觉得简单你就讲出来。"

杨柳柳脱口而出："杨洋河呗！我老爸。你中午去我老爸工地上视察去了？杨洋河在工地上招待您？工地上有大铁锅，蒸的米饭可香啦！"

张军愣住了，心想，柳柳这个小女子不简单，真是聪明，她怎么像打机关枪一样全说对了。

杨柳柳见张军不说话，知道张军是被自己镇住了，既开心又得意，说："大叔！请讲话，我猜对了吧？"

张军这才说："你厉害，我让你爸听电话。"

马上，张军电话里传出来杨洋河的声音。

"闺女，你张叔对你的事情可关心了。刚才，你张叔转到工地上来，看看新建家属楼工地施工情况。然后，他把今天上午李海主任跟你去审批局的事儿都告诉我了。"

杨柳柳听到了杨洋河那久违的声音，非常激动，说："爸，你甭操心，有张叔帮我。"

杨洋河说："闺女，闲了来我工地上看看，吃大铁锅烧米饭。把你新车开来，让老爸坐一坐。"

杨柳柳说："老爸，你和我想到一起去了。晚些日子，等我把新建广告位施工完结了，我就来京东镇看你。"

杨洋河说："闺女，说话算话？"

杨柳柳说："一定的。对了，老爸，你的家属楼建第几层了？"

杨洋河说："第五层。"

杨柳柳说："老爸，一定要注意安全啊！在工地上要戴安全帽。平时不要亲自爬上爬下，听到没有？"

杨洋河说："闺女的话，我一定牢记。"

其实，当杨洋河听到杨柳柳嘱咐他注意安全时，心中就感到一阵激动。杨洋河想，还是自己闺女牵挂自己呀！又一想，这一次杨柳柳购买小轿车，自己这个当爹的，没能资助杨柳柳一分钱。因为，自己工地需要垫资，目前，工地资金缺口还不小，手里根本拿不出钱来。所以，想起来有些内疚。但是，这些事情杨柳柳不知道。

杨柳柳说："老爸，还有事吧？没事挂了哦！代我向他问好。拜！"

杨洋河说："拜，闺女再见。"

杨柳柳挂了电话，顺手端起自己刚才冲的速溶咖啡，喝了一小口，发现咖啡已经有一些凉了。

到了下午，杨柳柳难得有点空闲时间，她把自己办公室卫生彻底打扫了一遍。然后，她在手机百度上，搜到"陶笛纯音乐版"，优雅嘹亮的陶笛音乐便播放起来。

杨柳柳正眯着眼睛享受着音乐，有人敲门，杨柳柳睁眼一看，是韩小勇。

杨柳柳把手机音量放小了些，说："小勇，最近怎么没见到你，也没有你的电话和信息？"

韩小勇进了办公室，一屁股坐在沙发上，笑，一笑一呲牙，说："还不是'汉江风'的事情都压在我肩上嘛！因此，很少联系你。"

杨柳柳说："怎么啦！老韩这么早就想撂挑子不干了？担子都压你肩上？"

韩小勇叹了口气，说："老韩病了，住院，因此最近'汉江风'的事情都是我在处理。"

杨柳柳说："老韩住院你应该告诉我一下嘛！你不说，焦喜荣也不说。说了我去看看老韩嘛！"

韩小勇说："没必要，他是腰椎间盘突出的老毛病，住一段时间就能恢复。"

说着话，杨柳柳才想起来还没有给韩小勇倒水。她从老板椅子上起来，给韩小勇泡了杯茶，然后继续和韩小勇聊。

聊来聊去，杨柳柳就聊到了找韩俊审批广告手续的事情，从头聊到了尾。

韩小勇听完，咬着牙说："这个韩俊，真是个混账，想当初，'汉江风'的两个新建广告位也是被韩俊压了很久不批，搞得老韩寝食难安。最后，还是柳柳你帮了大忙，费了好大周折才协调好。"

杨柳柳说："那次真是费老了劲儿，后来为了搞定华杰，连王银银都上阵了；这一次不用担心，有张军和李海主任罩着呢"

韩小勇说："张军？李海主任？哪个李海主任？"

杨柳柳说："在纪委工作的李海，和张军关系最好了。还有城管的胡二勇大队长，他们仨最铁。"

韩小勇有些疑惑，说："韩俊会听他们的？"

杨柳柳很自信，说："韩俊绝对听李海的，这个话我不敢说。但是，李海主任出面后，韩俊至少是不敢把我的新建广告位审批手续无故拖下去，这得有个说法儿。"

韩小勇说："柳柳，明天你等审批局的信儿，如果等到通知，我陪着你去。"

杨柳柳说："没必要，小勇你也忙。"

韩小勇说："最好我和你一起去。因为，办完审批手续，柳柳你是不是要施工呢？"

杨柳柳说："那当然，急着施工。"

韩小勇一笑一龇牙，说："施工不需要我帮忙？我手里可是有专业团队哩！"

杨柳柳也笑了，说："是呀！我怎么把这个给忘了？小勇，有你的施工团队上，那我就不用操心啦！"

十天之后，杨柳柳新建广告位工程在韩小勇的全力支持下，宣告完工。

杨柳柳异常激动，看着自己的柳树枝广告公司顺利发展，业务得到了拓宽，杨柳柳兴奋极了。

"韩小勇是对我帮助最大的人。"

杨柳柳心里这么想，新的广告位建成，下一步就该让这个广告位发挥作用了。

杨柳柳决定，请身边几个最好的朋友聚一聚，庆贺一下。当然，杨柳柳此时请客的目的，除了庆祝新的广告位建成，更重要的是对帮助过自己的人的感谢。杨柳柳拉了一个名单，依次是：张军、李主任、胡队长；华杰、王银银、韩小勇、焦喜荣；最后还有省城的高安。杨柳柳觉得这些都是自己的贵人。

请客当天，名单上的客人有两个人未到。张军说，他有个接待，他走不开。请杨柳柳谅解。

杨柳柳表示理解。

第二个不能参加宴请的人是高安。高安说，他对杨柳柳的邀请心领了。因为他表叔的武术学校搬迁，事务缠身，所以走不开。

杨柳柳也表示理解。毕竟，高安在几百里外的省城，为了一次宴请而在路上疲于奔命，不划算。

剩下的李主任、胡队长、华杰、王银银、韩小勇、焦喜荣，大家都来了，柳树枝广告公司的小姑娘刘倩也参加了。宴会很热闹，圆满成功。

就在杨柳柳宴请好友们聚餐的第二天上午，京东镇发生了一件大事儿，在京东镇政府新建家属楼的工地上，发生了安全事故。

事情的经过是，在新建家属楼施工现场，两个包工队的头儿争吵了起来。争吵的原因，是两个包工队争活儿干。原来，工程的总承包人杨洋河，聘请的是两个包工队，但在具体工作中，两个包工队职责不明，界限不清。也就等于是谁多干了谁就多得，谁少干了谁就少得。因此，最近这些日子，两个包工队总是抢活儿干。

出事儿的这天上午，两个包工队的头儿在新建家属楼的第五层吵了起来，并且愈演愈烈，眼看就要动手干起来了。

杨洋河在一楼观察，一看情况不妙，当即决定上五楼阻止两个包工头儿干架。杨洋河知道，决不能让两个施工队干起来，否则，一切损失都是他杨洋河承担。

杨洋河情急之下，忘了戴安全帽，直奔五楼。当杨洋河来到两个包工头儿跟前时，两个包工头儿已经在撕扯了。

"住手。"

杨洋河大吼一声，上前一步，打算站在两个包工头儿的中间，把他俩隔开。

不料，两个包工头儿之间少一块儿预制板，杨洋河没有注意脚下，因此一脚踏空，杨洋河在往下坠落的同时，本能地用手抓住了其中一个包工头儿的胳膊，被冷不丁抓住胳膊的包工头儿也没有防备，结果，随着杨洋河一起重重地跌落下去……

京东镇新建家属楼工地出安全事故这个事儿，对张军，对杨柳柳来说，事先是没有一点预兆的。

当时，张军正在开会，镇上一名工作人员惊慌失措地闯入了会议室，咬着张军的耳朵报告了杨洋河工地出事的消息。张军当即带着城建办主任张超极快地赶往杨洋河工地现场。当张军和张超主任赶到现场后，工地的临时负责人，也就是杨洋河的副手汇报说："杨洋河和一名包工头儿都伤了，已被120救护车拉到镇卫生院抢救去了。"

张军迫切地问道："杨洋河伤势如何？有没有生命危险？还有那名包工头儿，伤情如何"

工地临时负责人说："杨洋河是在五楼一脚踏空，一下子掉到了四楼。虽然楼层不高，可倒霉的是杨洋在坠落时，头的右侧是朝下的，而且直接摔在一块预制板上。最致命的是杨洋河没有戴头盔。头的右侧摔伤严重。那名包工头儿伤势要比杨洋河轻，因为他头上戴着安全帽，可是那名包工头儿被杨洋河抓住胳膊跌落后，一直昏迷不醒，看样子是受了内伤。"

张军又慌忙带着张超主任赶往镇卫生院，赶到镇卫生院之后，刚一下车，正巧遇上一名医生从急救室出来。医生一看，是镇长来了，就知道是为新建家属楼工地的事情。医生摘下了头上戴得又圆又白的帽子，擦了擦额头上的汗，然后，冲着张军说："摔得太严重，两个都还在昏迷中。一个伤重，伤了头部，估计很危险；另一个戴了头盔，伤轻一些。"

张军要进急救室看一看病号，被医生制止了。医生说："这会儿正在抢救，不方便看。"

张军只好和张超主任先回。在回单位的路上，张军才想起一件事儿，问张超主任："杨洋河和一名包工头儿出事儿，告知他们家里人了吗？"

张超主任说："应该没有吧！我也是和您从会议室赶往工地时才知道的。"

张军认真地说："一定要尽快告知他们的家人。这个安全事故，马虎不得，你们城建办要在第一时间向各主管部门报告；还有就是，一定要安排好善后之事，特别是工伤鉴定补偿这一块儿，都严格按规定办。还有就是包括对他们家人，以及他们手下包工队人员的安抚，耐心做好工作，避免上访的事情发生。最后就是工地上的事情，一定要和安检部门协调好，保证尽快恢复施工。"

其实，张军心里清楚，镇政府作为发包方，在这次安全事故中是有监管责任的。所以，接下来做好安检部门的工作是重点。

到了单位，张军下了车，还是决定亲自给杨柳柳打个电话，把这个不幸的消息告诉杨柳柳。

杨柳柳接到张军来电的时候，正在柳树枝广告公司自己的办公室，韩小勇也在，韩小勇来串门儿，杨柳柳正和韩小勇聊着去京东镇杨洋河工地上看一看的话题。

杨柳柳说："我上次在电话里答应我老爸了，我说，等我新建广告位建成后，我就去京东镇他工地上看他。"

韩小勇说："是呀！看你老爸是主要的，其次呢！试试你的宝马车，下乡兜兜风。"

两个人正聊着，张军的电话来了。

"柳柳！"

张军的语气很悲伤，还有些抽噎。

杨柳柳一下子紧张了起来，感觉发生了什么不好的事情。

"柳柳！"

张军又叫了一声。

杨柳柳心都提到嗓子眼儿了，紧张又不安，说："我在，发生了什么？"

张军说："你爸工地出事儿了，你爸出事儿了。"

张军这句话如晴天霹雳，杨柳柳一声尖叫，说："我爸咋了？"

杨柳柳的这一声尖叫，把身边的韩小勇吓傻了。直觉告诉韩小勇，在京东镇工地上的杨洋河出事儿了。

张军开始安慰杨柳柳，说："你爸摔伤了，没事儿，镇卫生院正在全力抢救。"

杨柳柳情绪有些失控，从椅子上站起来，说："张叔，求您啦！一定要救活他。镇卫生院条件行吗？"

张军继续安慰杨柳柳，说："柳柳你放心，我们全力抢救。等你爸伤情稳定下来，就把他送市里的医院。市里的医院条件好。"

杨柳柳已泣不成声了，身子一软，被眼尖手快的韩小勇及时上前扶住了。

五十三

杨洋河在市里医院的病床上昏迷半个月之后，奇迹般地醒了过来。

主治医生说："真没有想到，他竟然能够从死亡线上挣扎过来。"

刚开始醒来的时候，杨洋河能够断断续续地讲几个字，但是他因头部受伤严重，导致思绪混乱，说出来的话是驴头不对马嘴。他从抢救到醒来都存在着呼吸困难，被切了气管才能维持正常呼吸。至于杨洋河头上的摔伤处缺一块儿头骨，外面只是蒙着薄薄的一层皮。主治医生说："等他病情稳定三个月之后，补一块儿'钛合金'代替头骨。在头骨未补好之前，头上缺骨头的摔伤处，一定要小心。

在杨洋河昏迷不醒的半个月里，可是累坏了杨柳柳和韩小勇这两个年轻人。杨洋河出事儿后，杨柳柳的母亲也在第一时间得到了通知。无奈，杨柳柳的母亲自身常年有病，不可能有体力待在医院侍候自己的老公。因此，她只是匆匆地到医院看了自己老公一眼，便回家去了。侍候病号杨洋河的重任，毫无疑问落在了杨柳柳的肩上。可是，杨柳柳虽然不嫌弃杨洋河，但毕竟是男女有别。再说，正值夏季，同一间病房里还住着其他男病友，杨柳柳作为一个年轻女子，待在病房里实在是不方便。还有，侍候病号这种活儿，又脏又臭又累，杨柳柳的体力也跟不上。杨柳柳只有一个办法，请护工。尽管护工费很高，杨柳柳也必须请。杨洋河出事儿以来的这些天，韩小勇一直陪着杨柳柳，成了杨柳柳最忠实的支持者，帮杨柳柳应对一切事情。当杨柳柳把自己要请护工的想法告诉韩小勇时，韩小勇斩钉截铁地说："不需要。"

杨柳柳用商量的口气说："不请护工，那怎么办？我这身体是真的支撑不住了。"

韩小勇一拍自己胸部，说："有我呢！我顶着。"

杨柳柳说："你一个人根本顶不住，一个人白天黑夜连续不休息，是个铁人也受不了。"

韩小勇说："柳柳，我先坚持，你白天偶尔来帮下我，我眯一会儿体力就恢复了。"

杨柳柳说："小勇，怎么可以这样麻烦你呢？"

韩小勇恼火了，说："柳柳，你遇上这样的天灾人祸，我不帮你谁帮你？为什么不可以？"

杨柳柳感动得热泪盈眶。

就这样，韩小勇可是受老了罪了。守着杨洋河打点滴，喂水喂药，给杨洋河擦洗翻身，倒尿倒屎。特别是杨洋河拉屎困难，不定时。最让韩小勇恶心的是，有时候要用手帮杨洋河扣出屎来。有好多次，韩小勇帮杨洋河扣完屎后，苦胆水都吐出来了。当杨洋河醒来的时候，韩小勇因为长时间得不到休息，已经累脱相了。

不过，韩小勇在杨洋河病房里所有的付出，杨柳柳都看在眼里，记在了心里。

自杨洋河和那个包工头儿摔伤后，京东镇新建家属楼工地一直停工，这可急坏了张军。

好在是，在这次事故中没有出人命，这令张军在和安检部门的协调中轻松了许多，协调工作进展很快。

这一天，杨洋河的电话响了，杨洋河正在病房里，他坐在轮椅上，杨柳柳和韩小勇坐在他的病床上。杨洋河摔伤后，他的手机其实一直保管在杨柳柳手里。杨柳柳始终记得给杨洋河的手机充电，让杨洋河的手机保持畅通。

杨柳柳走到了病房外的一个僻静之处，接听了来电。

"喂，杨总吗？"

手机里传出一个男人的声音，好熟悉。

"是，是我爸的电话，请问您是？"

"我是京东镇城建办张超呀！我是用办公室座机打的。"

"哦！张超主任好！我是柳柳。"

"哦！难怪我觉得好熟悉的声音，小杨总柳柳呀！"

"我也是，张超主任，您讲第一句话时，我也觉得熟悉。"

"柳柳，你爸恢复怎么样了？"

"还好，只是现在生活还不能自理，不过，可以坐在轮椅上在病房外面转转。但是，现在接电话还不行，他只可以说简单的话，还吐字不清。"

"哦。"

张超主任说："柳柳，我长话短说，镇上已和安检部门协调好了，工地可以恢复施工了。你爸和另一个包工头儿病情现在也稳定了。上边让我打这个电话的意思是，通知你爸的工地开工。就这，柳柳，没有别的。"

杨柳柳稍微愣了一下，准备说，我爸这个状态如何开工？但是，这句话最终没有说出口。

"好，张超主任，我转告我爸。"

挂了张超主任的电话，杨柳柳感觉到了自己肩上从未有过的压力。杨柳柳是家里的独生女，她现在面临着方方面面的压力。首先，是父母的事情，父亲现在这个样子，母亲在老家，自身常年有病；其次，是自己广告公司的日常事务也很烦琐，自从老爸摔伤后，她天天和韩小勇守在医院，自己广告公司的事儿都让小姑娘刘倩在临时负责；现在，又面临杨洋河工地如何尽快开工这个更加棘手的问题。其实，杨洋河也不放心他的工地，近日，杨洋河就断断续续、结结巴巴给杨柳柳讲过工地的情况，他的话也只有杨柳柳能听明白。杨洋河的意思是，他摔伤之前，工地就有很大的资金缺口，因为按照和发包方签订的合同，杨洋河一直是垫资在施工。出事之前，杨洋河身体健康，凭着自己与两个包工队长年合作的感情基础，鼓动着大家克服困难先干。可是，此一时彼一时，现在想要开工，必须得把拖欠包工队的费用结清，因为自己现在坐在轮椅上，是个残疾人。大家看不到希望，大家会认为，如果开工的话，会越陷越深；最后，就是杨洋河和那个受伤的包工头儿治疗费用的问题，尽管他俩都买了保险，那也是出院之后才能报销治疗费用。杨洋河和那个受伤的包工头儿入院后，所有的治疗费都是杨柳柳掏钱预付，杨柳柳几乎隔几天都要给医院打款，她个人腰包已经被掏空了。目前来说，仅就杨洋河和那个受伤的包工头儿后续医疗费用这块儿，杨柳柳已经没有能力预付了。

杨柳柳并没有把眼前十万火急的形势告诉杨洋河，她担心，如果告诉了杨洋河，会让杨洋河急得病情加重的。

杨柳柳情急之下，直接拨通了张军的电话。

杨柳柳说："张叔，张叔好。"

张军说："柳柳，你爸恢复得如何？"

杨柳柳说："还好。"

张军说："柳柳，你打电话有事儿？"

杨柳柳说："有。张叔，张超主任通知我爸，要工地及早开工。"

张军说："是啊！我知道。"

杨柳柳说："可是，你看我爸这个情况，怎么去工地呀？"

张军说："工地不是有临时负责人吗？"

杨柳柳才把话挑明，说："最主要的，是拖欠包工队的费用还没结，人家不会复工。"

张军说："那就赶紧给人家结清呀！别引起上访事件。"

杨柳柳说："就是呀！可现在真实情况是，我爸早已无钱垫资了。"

杨柳柳说着，在电话里哽咽起来。

张军说："那要想办法，赶紧想办法。"

杨柳柳这时已带哭腔了，说："张叔，不瞒你，我个人的钱也掏空了，我也没办法。下周，估计我爸和那个受伤的包工头儿，就要面临停针停药了。"

张军沉默。

杨柳柳突然说："张叔，工地开工你能不能想想办法？"

张军说："我能有什么办法？"

杨柳柳说："我爸这个情况特殊嘛！你们甲方先给施工方结一些费用，先让包工队动起来。"

张军说："这恐怕不行，我们有合同，合同规定是完工验收后才能结账。"

杨柳柳说："这不是情况特殊嘛！不能变通？"

张军直接说："不能。"

张军接着说："柳柳，希望你谅解！有些事情没告诉你，已经有多事儿之人怀疑我和你爸关系了。咱不能犯这个错误，授人以柄。再说，也行不通。"

杨柳柳能够理解张军说的话，并且，她对张军说的话深信不疑。

杨柳柳准备说，请张军想想办法，能不能借些钱，让杨柳柳渡过难关。但是，杨柳柳话到嘴边又咽了回去。

杨柳柳突然觉得，做人好难，这个时候，向谁求救呢？华杰？高安？王银银？

不可能。不是他们不帮，而是他们没有能力帮。

"只有一个人有能力帮助自己，这个人就是韩建国。"

杨柳柳想到了这里，忽然有了希望，就好像抓住了一根救命稻草。但是，又如何能够在韩建国面前开得了口？这个口一开，可不是个小数目，韩建国经商这么多年，要借出去一大笔钱，他一定是慎之又慎。还有，韩小勇已经很多次帮了自己大忙了，自己怎么好意思请韩小勇回家去向韩建国求救呢？杨柳柳满脸愁容，一屁股坐在草坪上，闭上了眼睛。

却有人在杨柳柳背后把她扶住了。

"柳柳，你怎么坐地上呀？"

杨柳柳一听，是韩小勇的声音，便知道自己从病房出来接听张超主任电话，韩小勇也尾随自己出来了。果真如此，那刚才自己与张超主任对话，以及打给张军的电话内容，韩小勇应该都听到了。

杨柳柳被韩小勇扶着站了起来，说："小勇，你也出来了？"

韩小勇说："柳柳，你出来我就跟出来了，你打电话我也听到了。我虽然听不到对方说话，但从你讲话的内容，我判断你遇到了前所未有的困难，你现在，承受着常人不能承受的压力。"

杨柳柳竟"哇"的一声，哭了，眼泪哗哗地顺着脸颊流下来。杨柳柳紧紧地抓住了韩小勇的胳膊，问道："小勇，我该怎么办？"

韩小勇的眼眶也红润了，说："柳柳，没事儿。天塌下来有我韩小勇顶着，何况天还没有塌下来。"

杨柳柳"哇哇"地哭了起来，伸开双臂把韩小勇紧紧地抱住了。

第二天上午，杨柳柳来杨洋河病房了。

韩小勇说："柳柳，你辛苦一下，我回家洗个澡去。"

杨柳柳说："好，小勇，你回家洗个澡，然后好好睡一觉，缓解一下。"

杨柳柳嘴上这么说，其实，她心里明白，韩小勇这一次回家，一定是去找韩建国，办重要的事情。

还真让杨柳柳猜到了，韩小勇是回家洗了个澡，但洗完澡后，韩小勇并没有睡觉，而是直接去汉江风广告公司韩建国的办公室。

当韩小勇一脚踏进韩建国办公室的时候，韩建国正在抽烟，办公室内烟雾缭绕。韩建国看了一眼韩小勇，他见韩小勇消瘦多了，疲惫不堪。韩小勇就坐在沙发上，韩建国扔了一支烟过去，韩小勇接住了。

韩建国当然知道儿子近一个月来在医院的情况，因为，平时老韩小韩之间都有微信信息，或者是电话交流。韩小勇在医院的表现，一直得到了韩建国的肯定。

韩小勇点着了烟，吸了一口，将烟雾吐出，说："爸，十万火急的事情，杨柳柳到了山穷水尽的地步。杨洋河工地需要钱，杨洋河和另一个包工头儿治疗需要钱。杨柳柳跟我说，她都准备卖车了，她把宝马车卖掉，才可以维持几天杨洋河住院，而杨洋河工地结清拖欠包工队费用，则是需要一大笔钱。"

韩建国一边吸烟，一边听儿子说事儿。韩建国很沉稳，脸上看不出任何表情。

韩小勇讲完后，韩建国问："杨柳柳为什么不去借？为什么不去贷款？或者想其他办法？"

韩小勇说："我对她太了解了，她是借无可借。贷款，她拿什么抵押？"

韩建国问道："小勇，你的意思是？"

韩小勇说："帮呀！爸，我们不能见死不救吧？再说，人家只是讲借，有借有还嘛！"

韩建国轻声笑了，说："儿子，我是个商人，这一次借款虽说数额不小，但是风险却不大。我分析了。一，杨洋河这一次建房，是与京东镇政府打交道。工程完成验收后，京东镇政府是会按合同办的；二，杨洋河和另一个包工头儿的医疗费，他俩都有保险。因此，他俩出院之后，医疗费是可以报销的。杨柳柳所有的垫付款，只是预付。所以，这个也没有风险。三，以杨洋河和杨柳柳父女的为人，他们都是忠厚之人，一旦缓过来，是会还钱的。"

韩小勇说："老爸，既然如此，那就准备钱呀！救一下他们父女。"

韩建国又轻声一笑，问道："儿子，准备钱简单，请问，杨柳柳过了这个坎之后，你的事儿如何办？"

韩小勇哑口无言。

韩建国说："儿子，你阅历浅，你追了杨柳柳两年多，帮了她好多次，她有给你明确的答复吗？没有。那么，这一次就是你唯一的机会。并非是你趁人之危，而是阳谋，只要你是真心喜欢她，就算不得是阴谋，而是阳谋。"

韩小勇说："那我该如何办？"

韩建国说："儿子，你就用'激将法'吧！这么办……试试。"

韩小勇说："行不行呀！那我试试，反正是阳谋不是阴谋。"

五十四

韩小勇离开韩建国办公室回到医院病房的时候已接近中午。杨柳柳正在忙着给杨洋河倒水喝。

"柳柳你中午在这吃饭吧？在的话我多买一份儿。"

韩小勇问道。

杨柳柳扭头见韩小勇来了，便说："小勇，你来了，我回公司吃。"

杨柳柳就是这样，每天上午或者是下午来给韩小勇换会儿班，好让韩小勇补补觉。

杨柳柳给杨洋河倒完水，在杨洋河病床边沿上坐了下来。

这时候，杨洋河的针也打完了。近几天，杨洋河说话也利索了。他靠在床头上，看着韩小勇，却是冲着杨柳柳说："闺女呀！这一个多月来，全靠小勇日夜守护，端屎端尿，全靠这孩子。唉！我杨洋河没儿子，我要是有个小勇这样的儿子就好了。"

韩小勇说："杨叔，你可别把我当外人，我不就是您的儿子吗？"

杨洋河开心地笑了，在杨柳柳记忆里，这还是杨洋河苏醒过来之后第一次笑。

杨柳柳说："爸，中午了，我回公司了，下午再来看您。"

杨洋河说："好吧！"脸上呈现出满意的表情。

韩小勇说："柳柳，我跟你说下事儿。"

杨柳柳说："好。"

韩小勇和杨柳柳便来到病房外的偏僻之处。

杨柳柳问道："小勇，什么情况？"

韩小勇说："为你的事情，我去找老韩了。"

杨柳柳并不感到意外，说："老韩咋说？"

韩小勇说："帮，老韩的意思是一定帮。"

韩小勇说得如此坚定，多少还是让杨柳柳感到有些意外。杨柳柳说："那太感谢啦！"

韩小勇却突然吞吞吐吐、结结巴巴起来。韩小勇说："不过，不过，老韩还讲了一些其他的话。"

杨柳柳心里已经明白一些了，问道："老韩还说了什么？"

韩小勇说："老韩关心我、我和你，咱俩的事儿。"

杨柳柳心里彻底明白了。杨柳柳又不傻，这两年多以来，韩小勇一直在苦苦追求着自己。唉！杨柳柳叹了口气。

韩小勇说："柳柳，我不赞成老韩的想法儿。我干不来乘人之危的事情。"

杨柳柳心里十分清楚，凭良心讲，老韩这个人不坏，只是应了那句话，可怜天下父母心呀！自父亲住院以来，韩小勇的表现真是可圈可点。韩小勇为人，品质都无可挑剔。但要是与韩小勇谈婚论嫁，杨柳柳心里始终是有道过不去的坎儿。杨柳柳心里有人，杨柳柳只为一个男人动心，但是，现实残酷，她命中注定不能与自己动心的男人公开在一起。

现在，韩小勇基本上讲出了老韩的意思，老韩是有条件地帮自己。但是，总不能拿终身大事当儿戏吧！

杨柳柳说："小勇，这都是命，一切都顺其自然吧！"

杨柳柳说完，走了。

韩小勇傻傻地站在原地。

眨眼间，过了星期日。新的一周又开始啦！

医院的催款单子下来了。韩小勇一接到催款单子就紧张了起来，立即打电话告诉了杨柳柳。

杨柳柳一听，也急。她明白，医院可不会讲客气，杨洋河医疗费如果再不续缴，他的针和药就面临着说停就会停的可能。

杨柳柳急匆匆赶到了医院，她不敢让杨洋河知道真实情况，便把韩小勇叫到了病房外，商量办法。

韩小勇愁眉苦脸，无计可施。

杨柳柳无奈，给王银银打电话，王银银在电话里说："柳柳，我每个月工资就五千，每个月的开销勉强够用，真的攒不到钱。"

杨柳柳又给省城的高安打电话，高安说："柳柳，讲实话，我是月光族，我只有向我表叔求援，请他想想办法，你等信儿。"

杨柳柳情急之下给华杰打了电话。华杰说："柳柳，我每个月打牌的钱都不够，现在打牌输了不少，外面债台高筑啊！"

杨柳柳直接挂了华杰的电话。

说来也巧，杨柳柳刚挂了华杰电话，自己电话随之又响了，一看，是京东镇张超主任那个座机，杨柳柳对这个电话有印象。

"喂，小杨总吗？我知道你爸听电话不方便，所以就直接打你电话了。"

杨柳柳调整了一下情绪，说："没事儿，张超主任，您请讲。"

张超主任说："还是关于你爸工地开工的事儿，上边又再催了，我也没有办法，只能再次通知，麻烦你转告你爸。谢谢！"

杨柳柳勉强着自己好好说话："张超主任，知道啦！"

挂了张超主任电话，杨柳柳身体一晃，被韩小勇扶住了。

杨柳柳定了定神，她还要打个电话出去，只是，她的思想在激烈斗争。打，还是不打？最后，她豁出去了，把电话打给了张军。

"喂，柳柳，有事儿吗？"

杨柳柳哽咽了，说："张叔，我真是没有办法呀！医院要停针停药，这个再难，我自己再想想办法。可是，工地开工这个事情，需要的钱不是个小数目。我想请您想想办法，只缓解一下，等工地完成验收结了账，我就还。"

张军说："哎呀！上次我不是说了吗？有些办法行不通，办不到。"

杨柳柳这个时候已哭出了声，一抽一抽地，说："张叔，你个人能不能帮帮我？帮我借一借款？"

张军有些不耐烦了，说："你这话说的，又不是小钱，我个人去哪儿借？"

张军直接挂了电话。

杨柳柳身体一软，又被韩小勇扶住了。

韩小勇实在是听不下去了，说："柳柳，你不要再给谁打电话了，不要再求任何人。我回去找老韩，他不借你钱，我就把我的车和别墅卖掉，先帮你过这个关。"

杨柳柳一把抓住了韩小勇的手，问道："小勇，你实话告诉我，老韩具体要求我怎么做，才肯借款给我？"

韩小勇说："这个，我开不了口。"

杨柳柳："你必须说。"

韩小勇说："柳柳，我开不了口，那不是人干的事儿！"

杨柳柳提高了声调，说："小勇，你必须说。"

韩小勇一看杨柳柳已经是两眼圆睁了，知道杨柳柳是又急又气，杨柳柳明显是在赌气。可是，看样子，韩小勇如果不说的话，杨柳柳就要发疯。

韩小勇说："老韩说，你和我去民政局拿了证，老韩的钱立马就到你账上。"

杨柳柳大声说："老韩果真是这么说的？他说话算数？"

韩小勇说："算。"

杨柳柳说："好，小勇，现在你和我就去民政局登记办证。"

韩小勇惊愕了，说："柳柳，你疯了？你赌什么气？"

杨柳柳说："我没疯，我很正常，走，去民政局。"

韩小勇被杨柳柳用手扯到了医院停车场，扯进了宝马车。宝马车一溜烟儿开出了医院。

杨柳柳在走投无路的情况下，也是在张军那儿碰壁之后，为解燃眉之急，强行要求韩小勇随着自己去了民政局，真就把证拿了。

然后，杨柳柳又开车把韩小勇丢在医院，自己回公司去了。

韩小勇在第一时间用电话把杨柳柳扯着自己去民政局办证的情况报告了韩建国。

韩建国这一次在电话里笑了，说："儿子，祝贺你！"

韩小勇说："这有啥祝贺的？她不是心甘情愿的。"

韩建国说："儿子，只认事实，不管过程。"

韩小勇还是讲述了杨柳柳扯着自己去民政局之前的一些细节。韩建国仔细地听，当韩建国听到杨柳柳给张军打完电话，像是受了刺激一样时，韩建国心里一怔，心想，这个张军和杨柳柳到底什么关系？韩建国突然想起，早在韩小勇给杨柳柳在京东镇下乡帮忙的时候，有一次韩小勇在电话里告诉韩建国，杨柳柳顶替张军的司机进了城。当时，韩建国心里就特别不舒服。今天，怎么又是张军？而且是杨柳柳和张军通完电话之后才突然发飙，做出了异常的举动。韩建国想，先不考虑那么多，毕竟，儿子与大美女杨柳柳拿了证，是叫喜可贺的事情。还有，要信守承诺，把钱打入杨柳柳的账户。

杨洋河的病情在一天一天地好起来。现在，杨洋河下了轮椅，可以借助拐杖自己走路了。一天，杨洋河的电话响了。杨柳柳根据杨洋河的恢复情况，早已把手机归还了他。他一看是自己的副手，那个工地临时负责人打来的，他便接听了电话。

临时负责人说："杨总，你安心养病，我们的工地已经复工了，热火朝天呐！并且，和你一起摔伤的包工头儿也病愈回到了工作岗位。杨总你放心，这一次我把两个包工队的活儿分得一清二楚，不会再产生矛盾了。"

杨洋河听到了振奋人心的消息，工地早日复工，这不是他朝思暮想的吗？杨洋河问道："两个包工队咋就同意复工了呢？之前拖欠的工钱呢？"

临时负责人一笑："杨总，你就别开玩笑啦！不是你女儿把钱转到了我们公司账上了吗？拖欠两个包工队的工钱都结清了。"

杨洋河说："这，怎么会？"

临时负责人说："杨总，早日康复啊！"

挂了临时负责人的电话，杨洋河百思不得其解。柳柳哪儿来的钱？借的？一大笔款项，谁肯借？

韩小勇在一旁，早已看出了杨洋河的心事儿。

韩小勇给杨洋河的杯子添了水，递过去，说："杨叔，您喝水。"

杨洋河接过了杯子，喝了一口水。

韩小勇说："杨叔，您前段时间病情比较严重，所以呢！有一些事情我和柳柳没跟您说，主要是怕影响您的心情。是这样，工地之前拖欠的工钱，是我和柳柳共同想的办法，已经结清了。所以，现在工地恢复了施工，正常了。"

杨洋河瞪大眼睛问道："小勇，是你和柳柳想的办法？"

韩小勇说："是的。"

可是，杨洋河的头脑并没有摔得不清醒。他知道，什么柳柳和小勇商量？柳柳哪来的办法？一定是小勇这个孩子帮了大忙。

杨洋河突然说："小勇，你和柳柳想到了什么好办法？"

韩小勇笑笑，说："杨叔，这个您就不操心啦！您安心养病才是。"

杨洋河一看韩小勇不愿讲，也就不勉强，但是，杨洋河的心里是有数的，他知道，韩小勇的父亲韩建国的实力是很强的。

杨洋河说："小勇，既然京东镇的工地复工了，我还是不放心。我想和你商量一下。"

韩小勇说："杨叔，有事儿您吩咐，商量个啥！"

杨洋河说："你看，我现在这个样儿，可以在病房里自由活动了。不必二十四小时有人守护。再说，病房里还有其他病友，都可以互相帮助的。"

韩小勇说："是呀！"

杨洋河说："因此呢，我想让你和柳柳抽个空儿代我去京东镇工地上看看，回来把情况告诉我，这样我放心一些。"

韩小勇说："杨叔，这个简单，我和柳柳商量一下，如果她明天有空儿，我就和她去。"

第二天下午，杨柳柳驾驶着宝马车来医院接韩小勇。

昨天晚上，韩小勇就和杨柳柳商定，明天开杨柳柳的宝马车去京东镇。用韩小勇的话说："自己的奥迪车老掉了牙！开宝马，宝马是新车，兜兜风！"

杨柳柳说，她明天下午才能抽时间去京东镇。

午饭过后，病床上的杨洋河深深睡去。韩小勇坐在椅子上眯了一会儿，不停地看时间。他迫切地等着杨柳柳的电话或者是信息。

两点半，杨柳柳的电话终于来了。

"小勇，你出来，到医院大门口直接上车。"

韩小勇说："好的，马上。"

随后，韩小勇看了一眼熟睡中的杨洋河，又给旁边病友嘱咐了几句，才放心大胆地一路小跑到医院大门口。

正好，韩小勇到医院大门口的时候，杨柳柳的宝马车正好停稳在他面前。

韩小勇一拉车门，闪身进了车，坐在副驾驶的位置，随手"砰"的一下把车门关上。

宝马车加大马力，向前驶去。

韩小勇说："柳柳，你开车辛苦一下，我眯一会儿。"

杨柳柳理解韩小勇日夜守护杨洋河的辛苦，就是缺觉。杨柳柳说："睡吧！到了我再叫你。"

韩小勇瞬间进入了梦境。

五十五

杨柳柳和韩小勇到达京东镇政府新建家属楼工地后，工地上的临时负责人，也就是杨洋河的副手十分热情。临时负责人当然明白，杨柳柳和韩小勇来工地察看，就是代替老板杨洋河来的。

杨柳柳和韩小勇都戴着安全帽，由临时负责人带着，在工地上转了几圈，还乘施工电梯上楼进行了察看，一切都正常。工人们个个精神饱满，干劲儿十足，整个工地井然有序。

勘察完工地，杨柳柳就和临时负责人告辞。临时负责人却热情地挽留杨柳柳和韩小勇吃了晚饭再回城里。

杨柳柳说："不了，我爸还在医院呢！"

临时负责人却坚持要杨柳柳和韩小勇吃了晚饭再走，并且说，不用去饭店，就在自己工地上搭建的食堂里自己做，主要是有特色，什么烤乳猪啊！炒野兔呀！还有大铁锅蒸米饭，带锅巴的。

临时负责人这么一介绍，韩小勇哪经得诱惑？上嘴唇只碰下嘴唇，馋嘴呀！韩小勇这一个多月来侍候杨洋河，除了干又脏又累的活儿，还吃不到什么好的。所以，韩小勇很想留下来吃一顿好的，补补营养。

杨柳柳好像看出来了，斜眼问韩小勇，你说怎么办？

韩小勇故意看了看时间，说："五点半，快六点了，正是饭点。慌着赶回去还不是要吃饭？"

杨柳柳明白了韩小勇的意思，同时，杨柳柳也知道韩小勇最近一直在医院吃饭，寡得慌。就留下来吃吧！让他打打牙祭。再说了，谦虚个啥？留下来在工地食堂吃饭，不还是吃老爸杨洋河的。"

想到这儿，杨柳柳给临时负责人说："那就留下。"

临时负责人非常高兴，老板的姑娘能够留在工地上吃顿饭，那是给足了临时负责人的面子。于是，临时负责人把食堂好吃的菜都端上了桌，一样儿都没落下。并且，临时负责人把自己车上的好酒也拿了出来，用最高规格款待杨柳柳和韩小勇。

饭后，已经是晚上九点多的样子。杨柳柳和韩小勇要走了。

临时负责人看样子喝了不少，打着饱嗝儿，结结巴巴说话，给杨柳柳送行。韩小勇是醉了，被人架着上了宝马车。杨柳柳因为要开车，所以滴酒未沾。她见韩小勇已在车上，就启动了车，和工地上的人告别。

说来也巧，杨柳柳的宝马车刚要行驶到京东镇中心街，天空中就陡然来了几个闪电，紧接着就是几声闷雷，瞬间，瓢泼般的暴雨哗哗落下来，这暴雨特别大，杨柳柳把雨刮器开到最大挡，也看不清车前方的情况。

"怎么办？"

杨柳柳想："这么大的暴雨根本不可能行车，因为看不清车前方的情况，怎么驾驶？"

杨柳柳暗自庆幸，还好，自己的车正好开到了镇中心的位置，如果是在公路上，这么黑的夜，这么大的雨，又不能行车，停在路边是很危险的。

　　杨柳柳把车靠在镇中心街的边上，非常安全。韩小勇打起了呼噜，声音非常大，他好像对下暴雨的情况浑然不知。

　　杨柳柳打算等雨停了，继续行车。可是，暴雨像疯了一样，玩命地下。杨柳柳又把雨刮器开到最大挡，想看看外面的情况，看不很清，模模糊糊，能看到前面的小汽车，也是停在街边，小汽车的轮胎都被淹了三分之一，再涨水的话，水就会渗进车里了。杨柳柳突然感到，今天晚上是回不去城里了，因为，镇南的这条公路是杨柳柳从京东镇回城的唯一通道。这条公路她太熟悉了，在做四十五个村墙体手绘工程时，杨柳柳没少走这条公路。这条路地势要比镇中心街低。一遇暴雨天就会被淹。目前，自己的车停在镇中心街，车轮都被淹了三分之一，何况地势要比镇中心街低的镇南公路？那里一定是被淹了，涨水了，水汪汪一片。即使雨停了，一时半会儿也通不了车。

　　"怎么办？"

　　杨柳柳分析了一下，即使一会儿暴雨停了，大水退去还得个过程。等大水完全退去，估计天都亮了。于是，她果断决定，不能冒险走夜路，就住在京东镇。

　　她把鞋脱掉，袜子脱掉，把裤腿高高挽起，开了车门，下了车。然后，她用最快的速度关上车门，趟水跑到旁边屋檐下躲雨。她擦去脸上的雨水，又用手捋了捋头发，观察周边的环境，看就近有没有宾馆。她眼睛向街两边扫了几遍，都没有看见有宾馆的招牌。正考虑"实在不行就在车上将就一晚"的时候，无意中一抬头，看见了"悦来宾馆"字样的牌子，宾馆招牌就挂在自己头顶上。

　　杨柳柳才明白过来，感到太巧了，自己无意中就把车停在了宾馆门口。于是，她推开宾馆一楼的门，走了进去，在吧台登记了一间二楼的房间。登记完后，杨柳柳转身出门，到了车旁，拉开了副驾驶的门，使劲摇晃韩小勇的肩膀。

韩小勇这才醒来，睁开眼问："咋下这么大的雨呢？"

杨柳柳说："你赶紧下来，涨水了，今天晚上回不去城里了。就住在镇上。"

韩小勇一听，就想立即下车。

杨柳柳说："你最好把鞋袜脱掉，把裤筒挽起来。"

韩小勇这才低头看，发现地上的水俺到小腿了。韩小勇下车后，还摇晃着，酒劲儿还在。

杨柳柳把车门锁好，转身进了宾馆一楼，扶着韩小勇，艰难地爬楼梯上到了二楼，进了房间。

韩小勇喝多了酒，一点也没有因为同杨柳柳同住一个房间而兴奋的样儿。他坐在床边，说："今天晚上回不去，杨叔怎么办？"

杨柳柳说："你给他发个信息，免得他担心。他现在基本上可以自己照顾自己。"

杨柳柳说完，进洗漱间冲澡去了。

韩小勇的酒劲儿开始慢慢退去。他给杨洋河发了信息，说明了情况。然后，韩小勇的注意力全在洗漱间，他的心在快速地跳动。

"一会儿杨柳柳从洗漱间出来，我该如何办？即将要和自己心爱的女人躺在一张床上，我还能睡着吗？"

这时候，洗漱间的门一响，杨柳柳出来了。杨柳柳出来的时候面色红润，头上包着白色的小浴巾，从胸部开始一直到大腿，围着一条白色的大浴巾，小腿露着。

韩小勇两眼直勾勾地盯着眼前的白衣仙子。

"看个啥？"

杨柳柳问道。

韩小勇一笑一呲牙，说："我看白衣仙子呢！"

杨柳柳说："快去洗，热水冲一下，醒醒酒。"

韩小勇这才反应过来，说："好。"

杨洋河出院了。医生说，让他从入院开始计算，三个月后，来医院复查。半年后，一切都恢复了正常。

韩建国张罗着要把韩小勇和杨柳柳的婚事儿办了。

按照风俗习惯，韩建国要办儿子的婚礼，是要取得女方父母的同意，并且要就一些细节规矩协商好的。

当韩建国与杨洋河老哥俩儿坐下来品茶、喝酒时，杨洋河表了态。杨洋河说："对小勇这个孩子，我是一句话，满意。"

韩建国开心地笑了。

杨柳柳对自己即将要嫁韩小勇这个事儿没有什么感觉，她不知道怎么就发展成了目前这个形势。凭良心说，她不讨厌韩小勇。韩小勇的唯一不足就是身材矮小和形象不佳。在杨柳柳的内心深处，那个让她心动的男人她只能放在心里，只能暗地里想念。和韩小勇结婚过日子，也没啥不好，和谁结婚不是过日子呢？然而，韩小勇的生理也许是有缺陷的，从在京东镇下暴雨过夜那次，杨柳柳就发现了这个问题。为这个事儿，杨柳柳曾经大方地问过韩小勇。

杨柳柳说："小勇，你时间好短。"

韩小勇说："那是酒后，再说自己很紧张。"

杨柳柳不信，心里想："难道一直都紧张吗？每次才'一分半'。"

关于床上那点事儿，杨柳柳留恋自己和心动男人在一起的感觉。

后来，杨柳柳也想开了，床上那点事儿又不是生活的全部。

韩建国果然把韩小勇和杨柳柳的婚礼办得风风光光。

婚礼当天，王银银、焦喜荣、刘倩、华杰、高安、李海、胡二勇、张军、张超主任……大家都来出席了婚礼。

韩小勇和杨柳柳来到酒席上给大家敬酒。当轮到给华杰敬酒时，有人起哄，说："华杰，你要学会摆谱呀！柳柳不叫你表叔，你就不喝。"

华杰觉得有道理，就没喝。

杨柳柳没办法，脸一红，叫了一声："表叔。"

华杰神采飞扬，接过酒杯，一饮而尽。

婚后，杨柳柳住进了韩小勇的别墅。

日子就这样一天天向前推着。

忽然，在有一天中午，杨柳柳手机一响，收到了一条微信信息。

"柳柳好，咱半年没有见了。记得还是在你婚礼上见过一面。"

杨柳柳一看，是张军，心里顿时不是滋味儿。杨柳柳有时想，如果不是那一次自己向张军借钱，张军当时的那个态度使杨柳柳赌气和韩小勇去民政局拿了证，说不定现在还是一切照旧。现在，张军的信息来了，他要干啥？

杨柳柳回复："是呀！很久没有见了。"

张军说："我来城里开会，还是住在城市便捷酒店，就是离你公司很近的那一家。你来看看我吧！"

张军来城里开会是真，但是老婆这几天去了外地学习也是真。

杨柳柳嫌在手机上打字麻烦，就直接打通了张军的电话，说："张叔，算了，您好好午休一下，我就不去打扰您了。"

张军很失落，说："为什么呢？"

杨柳柳说："张叔，现在不是以往，我是有老公的人了，又是午休时间，不方便。"

张军使出了"撒手锏"，说："柳柳，你来，其实我不是单纯想见你，而是，我们京东镇最近要做一些公益广告牌，需要广告公司设计方案，所以……"

杨柳柳一听有业务上的事儿，就改变了主意，说："那好吧！一会儿见。"

杨柳柳心情比较复杂，从内心讲，她也想去见见张军，再加上可以聊聊广告业务。但是，杨柳柳心里同时也明白得很，张军也是有他个人目的。杨柳柳并没有耽搁，直接来到了城市便捷酒店一楼大厅。

张军只告诉了杨柳柳他住在城市便捷酒店，并没有告诉杨柳柳他住哪间房。这也许是张军警惕性高的缘故吧！杨柳柳进入了酒店一楼大厅就给张军打电话。

"我到一楼了，哪间房？"

张军说："520。"

杨柳柳说："520，我知道啦！"说完，杨柳柳挂了电话，进入了电梯。"

可是，令杨柳柳没有想到的是，她在酒店一楼给张军打电话的时候，一个男人就坐酒店一楼大厅拐弯处的沙发上。杨柳柳慌着打电话，没有发现这个男人。可是，这个男人正巧听到了杨柳柳说话，他听出来是杨柳柳，扭头一看，果真是。

"什么520，一定是房间号。"

这个男人嫉妒之心油然而生。这个男人果断决定，报复杨柳柳。再说，我不能眼睁睁看着杨柳柳给我侄儿戴绿帽子吧！这个男人毫不犹豫拨通了韩建国的电话。

五十六

韩建国有午休的习惯。

午饭后，韩建国刚在自己办公室沙发上躺下，表弟华杰打来了电话。

韩建国极不开心，怪华杰不注意细节，明明能够想到这个时间自己在午休，却偏偏打电话来。

"表哥，大事儿不好。"

华杰惊慌失措。

韩建国一愣，问道："发生了什么事儿？"

华杰假装不敢说，但还是说："表哥，我正巧看到了，但不知道该不该讲？"

韩建国恼火得很，说："不该讲？你打电话干吗？"

华杰支支吾吾的。

韩建国急了，说："支吾个啥？讲。"

华杰这下像是打机关枪，突突突讲开了。

"我这会儿在宾馆呢！我看见杨柳柳啦！她进了宾馆房间。"

韩建国心里咯噔一下，怀疑是自己听错了，说："你说啥？你再说一遍。"

华杰说："杨柳柳和别人在宾馆房间，我看见了，也听到了。我不能让我表侄儿吃亏呀！"

这下，韩建国听清了，也听懂了，精神崩溃了，像是被人打了脸，脸上热烘烘，说话都变了调儿。

韩建国气急败坏，说："华杰，你给我说在哪个宾馆，哪间房？"

华杰就把自己掌握的情况都如实地告诉了韩建国。

韩建国说："华杰，你在原地给我盯着，我马上到。"

韩建国毕竟姜是老的辣！他选择了只带韩小勇一个人前去看个究竟。他冷静地分析，在这种事情上，华杰是不敢撒谎的。目前，华杰只是看到了听到了杨柳柳进了宾馆房间。但是，如果房间里的另一个人是个女人呢？但愿如此。不管是什么情况，都不能带外人去"捉奸"。那太丢人了，如果情况属实，这种事情传扬出去，往后我和小勇父子俩都抬不起头来。

杨柳柳和张军并不知道危险在一步步向他们袭来。

杨柳柳进入520房间后，轻轻地把房门关上了。张军笑眯眯迎了上来，从杨柳柳身后一把抱住了杨柳柳的腰。

杨柳柳轻轻推开张军，说："现在不是从前，我嫁人啦！"

张军嫌杨柳柳只是关了门，安全措施不到位，便把门链儿挂上，说："这才安全。"

杨柳柳坐在沙发上，望着张军说："许久不见，您瘦了。"

张军来到杨柳柳面前，半蹲下，紧紧抓住了杨柳柳的手，说："都是因为思念呀！"

杨柳柳把手挣脱掉，说："咱俩不能像以前那个样子啦！"

张军猛地抓住了杨柳柳的手，一拽，把杨柳柳从沙发上拽了起来。然后，张军猛地把杨柳柳的腰抱住，往上一使劲儿，杨柳柳的两脚就离开了地板。张军轻轻走到床前，把杨柳柳轻轻放在床上。

杨柳柳很顽固，用手阻挡张军的手，阻挡张军的嘴……

此时，韩建国和韩小勇已杀到了城市便捷酒店一楼大厅，与华杰会合。

华杰苦着脸迎了上去，说："表哥你来了。"

韩建国怒发冲冠，韩小勇双目圆睁。

韩建国问道："哪个房？"

华杰说："520。"

韩建国说："上去。"

华杰却说："表哥，我就不上去啦！"

韩建国说："你发现的，你怎么可以走？"

华杰说："关键是我和她同学关系，尴尬，日后还要见面。"

韩建国发怒道："别打退堂鼓。一起上。"

华杰无奈，极不情愿地跟在韩氏父子屁股后面进了电梯。

在电梯上行过程中，韩小勇把两颗门牙都快咬掉了，吼叫说："房间如果是个男的，看我不弄死他！"

电梯停在了五楼，门一开，韩小勇第一个扑了出去，发疯似的，两眼慌乱地寻找着520房。

韩建国跟在韩小勇屁股后面，像是迈不动步子。华杰躲在远处。

韩小勇终于在520房间门口站住，没有犹豫，挥拳砸门。

"嘭、嘭。"

这突如其来的砸门声儿使房间内的张军惊得停止了，吓傻了，脸都绿了。杨柳柳也是脸发白，浑身抖动。

"开门、开门。"

韩小勇在门外大叫。

杨柳柳听出来了，小声说："是韩小勇。"

张军瞬间的想法儿就是："完蛋了！一切都完了，什么都没有了，还要身败名裂了。"

但是，张军迅速起身，并且小声说："抓紧整理，一会儿死活要咬紧牙关，就说你今天来是谈广告牌设计，就这么办。"

张军的意思是，要尽快把床上整理好，然后坐在沙发上。装着谈事儿。"

可是杨柳柳人慌无智，却说："整理什么？"

这个时候，房间外的人没了耐心，开始用脚踹门。张军感到末日来临，他急中生智。一把把杨柳柳扯下床，把杨柳柳裙子扯了扯。又迅速地把床上被子撩了撩，把床单抹平。然后，张军把自己裤腰带系好，上衣也整理了一下，竟然端坐在沙发上装着喝茶。

房间门快被踢破了，张军想，准备挨揍，准备完蛋，一切都听天由命吧！

随后，张军果断地命令杨柳柳开门。

杨柳柳机械地走到门口，用抖动的手拿开了门链儿，打开了门。

韩小勇猛地扑进了房间。

韩建国紧随其后，进了房间。

韩小勇扑到张军跟前，一把抓住了张军上衣领子，吼叫道："果然是你。"

张军争辩道："你发什么疯？谈个广告业务不可以吗？"

韩小勇两颗门牙咬得嘎嘣响，吼叫道："混蛋，业务谈到房间里了？为什么这么晚开门？"

韩小勇一边吼，一边腾出右手要扇张军的脸。张军坐不住了，站起身来躲避。这一站起来，高出了韩小勇半个身子。韩小勇巴掌扬着，根本够不着。

张军这会儿淡定了些，说："不是怕误会嘛！怕说不清，越怕越不敢开门，就是这样的。"

韩建国上前一步，把韩小勇的右手按下来。韩小勇刚才抓住张军衣领的左手，随着张军的起身早已脱了手。韩建国看了一下房内的情况，心里是有数的。但是，韩建国头脑特别冷静，他告诫自己，不能声张，赶紧平息。现在，虽然把张军和杨柳柳堵在了房间里，可是，又能说明什么呢？张军说了，在谈业务。没有捉到现形儿，连张照片都没有，何必搞得满城风雨？尽早撤吧！韩建国心里拿定了主意。

韩建国一把抓住了韩小勇的手腕处，命令道："走。"

韩小勇很不甘心，说："就这么走？"

韩建国淡定地说："走，人家谈业务嘛！"

形势发生了逆转，这令张军和杨柳柳万万没想到。没想到会是虚惊一场，有惊无险。

韩小勇挣扎着不走，愤怒地盯着张军和杨柳柳。

韩建国怒了，使劲儿扯着韩小勇的胳膊说："走。"

韩小勇被韩建国硬生生拽出了门，下楼走了。

张军长出了一口气，像是将死之人又活了回来。

杨柳柳一句话都没有说，把衣服上下整理了一下，灰头土面地走了。

走廊上远远躲着的华杰早已不见了踪影。

人都走了，可是张军仍然惊魂未定，他觉得尽管韩氏父子看起来已走，但万一他们要是再杀个回马枪怎么办？不是没有可能呀！自己应该尽快离开这个520房间，离开这个宾馆，离开这个危险之地。张军简单收拾了一下东西，极快地下了楼。不过，他下楼也多了个心眼儿，没敢乘电梯，他怕韩氏父子如果没走远，或者还在一楼大厅，那他不是被堵住了吗？于是，他是走楼梯踏步下到一楼，然后从宾馆后门逃之夭夭。

城市便捷酒店"捉奸"事件发生后的当天晚上，杨柳柳咬了咬牙，还是回到了韩小勇的家。杨柳柳是经过了深思熟虑才做出的决定。她想，这个时候，如果连家门都不敢进，不正说明了自己心虚吗？不是正好印证了自己干了对不起韩家的事儿吗？可是，韩建国正在盛怒之下，竟然在家里指着杨柳柳骂道："鸡，你是鸡吗？"

杨柳柳质问韩建国："你怎么可以骂人？你有证据吗？我是鸡，那你就是鸭了？"

韩建国被气得大病了一场。

杨柳柳先是做出了回家的姿态，以证明自己心中坦荡。后因韩建国出口伤人，她一气之下，从韩小勇的别墅搬到了自己公司办公室住。

光阴似箭，岁月如梭。时间是抚平内心深处伤口最好的法宝。后来，随着时间流逝，韩小勇总算是咽下了这口气，抹下了脸，竟多次去了柳树枝广告公司请杨柳柳回别墅住。把杨柳柳缠得烦了，杨柳柳说："那就只回别墅，韩建国那个家她是不会去的，她不想再见到韩建国。"杨柳柳一直声称，那一次她去见张军，只是谈业务，她是被冤枉的。

韩小勇自始至终都没有动过杨柳柳一指头儿，也没舍得恶言伤害杨柳柳。他只是有几回瞪过杨柳柳几眼。可是，后来发生了韩建国实名举报张军的事情，对杨洋河影响颇大。导致杨柳柳和韩小勇之间更加貌合神离，同床异梦了。

韩小勇和杨柳柳之间的冷战随之到来。但是，两个人并没有完全分居，杨柳柳大多数时间是住在公司的，偶尔的，自己需要收拾衣物，才回别墅。之后，因为持续争吵，杨柳柳和韩小勇终于发展到把"离婚"二字提上了议事日程。

韩建国并没有真正放过张军。他观察了许久，谋划了许久，在深思熟虑之后，将一封检举张军的举报信投寄到了纪委，并且是实名举报。信里主要反映了张军在京东镇新建家属楼项目建设中存在着以权谋私、受贿等行为。特别反映了张军和工程总负责人杨洋河是"结拜兄弟"关系。纪委对韩建国信里反映的问题高度重视，进行了调查。调查过程中，杨洋河和张军自然是铁板一块，无隙可寻。可是，工地那个临时负责人胆小，一见纪委的人腿都软了，将张军和杨洋河在工程招标中采取不正当手段的事情全交代了。纪委以此为突破口，又挖出了张军其他的违纪行为……张军被停了职，接受调查。张军出事儿，对杨洋河影响大，损失也大。

随着市场的不景气，杨柳柳的广告公司一直在亏损。形势持续恶化，杨柳柳不得已，只好卖掉了宝马车，维持柳树枝广告公司运行。

时间又回到了2022年8月，杨柳柳那天上午九点在民政局门口等韩小勇未果，回到柳树枝广告公司自己办公室这个上午。不，已经是中午了。杨柳柳喝着香草咖啡，听着"陶笛纯音乐歌曲"，躺在沙发上回顾了自己大学毕业之后这些年的故事。她又长叹一口气，想："'一分半'到底去了哪里呢？"

原来，韩小勇前一夜在与杨柳柳协商后，的确是口头上答应了杨柳柳，讲好了第二天上午九点在民政局门口见。可是，第二天一大早，韩小勇在内心深处进行了激烈的斗争。韩小勇想，我才没那么傻，我追杨柳柳这女子追得好辛苦！我怎么可以放弃她呢？就算她铁了心要和我离，我也不答应，拖一天算一天吧！因此，韩小勇临时变了卦，关掉了手机，独自一人去了一个偏僻茶楼喝茶去了。

本文作于襄阳

后记

　　《那一天》写完之后，我从尤大春的故事情节里走了出来，恢复了普通人的生活。于是，想清闲下来，享受人生。但是，这只是一厢情愿，作为一个还没有退休的人，自己不得不去面对生活和工作中的烦琐之事。

　　可是，对于创作我并没有就此罢手，我在寻觅下一部长篇小说的开篇，以及将要出现的剧中人物。当然，我等待的一定是男一号人物，或者是女一号人物，只有主角确定了，后面才有故事。

　　三个月后，这个人物终于现身了，是一个年轻女子，肤白貌美，美丽动人，看上去挺文静，她就是杨柳柳。

　　杨柳柳健谈，我和她遇见的时候是在酒席前，坐在一个包厢里。她是我的一个朋友带来的，可是，朋友喜欢打牌，把她撂在一旁。我不会打牌，闲着无聊。杨柳柳也没打牌，坐在边上刷手机。过了会儿，她竟端起茶壶给我添水，这令我很感动。于是，就这么搭讪了，反正是朋友的朋友，也没啥顾虑，就聊开了。

她说她大学毕业后先是在一个广告公司打工。她在大学学的是广告设计，专业对口。后来，她经过一段时间的工作实践，熟悉了一些公司业务及管理体制，就开始自主创业，注册了一家广告公司，自己做老板。头三脚难踢，她租房装修，招兵买马，想尽一切办法拓展业务。原本形势不错，但是经济下行，对她影响颇大，几年里只有出的，没有入的。公司持续亏空，后来竟然发展到卖车的地步。

第二次我与杨柳柳见面是在数日之后。因为有了前一次认识聊天的基础，再见面就熟悉了，没有了陌生人的感觉。于是，在我追问下，她才打开了话匣子，给我讲述了她这些年在创业中的辛酸往事。

我与杨柳柳的聊天虽然不多，但对我却有很大的启发，让我眼前一亮，我臆想中的开篇出现了。一个倾盆大雨的夜晚，身材矮小，相貌丑陋的韩小勇和杨柳柳在一起，由此，读者一定会往下看个究竟。韩小勇这个小个子男人，怎就做了杨柳柳这个大美女的老公呢？做就做了，为什么又要离婚？接下来，就开始了叙述杨柳柳的故事。

创业难，年轻女人创业更难。杨柳柳一路走来，在她为了创业的奔波中，难免会遇到形形色色的男人。这些男人之中，有优秀者，也有渣男。于是，自然有对杨柳柳垂涎三尺的男人，也有手握权力对杨柳柳不怀好意的男人。但是，杨柳柳是个非常有个性的女子，她面对各种诱惑，不为所动。她只会为使她心动的男人付出一切。

除了主角杨柳柳，书中还塑造了其他鲜活的人物，他们都个性鲜明，各有千秋。只不过在本故事中杨柳柳是鲜花，他们就只能作为绿叶了。

写作是孤独的、辛苦的、快乐的。我懂得时间的金贵，写作需要消耗大量的时间。时间从哪里来呢？答案就是"挤"，午休从不超过半小时。有时候就是自己用手掐自己也要起来。嘴里说一句："干活儿。"立即精神就饱满了，直接进入到了属于故事情节的那个年代。周六、周日，没有特殊情况，一定是在写作。由此，我牺牲了其他的爱好。当一部长篇小说写完的时候，我会说："不写了，太磨人啦！"真的想过爬山、钓鱼、喝酒会友的轻松日子。但是，也仅是说说而已。谁让自己爱上了写作这个"苦差事"呢？

《心为谁动》是可以写续集的，因为杨柳柳的故事并没有讲完。

熊鹏程